酒尔 —— 著

闪耀

（下）

江苏凤凰文艺出版社

第六章
冬令营

接下来的这段时日,柳南巷又恢复了往日的平静。

不算悠闲的星期天过去之后,NMO 的冬令营即将开始。

喻时总觉得那天聊完后,周聿也她亲近了不少不说,和她的朋友们相处起来也没有之前那么冷淡敷衍了。

这段时间一班的人都在抓紧时间准备决赛,喻时和周聿也自然也不例外。

但不知怎的,陈叙自从上次星期天之后就一直在请假。

喻时还专门问过陈望知不知道陈叙怎么了。

"我哥啊,听我姨说好像是感冒了,这几天在家休息呢。"陈望趴在窗户边,托着脑袋,边说边叹了口气,"我姨还说,陈叙病得很重,不让我去看他,怕他传染给我。"

喻时若有所思地点了点头,看了一眼陈叙空荡的座位,出神地想,决赛的时间逼近,现在这个时间请假,对陈叙来说并不好。但是,既然感冒了,无论如何还是得先让他把身体养好了再说。

不过，第二天她就看到陈叙来了。他的脸色苍白，确实像风寒过后的样子。

趁下课休息的间隙，喻时跑过去问了他几句："陈叙，你是不是还在发烧啊？"

陈叙温和地说："不烧了，只是还有点儿虚弱。"

喻时想起那天他匆忙离开的样子，忽然问："陈叙，你是不是遇到了什么事啊？"

陈叙翻书的手一顿，两三秒后，他抬起头来冲她缓缓一笑："没什么事，感冒可能是因为那天我着急回家淋了雨吧。"

喻时这才注意到他还换了一个新的眼镜框。听到他那样说，她心中的疑惑和担忧顿时减轻了，朝他弯了弯唇，发自内心地夸了他一句："你的新眼镜还挺好看的。"

陈叙刚想对她回以一笑，结果注意到了什么，将目光落在喻时后面。

周聿也脸色冷淡，双手抱胸，平静地看着他。

陈叙有些不自然地移开了目光。

喻时注意到他的神色反常，有些奇怪地回头一看，只看到周聿也正低着头认真地做题，其余的什么都没有。

喻时离开后，陈叙的手机上立刻弹出来一条消息。

周聿也：**课间操，后操场见。**

陈叙知道他想说什么，手指停留在屏幕上许久，他最后回了一个"好"字。

课间操结束，喻时想到陈叙可能还会发烧，刚才也没见到他拿药来学校，便偷偷去买了盒感冒灵，准备送给陈叙。

可回到教室，喻时没见着陈叙，问了一圈人，都说不知道他去哪里了。她一想，坏了，班长该不会发烧昏迷了吧。

她问了很多人，终于有人想起来，说好像在后操场看见他了。

喻时便赶紧朝着操场走去。

后操场。已经到了十一月,刺骨寒风将两个男生的校服衣摆都吹动起来。

周聿也看着面色苍白的陈叙,冷冷地说:"你以为躲了那么多天,这件事就可以揭过去了?"

他和喻时一样,都在等陈叙来学校。但唯一不同的是,他是要找陈叙算账。

陈叙:"我没有躲。"

周聿也却突然发怒,大步走过去揪着他的校服领子,把他推到了后面的砖墙上:"那你知不知道,当时到底有多危险?!

"如果我晚来一步,事情会变成什么样你知道吗?当初我就告诉过你,你明明和我保证过,在我离开的时候你可以护好她,可你是怎么做的?"到了最后他几乎是吼出来的,眼里满是愤怒和失望。

当初离开前,他拨出去的唯一一通电话,就是给陈叙的。因为他觉得,除了自己,能真正保护好喻时的,就是陈叙了。

在喻时的那么多朋友里,他选择了最不顺眼的陈叙,只因为他相信陈叙会和他一样,无论喻时遭到了什么危险,都会第一时间挡在她的前方。

可那个下雨天,他到现在想起来,都觉得心有余悸。

"陈叙,你真是一个懦夫!"

风呛进嘴里,陈叙剧烈地咳嗽着,但还是执着地说:"我没有逃跑。"

"那你为什么抛下她一个人走了?"周聿也质问道。

陈叙张了张嘴,偏过头去,嗓音低哑:"我不是故意的……不是……故意丢下她一个人的。"

他给不出更具体的解释,让周聿也更生气了。

263

"你真是一个彻头彻尾的胆小鬼！"他狠狠地揪住陈叙的领子，身后忽然传来女生惊慌的声音。

喻时："周聿也，你住手！"

喻时快步走过来，用力把他们分开，然后转身把手中的药用力地砸到周聿也身上："周聿也，你知不知道陈叙还发着烧呢？！"

周聿也没吭声，把那盒感冒灵捡起来，看了一眼喻时身后的陈叙，没有再说一句话，转身大步走向教学楼。

喻时没管他，着急地问陈叙："陈叙，你没事吧？周聿也就是个莽夫！对不起啊，他刚刚居然敢那样对你……"

喻时歉疚地看着陈叙。周聿也真是的，欺负一个病人，算什么英雄好汉。

陈叙把自己的领子拉平："喻时，你不必替他道歉。"

喻时一愣，还没来得及开口，就听到面前的男生开口："况且这件事，本来就是我的错。"

在回教室的路上，喻时搞清了事情的前因后果，眼神有些复杂。她没有想到，周聿也会主动拜托别人，更何况拜托的人，居然还是陈叙。

她知道周聿也对陈叙一直看不顺眼。但没想到为了她，他还是妥协了。

陈叙推了一下眼镜："喻时，对不起。的确是我没有处理好这件事情，如果我能够多留……哪怕五分钟，或许，事情就不会变得那么严重。"

喻时抿了抿唇，没有立刻说话。

二人沉默地往前走了几步，喻时才终于开口："陈叙，这件事不是你的错，当初你又不是故意离开的。换作任何一个人，都不可能知道接下来会发生什么。"她停下脚步，温和地安慰他，"更何况，周聿也不是赶来救了我嘛……"

提到某人的名字，喻时下意识地观察陈叙的表情，见他的脸上没什么异常，她松了口气，摸了摸鼻头，帮周聿也说好话："其实他就是比较担心我，他对你真的没有恶意。你要是还生气，我回去帮你好好教训他！"

陈叙看着喻时一直为周聿也的行为道歉，神情黯淡了一下。

他发现，就在他不在的这段时间里，周聿也和她的关系近了很多，是因为周聿也救了她吗？

可如果，当初救她的人是他陈叙呢？

陈叙盯着喻时那双明亮的眼眸，自嘲地勾了勾嘴角。

可惜，不会再有如果了。有些人，有些机会，一旦错过，就不会再拥有了。

可明明，是他先认识喻时的。

回到教室，喻时看见周聿也就生气。她冷着脸走过去，坐在凳子上对他说："胳膊肘往那边去。"

周聿也像个雕塑，一动也不动。

喻时直接把他的胳膊肘往那边一推，迅速往二人的书桌之间堆了一大摞书。

两个人冷战了几天，反而是周聿也先憋不住了。他挪着凳子，试图不知不觉地靠近喻时。

忽然飞过来一个小纸团精准地砸中了他的额头，然后落在了他的手上。

周聿也一顿，挑了下眉，打开手里的纸团，上面是喻时的字。字迹有些潦草，看得出字的主人在写的时候还没消气：对方拒绝了你的和好请求，并留言，再吵闹就把你拉入黑名单。

周聿也将纸团重新揉好，把它塞进了自己的校服兜里，然后看了一眼陈叙。

陈叙正伏在桌子上做题，不时咳嗽几声，看上去状态不是很好。

周聿也看到了他摆在桌上的那盒感冒灵，觉得有些眼熟。

意识到什么，周聿也的脸色有些难看。所以，陈叙桌子上的那盒感冒灵，是喻时给他的？这臭小子还有脸把它摆在桌子上？给谁看呢？！

要不是顾及喻时，周聿也一定会起身把那盒感冒灵毫不犹豫地扔进垃圾桶。

不过周聿也还是忍了下来。

接下来的几天，喻时是铁了心要让周聿也认识到错在哪里，一直没搭理他。

天气更冷了，再加上学业也紧张了起来，萃仁中学的很多学生选择了中午在食堂就餐。

喻时也不例外，经常和江昭、陈望他们聚在一起吃饭。但这几天，她和周聿也遇见时就跟不认识一样，连声招呼都不打。就算二人的位置离得近，也是相看无言，明眼人都能察觉他们之间的气氛不对。

陈望扒了几口饭，实在忍不住问坐在左边的喻时："你们吵架了？"

喻时淡淡地拨弄着餐盘上的饭菜："没有啊。"

"这还叫没有，之前你们的关系那么好，现在恨不得离得有太平洋那么远。"

喻时："真没有，就是时间久了，关系淡了。"

陈望还想继续八卦，就看到喻时转过头来，对陈望露出一抹还算友好的笑容："你是有什么想法吗？"

陈望张了张嘴，选择当个安静的吃饭搭子。但他忍不住，又转过头问右手边的周聿也："你们又因为讨论问题吵起来了？"

周聿也："不是。"

"那是为什么？"陈望不解地问，觉得有些憋屈，"你们冷战就冷战吧，把我扯进来干吗？每次都跟两座冰山一样坐在我身边就算了，还一句话也不说，我很难办的好吧？！害得我都没胃口吃饭了……"

他的话一出，旁边有人放下了筷子："那你问问他，知道自己错了没有？"

陈望将喻时的话原封不动地说给了右边的人。

周聿也的语气软了下来："错了。"

错在不应该让她看见，下次得找一个更隐蔽的地方。

"所以，还要生气多久？"男生冷淡的声音响起。

"你和他道歉，我就原谅你。"喻时赌气道。

周聿也忽然一摊筷子，懒洋洋地靠在椅背上："陈望，你和她说，我不会道歉，字面意思。"他轻轻挑了下眉，又慢悠悠地强调了一遍："是真——不——会——道歉。"

话音刚落，喻时气愤地说："陈望，你对他说，不会道歉就去学！"

陈望夹在中间，无语望天，在二人说话的间隙弱弱地举手发言："要不，小的这张嘴，皇上和娘娘拿走？"

"哼！"两句一轻一重的声音落下，正式宣布这次谈判失败。

下午匆匆上完几节课，喻时从教室外面回来，看见周聿也正趴在桌子上补觉。

旁边的窗户并没有关牢，留有半个手指宽的缝隙，不时有凉风吹进来。喻时注意到，心软了，把手撑在课桌上，准备把窗户关牢。

她收回手时，周聿也撑起胳膊看她一眼，直起身子把二人书桌之间的书搬了下来。

"你干什么？"喻时怒气冲冲地看着周聿也问。

周聿也有些不耐烦地哼了一声，应当是受不住这些天二人的冷战，干巴巴地吐出一句："看着烦。"

白心软了。喻时瞪他一眼，准备弯腰把书搬回来。下一刻，有些别扭的声音在她的耳边响起："教教我。"

喻时一顿，抬头看向他。

周聿也用一双黑眸紧紧地盯着她，话语中多了几分妥协的意思：

267

"教教我，怎么道歉。除了你，我真没和其他人道过歉。"

"既然你诚心悔过，我也不是不可以大发慈悲地再给你一次机会。"喻时递给他两盒感冒药，"你把这两盒药送给陈叙，就对他说——

"陈叙同学，关于那天的矛盾，是我有错在先，对不起。我会引以为戒，保证不会再冲动。请你原谅我。"

现在正处于下课时间，教室里有些喧闹。

周聿也瞥了一眼身后的喻时，抱着那两盒感冒药走到陈叙的座位旁，然后屈起手指敲了敲他的桌子。

陈叙闻声抬起头来。

周聿也在喻时可以看见的方位，露出了一个比较友好良善的笑容，说出的话却十分冷漠。

"我来给你送两盒感冒药，好好吃着，少与别人接触，小心感染了别人。"

言外之意就是别来沾喻时的边。

"关于你那天的事情，反正我是不会原谅你的。"

不要觉得和喻时说清楚了，这件事就可以当作没有发生过。

"先好好准备考试，别给萃仁丢脸。"

我们的事以后再算。

整整三句，周聿也把时间拿捏得刚刚好。

喻时和陈叙的座位离得比较远，她根本听不清这两个人在说什么，但说了几句话还是可以看得出来的，她便收回了目光，继续做题。

陈叙的反应还挺平静，轻轻点头："好，我知道了。"

周聿也这才心满意足地回到了座位。

看见他回来，喻时有些迫切地问："他原谅了你没有？"

周聿也眉梢一挑："当然了，我那么诚心诚意地给他道歉。"

喻时这才慢慢点了点头。

"所以你呢？"他看向她。

268

喻时顿了顿,也没再继续和他冷战下去,梗着脖子生硬地说:"也就……勉勉强强原谅你了吧。"

周聿也看到她这副别扭的模样,嘴角一扬,无声地笑了。

NMO 的冬令营一共有整整五天,地点在北市,所以怀城进入决赛的学生要去北市住五天,冬令营主办方为他们安排了宿舍。

第二天一早,唐慧就把喻时送到了坐车的地方。天才蒙蒙亮,空气中弥漫着一层雾气。

面前走来一个穿着黑色长棉服的少年,喻时眼眸一亮,想要朝周聿也跑过去,但顾及唐慧在她身边,她便摸了摸鼻头,留在原地。

等周聿也走近,喻时才按捺住兴奋之情,叫了一声:"周聿也——"

少年认出是喻时和她妈妈后,把手从兜里拿了出来,朝唐慧点了点头,露出一抹很浅的笑意:"阿姨好。"然后他又朝喻时点了点头。

喻时勾着嘴角,从衣袖里伸出半截手悄悄朝他挥了一下。

周聿也自然注意到她的小动作,微微勾了下嘴角。

喻时转身上车后,唐慧拉住周聿也:"小周啊,听说你之前在北市待过,喻时之前没出过几次远门,阿姨想拜托你,去了北市,多照顾照顾喻时,可以吗?"

周聿也点头:"我会的,阿姨。"

他说完想跟着喻时一起上车,却再次被唐慧叫住:"还有,小周啊,你也要照顾好自己,天气冷了,记得多穿衣服。哦,对了,我昨天买了两条围巾,一条给喻时,这条就给你。"她边说,边把一个塑料袋递给了面前的男生,温和地笑了下,"别急着拒绝,你和你爷爷平时经常帮喻时,就收下吧。"

周聿也一怔,随后看向唐慧手中的袋子,隐约看到里面是蓝色的围巾。那一瞬间,他的心里被触动了。

他的嗓音有些哑:"谢谢阿姨。"

他抬起双手，郑重地把那个袋子接了过来。

上了车，喻时招手让他和她坐在一起，他没有拒绝。

后来喻时见到了一班的其他几个人，包括陈叙，她一一打了招呼。

车子启动，喻时看见周聿也手里还攥着那个袋子，忍不住笑道："就这么喜欢我妈送给你的那条围巾啊？"

罕见的，周聿也这次没有否认。喻时眼里的笑意顿时浓了些。

一路上，有人趁着这个时间温习知识点，有人在刷题。

喻时和前后排的同学讨论了一些有疑问的题，就精神不佳地窝在座位上睡着了。因为车不时就需要转弯，她睡得东倒西歪，最后干脆直接把脑袋靠在周聿也的肩膀上睡着了。

周聿也淡定地看了一眼肩上睡熟的女生，找了一个她不会再掉下去的姿势，将她的脑袋往自己这边扶了扶，也闭上了眼睛。

有人看见这一幕，拿出手机拍了下来，还不忘兴奋地分享给自己的同学、朋友看："你看，你看！"

"啊啊啊，快告诉我他们是哪个学校的？！"

有人一时兴起，把这张照片发在了网上。因为这两个人的颜值挺高，这张照片一时间被疯狂地转发，很快就有人挖出照片上两个人的信息。

有认识的同学说，喻时和周聿也都是怀城的萃仁中学的学生。

路人甲：什么？！这两个人居然还都是数学大佬，人家是一起去参加NMO冬令营的！

路人乙：救命，上帝要不要这么偏心啊，人比人气死人，人家是既有智商又有颜值，我哪怕拥有一个就行了，啊啊啊！

路人丙：啊啊啊！给我疯狂更新他们的后续！

路人丁：同楼上，我也好喜欢这两位……

…………

照片流传之广，连在学校的陈望和江昭都刷到了。陈望看到这张

270

照片的时候，正在吃饭，差点儿一口喷出来。这两个人出去比个赛，怎么就成网红了？

喻时直到走进冬令营的宿舍时才隐约察觉到不对劲。

和她同一个宿舍的舍友都是其他学校的，总共四个人。其中一个女生看上去挺活泼的，叫陈夏，也挺爱说话，很快就和大家熟络了起来。剩下的两个人比较文静一些，但都挺友好的。

简单认识了之后，喻时看着刚和她打完招呼就一直盯着她看的陈夏，有些不确定地开口："我……我脸上是有什么东西吗？"

陈夏惊奇地张大了嘴巴："你不知道吗？"

喻时更疑惑了："知道什么？"

"哎呀，你都成网红了！"陈夏翻出手机给她看照片，"这就是你吧，我一定没认错，没想到真人比照片还漂亮啊！"

"我还是第一次见网红……"陈夏嘀咕道，"不行，我也得趁着热度发个帖子，说我和网红住同一间宿舍……"

喻时有些哭笑不得。她刚刚匆匆扫了一眼那张合照，感觉是无心之人随手拍下来的。不过有一说一，确实拍得挺好看。

她勾着嘴角，点开手机，找到那个帖子，长按了几秒后，把那张照片下载了下来。

"哎，你跟我说说，你和照片上的男生到底是什么关系啊？"陈夏忍不住走过来拉她的胳膊。

喻时拗不过她，有些无奈地把胳膊从她怀里抽出来，刚准备说话，忽然有什么东西被重重地扔在柜子上。

宿舍里的人皆是一愣，看向一直一言不发地收拾行李的女生。她看上去挺文静的，至少喻时之前是这样认为的。

喻时记得，这个女生叫何霏，是北市一中的。

她的语气充满了烦躁："这里是 NMO 的冬令营，是进行比赛的地

271

方，想聊天还不如回去呢，别连累了别人。"

说最后一句的时候她忽然扭过头来，看向喻时。很明显，这句话是说给喻时听的。

喻时对上她的目光，轻轻挑了下眉。

这个人，是认识她吗？还是说，认识……照片上的另一个主角，周聿也？

男生宿舍。

周聿也自然也听人说了那张照片的事情，休息的间隙，他才坐在空着的行李箱上，拿出手机点开了那张照片。

看到照片后，他打开评论区扫了一眼，评论区的网友都表示很喜欢这张照片。

周聿也一一给那些评论点了赞，眼里的笑意越来越浓。

直到一条刚发布的评论吸引了他的注意力：*这个男生，感觉长得好像之前带我的数学教授啊？*

周聿也一愣，还没来得及点开这个人的资料背景，宿舍门口处突然传出几声异响，随后，一双球鞋出现在周聿也眼前。

周聿也放下手机，懒洋洋地抬起头，看向那双鞋的主人："张崇？怎么，想我了，专门来我的宿舍看我？"

张崇不是一个人来的，还带着经常跟在他身边的那个宋迟非。

张崇看着周聿也，语气冷淡："就是确认一下你在不在冬令营，毕竟临阵脱逃的事你也不是第一次做了。"

周聿也笑了一下，收回目光，消遣似的转着手里的手机。

"既然看到了，烦请带着你的好兄弟一起离开。"周聿也余光瞥见门口的陈叙，似笑非笑，"你们挡着别人的道了。"

宋迟非："周聿也，你这是什么态度？！张崇还想着毕竟我们之前是同学，来看你一眼，结果你就这种态度？"

周聿也神情不变，任凭他在那儿说着，甚至还无聊地打开手机玩智力小游戏。

没过几分钟他就通完了所有关卡，周聿也顿时失望地啧了一声，顺手把游戏关了，这才慢悠悠地抬起头，笑了一声："我邀请你们来了？"

张崇盯着周聿也缓缓攥起了拳头，心中的怒火已经快要压制不住。

他刚要开口，门口忽然传来了一道男声："这位张同学，既然周聿也已经不在你们学校了，那他的事就和你们无关了。大家都是来参加决赛的，不要把事做得太难看，你觉得呢？"

张崇皱起眉头，看向陈叙。他还真没想到，有一天，周聿也身边会有人站出来替他说话。

不过，毕竟这才是第一天，张崇不想惹出什么乱子，冷冷地瞟了陈叙和周聿也一眼，这才朝外面走了出去。

宿舍重新恢复平静，周聿也站起来，朝陈叙随意地挥了一下手："谢了。"

陈叙没有吭声，他以为，即使一中有那么多尖子生，可像周聿也这么有数学天赋的人，在原来的班上应当还算受欢迎，没想到……

经过张崇那么一打岔，周聿也已经找不到刚才的那条评论了。他低着头若有所思。

周树南，也就是他的父亲，之前就是清大的数学系教授。难道那个评论的人，是他爸之前的学生？

周树南的数学水平极高，他在学术界的名气很大，可是当初不知发生了什么，他突然从清大辞职，然后就失踪了。关于周树南的事情，外界一直众说纷纭。

周聿也这时候才发现自己忽略了一件事——他的父亲当年教出来的学生不算少数，其中不乏师生感情深厚的，如果有人和他一样，也在打听周树南的下落呢？或者说，已经有人知道详细消息了呢……

周聿也目光一凛,倏地握紧了手机。

他忽然想起,他爸之前好像和一个学生走得很近,那个男生经常来家里找他爸。

周树南失踪后,那个男生好像也来家里问过几次,可惜那段时间他在外地的夏令营,没有办法及时接收到消息。再后来,那个学生就没消息了。

万一,这个男生知道什么呢?

想到这里,周聿也的目光越发幽深。他立刻摁亮手机,给北市的张励打去电话。

"喂,大力,你帮我查查,我爸失踪前的学生都有哪些,尤其是关系近的。我记得,出事后,有个学生来过我家好几次,追问我爸的下落。"

"好,你就放心比赛吧,这些事交给我,我保证给你办妥了。还有,你肯定也看见张崇和宋迟非他们了,别搭理他们,你就安心地拿个冠军奖牌回来……"

原本周聿也的神情还有些冷漠,听着大力的大嗓门,他的嘴角不自觉地勾起:"谢了,大力。"

张励刚想再说些什么,就听见电话那头传来的忙音。

要不要挂得这么快啊,自己也没说几句话啊。张励有些郁闷地看了一眼被挂断的电话。

他刚想说周聿去了一趟怀城,整个人都变得有人情味了不少,结果这人连十秒都没坚持下来。

冬令营共计五天。

第一天是开幕式,带队的是一个叫方林的年轻男老师。他戴着一副黑框眼镜,看上去斯斯文文的,据介绍,是清大毕业的高才生。他告知他们这几天的安排和注意事项后,就让他们自由安排时间。

学生们自发地去图书馆复习，一个学校的同学分成一个小组，坐在一起，有问题组内讨论解决，不时有几位老师进来扫视一圈。

中午，食堂。

喻时打完饭，下意识地去找周聿也，余光扫到他的身影，正要朝那边走过去，就看到一个女生端着饭也朝他走了过去。喻时认出来，那是和她一个宿舍的何霏。

看来他们之前真的是同学，这会儿是想坐在一起叙旧吧。

喻时撇了撇嘴，没心思再过去。她看到陈叙正在不远处，眼睛一亮，喊了一声"陈叙"，便端着饭快步走了过去。

周聿也听到脚步声，下意识地以为是喻时过来了，漫不经心地说："昨天睡好了吗？"

何霏有些受宠若惊，既欣喜又有点儿不好意思："也……就那样吧。"

听见声音不对，周聿也的眼皮一跳，抬起头来。看到是何霏，他顿时变得冷漠起来，眉眼间的笑意也消失得无影无踪。他朝她轻轻抬起下巴："你过来干什么？"

说完，他就看到了坐在何霏背后的陈叙和喻时，两人看上去聊得还挺开心，他的脸色一黑。

何霏注意到他态度的变化，嘴角有些僵。他刚刚那句话不是对她说的，那是对谁？那个叫喻时的女生吗？

何霏努力维持着脸上的笑意，握着筷子的手却缓缓收紧："我……我就是过来和你打个招呼，上次你来北市我们也没多说几句……"

"嗯，我知道了。"周聿也低低地应了一声，随便扒了两口饭，敷衍道，"我吃完了，你留在这里继续吃吧。"

他是真的对北市的这些同学不感兴趣，平时也只和张励多说了几句话。没想到，他离开之后，这些同学反倒一个两个的蹦了出来，天天在他眼前晃来晃去。

但人家坐在这里，这里又不是他家开的食堂，也没有权力干涉人家坐哪里，所以他干脆站起来，朝何霏客气地点下头，然后就端着餐盘离开了。

在他起身的那一刻，何霏的脸色一变。她盯着眼前的饭菜，没有丝毫胃口，脑海中浮现出他和喻时的合照。

其实这顿饭，喻时也吃得心不在焉，嘴上和陈叙聊着天，余光却关注着前方的动静。很快，前面那两个人说了两句话后，周聿也就站了起来。

喻时连忙装作若无其事地收回了目光，埋头吃饭。直到他离开，她才茫然地看向陈叙："你刚刚说，周聿也和他之前的同学关系并不太好？"

陈叙嗯了一声。喻时的眉头皱了起来。

之前听周聿也的话，只能猜测他和以前的同学关系不怎么样，现在居然到了针锋相对的地步吗？

周聿也的确心高气傲，一中自然有不少人看不惯他。不过，也不是什么人都能影响到他。

喻时放下心来，便安心准备接下来的考试。

考试前的时间总是漫长又煎熬，而上了考场，时间就像被偷走了一样，过得飞快。

考试在早上进行，下午则是复习和讨论的时间。

整个冬令营有几百个人，需要从中决出六十个名额入选国家集训队，竞争压力还是很大的，也很考验心态。

考完试的第一天，就有一个学生的心态崩了，应该是第一场考试没发挥好，被迫回家了。

喻时还好，考了几场，她感觉发挥得还是很稳定的。

两天后，考试结束，喻时放下了笔，下意识地看向窗外。

这天，北市依旧是阴天，却不知何时，飘飘洒洒地下起了白色的雪。雪花如鹅毛飞扬，地面上很快就铺上了一层薄薄的雪毯。这是二〇一四年的初雪。

教室里，刚考完试的学生们明显松了一口气。看到外面下了雪，有人惊喜地提议："外面下雪了，我们出去看看吧。"

于是大家笑着闹着，一股脑地从教学楼跑了出来，在雪地里打雪仗。

喻时也不例外，兴奋地从教学楼跑出来。她裹着那条淡粉色的围巾，站在雪地里，抬头去接天上飘下来的雪花。

怀城地理位置偏南，往年的冬天，大家很少看到这么大的雪。这天这也是稀奇，初雪就下得这么大，也不枉阴了那么多天。

喻时又从地上捧起一把雪，像其他人一样团了一个雪球，她有些迷茫地扫了一圈周围的人，寻找攻击目标。

背后传来一个熟悉的声音："喻时。"

她转过身去，就看见穿着黑色棉服的少年正在身后。他戴着和她相同款式的蓝色围巾，身形挺拔修长，眼里带着浅浅的笑意。他的头顶、身上都落满了雪花。

见她看过来，周聿也抬起手往自己的心口戳了戳，动作间有股少年飞扬的意气。他朝她点了点下巴："来，朝这儿打。"

喻时也不跟他客气，将一个圆滚滚的雪球朝着他的方向扔了过去。雪球在他的身上散开。

喻时见他不躲，跑过来看他，有些无奈地笑道："周聿也，你真是一个笨蛋。"

周聿也笑了一下，抬起手将她颈间的围巾收紧："那怎么办呢，只好让你多照顾照顾我了。"

周围喧闹不已，唯有他和她相对而立。

玩了一会儿雪，喻时觉得有些冷，搓了几下手，干脆把自己冻得发红的手给他看，软声软气地跟他撒娇，说自己冷。

277

周聿也看着她可怜巴巴的神情:"冷还非要蹲在雪地里继续玩。"

喻时的脸被冻得有些红,那双圆圆的杏眸却很亮。她拉长了音调:"这不是来找你了吗?而且,你不觉得,今年的初雪很好看吗?"

周聿也笑着点了下头:"很好看。"

雪越下越大,长时间待在室外受不了,两个人并排朝楼里面走去,步伐一致。

喻时微微仰起脸,专注地盯着他,然后嘴角往上扬了扬。

为什么觉得今年的初雪格外好看呢?

她想,大概是因为今年有他在吧。

原本想着考完试,剩下的几天就在 NMO 考试基地参观游玩,冬令营就算是顺顺利利地结束了。可一切都来得猝不及防,矛盾就在接下来的这几天发生了。

一天上午,带队老师方林带他们去参观基地,为了活跃气氛,免不了一起做些游戏。而游戏内容,自然和数学有关。

方林介绍说,下午的学术报告,将会由清大的数学教授张柏林主讲。他的话音刚落,忽然有人问:"张柏林?这不是张崇他爸吗?"

张崇听到有人提到他爸,虽然神色没变,但脊背却挺得更直了些。

同学中顿时传出几声惊呼,应该是有人听说过张柏林的名字。

张柏林在数学界很有名,他的儿子张崇参加竞赛的成绩也很好。

只不过,每次有什么比赛,张崇的名次前面都有个周聿也。世人大多只关注第一名是谁,哪还会去关心第二名呢?

"我们在这儿考试,跟谁爹来了有什么关系?考试又不是拼爹。"

张崇神情一冷,看向说话的那个人。

是何霏。她一贯看不惯张崇他们针对周聿也。

何霏咬了咬牙,若有似无地瞥了一眼不远处的喻时,手缓缓握紧。

就算他们现在关系好又如何?再怎么样,那个喻时也只认识周聿也将近五个月时间而已。之前周聿也可是在一中待了整整一年,更了解他的,还是她何霏。

"更何况,真正有声望的教授,应该是周树南周教授吧。"她口中的那个名字一出,全场皆静。就连方林也一愣,看向说话的何霏。

有些和老师关系近的一中学生,自然知道周聿也的家庭情况,也知道他的父亲就是周树南。只可惜,这位教授早已下落不明,关于他的下落众说纷纭。

张崇显然没想到何霏居然会提到周树南,神情一变,下意识地去搜寻周聿也的身影,却没有找到。

宋迟非有些不耐烦地对何霏喊道:"那又如何?!备考的这段时间张崇早就做好了所有准备,进步飞快,而周聿也呢?"他冷冷地一笑,"在备考最关键的时候离开资源最好的一中,去了一个从未出过任何数竞成绩的高中,你觉得,这么长时间过去,他会有什么进步吗?说不定啊,他还在原地踏步呢!"

他这话一出,在场的几个萃仁中学的同学脸色一变。

"你这是什么意思?!你们一中凭什么看不起我们萃仁?!"

"宋同学,还请你说话客气点儿!"陈叙沉下脸,站了出来,"萃仁往年成绩的确不如你们,但这些年萃仁也一直在努力提高教学水平,并没有你们口中说的那么不堪,还请你们尊重你们的对手!"

此刻,喻时的脸色也很不好看。她没想到,一中的这几个人,竟然咄咄逼人到了这个地步。

"只有无能的人才会反复拿之前的事情说。"她压下怒火,丝毫不退让地看向对面一中的几人,"说我们的实力差,可我们现在却站在了同一个地方,参加同一场比赛,你们并没有任何资格说这些话,不是吗?"

张崇记起来,这就是和周聿也一起被拍的女生。他讽刺道:"萃仁今年倒是出了几个人,可站到这里,最后能走多远呢?说不准啊,结果一出来，你们都得灰溜溜地回去呢！"

张崇看着眼前的女生，挑衅地朝她笑了下。

喻时用力咬紧牙关，死死地盯着这个男生："你……"

想和她对挑是吧？喻时表示，她这人从小到大就没怕过谁，有事她还就真上了。

大堂里发生的冲突周聿也毫不知情，大力刚才给他打电话，他借口去卫生间，走到了一个空旷的地方，接起了电话："查得怎么样了？"

大力的声音很快传了过来："喂，周聿也，我查到了。的确有个学生经常去拜访周叔叔，周叔叔失踪后，他也询问过好几次周叔叔的情况。"

"这个人是谁？"

"我看看啊……他叫方林。说起这个，他好像还是你们这次决赛的总带队老师！"

周聿也一僵，方林……居然是他。

周聿也的脑海中浮现出方林的模样。他总戴着一副黑框眼镜，温和地照顾学生，不时和他们说话。

怎么会这么巧，他正好在调查他爸失踪的事情，带队的老师又正好是他爸的学生。而这个方林，恰好也调查过他爸的事情。所以，真的都是巧合吗？

是或不是，只有他亲自一问才知。

周聿也丢下一句"我知道了"，就连忙挂断了电话，抬起腿朝大堂走去。

而此刻，大堂里吵得快翻天了。

方林一个人挡在一中和萃仁的学生中间，有些照顾不过来，着急得脸都红了，不停地往上扶着眼镜，大声喊着："同学们，有事好商量，情绪不要那么激动……"

280

"你们在干什么？！"周聿也看到这一番乱象，大步走过来，将喻时护在了身后，目光扫过对面的张崇，"你欺负她了？"

喻时牙尖嘴利的，张崇怎么可能说得过她，刚才几乎是他一直单方面挨骂。还没等他开口，周聿也就过来了。

要说喻时受委屈，还真不可能，但她见有人来撑腰，自然不会放过这个机会。她缩在周聿也身后，扯了下他的袖子："是他，就是他！他刚刚一直在骂我！还说这次我要是得了奖，他就去外面裸奔！"

听到喻时这句话，萃仁的学生没忍住，捂着肚子笑了起来。

张崇听到喻时这句话，顿时气不打一处来："我什么时候说过那句话？！"

"那你是觉得我能拿到奖喽？"

"呸，我看，你最厉害的也就是你那张嘴，说不定进冬令营也是靠投机取巧，你怎么可能拿奖？！"

"既然不担心我拿奖，那你是承认我前面说的话了？还是说，你怕了？"喻时笑嘻嘻地看向他，"你怕我拿到奖，你真去外面裸奔……"

话既然都说到了这个份上，张崇自然不会再否认，免得让其他人觉得他是真怕了。他语气不善地回了句："行，我答应你。"他不怀好意地问，"倘若你没得到奖呢？"

喻时微微弯唇，轻松地笑了一下，看向张崇："如果我没得奖，那我就退出竞赛，从此不再走数竞这条路。"

"如何？"她冲他轻轻挑眉。

冬令营里的每一个人，都是经过无数场数竞考试才走到这里的，中间的艰辛只有他们自己知道。如果这次没得奖，明年还有一次机会，真正想走这条路的人是不会放弃这么好的机会的。可喻时却将这条后路彻底斩断了。

这个赌，还真不是一般的大。与其说是两个人打赌，不如说是两个学校之间事关荣誉的挑战。

281

周聿也双手抱胸，睨了喻时一眼："确定这样做？"

喻时用力地点头，认真地说："我不能眼睁睁地看着他们针对你，针对萃仁。"

周聿也一怔，语气里有明显的笑意："行，那就这样比。"

如此随意的对话，两个人就像在过家家一样。

周聿也看向一中的那些学生，有些不耐烦地啧了一声："既然立下了赌约，那就安分些，懂吗？"

这是在警告他们别再惹是生非，说些有的没的。

丢下这句话后，周聿也又看向张崇，说出的话威力不亚于扔下一颗炸弹："金牌，是靠实力说话的。"

张崇听到那句话后，脸色变得很差。

见形势稳定后，方林松了一口气，用手扶眼镜的同时，正好对上了周聿也带有几分压迫的眼神。

方林一顿。

这天上午，天色阴沉沉的，中午过后，太阳就从厚重的云层中露出一角。

宽阔的台阶上，坐着一个少年。方林走过来，在周聿也身边坐了下来。

周聿也将手边的另一瓶水递给了他："你的。"

方林没有拒绝，接过来拧开瓶盖喝了一大口，看向他："你都知道了？"

周聿也握着自己的瓶子晃了晃，目视前方："知道什么？"他将目光转向方林，"知道你是我爸的学生，这么多年也没有放弃找他吗？"

方林握紧饮料瓶，沉默了许久。片刻后，他低低地叹息了一声："我跟周教授学了很长时间，他在数学领域称得上天赋异禀，我也从来没见过对数学这么执着的人。当年他也帮了我很多。"

"周教授和你一样,年少时参加竞赛,一举成名,大大小小的奖牌他拿到手软。学界把他捧得越来越高,夸赞他是清大最年轻、最有名的数学教授,当时外界给他的评价是——真正的天才。"方林苦涩地笑了笑,"当时想找他当导师的学生不计其数,而周教授也从不吝于传播知识,跟着他的学生都能学到很多。可之后,他却变得很忙,压力也很大。"

方林说的这些,周聿也全都知道。可在他的眼里,周树南只是他的父亲。

那个时候,周树南已经和棠冉隐婚了。当时的周树南在学术界声名鹊起,可棠冉却被负面新闻缠身,如果这时候他们公布婚讯,一定会引起轩然大波。所以,他们商量过后,便没有选择公布,而是投身于各自的事业。

直到周聿也出生后,周树南出于对孩子的考虑,把更多的时间用来陪伴孩子。棠冉这时的事业一路往上,她也越来越忙。

多年来,周树南从未放弃过数学,教育周聿也这件事,他也没有疏忽,还把对数学的热爱传递给了儿子。

"你和当初的他,真的很像。"

周聿也神色不变,平静地说:"所以呢?这么多年,你查到他在哪里了吗?"

方林一顿,目光变得复杂了起来,握着瓶子的手缓缓收紧。

方林冲动地站起来,低下头看着周聿也,挣扎地说:"这么多年他都没有出现……难道你就没有怀疑过,周教授其实根本不是失踪,而是……不在了吗?"

周聿也:"你什么意思?"

方林深吸一口气:"的确,我这次来到冬令营不是偶然。我是知道你在这里才来的。"他直直地看向面前的男生:"我知道,你是因为调查周教授失踪的事情才去了怀城,进了萃仁中学。可你知不知道,在周教授去怀城之后,你的母亲也去怀城了?"

方林的话语好似千斤重的巨石,沉闷地落在周聿也的心上:"周教授失踪的那天,也就是从萃仁离开的那天,是棠冉带他走的,路上出了车祸。那场车祸过后,车上的二人被连夜送往医院,棠冉受的伤并不严重,周树南教授却受了重伤,病情稳定后被送往国外治疗。"

这是他这些年调查出来的结果。教授出了国,他没有了人脉和调查的方向,至此线索中断。

"说是治病,可这么多年过去,一个活生生的人怎么会一点儿消息都没有?!"

除非是有人故意压制消息。而谁有这样的实力,结果不问便知。

方林看着面色阴沉的少年,从口袋里拿出一张银行卡,递给了周聿也:"前段时间,棠冉知道我在查这些事情后给了我这张一百万的卡,让我不要再继续查下去了。"

周聿也的眸子锁定着那张薄薄的卡,他觉得喉咙发干。

"我左思右想,还是觉得不能收下这笔钱,但又不太好还给棠冉,现在决定把这笔钱还给你。周聿也,你对你的母亲,真的没有一丝怀疑吗?"

"那你觉得,我为什么要相信你说的话?"周聿也听见那些话,既没有震怒,也没有狂躁,"我没有办法完全相信你。你说的这些事,我都会一一调查核实。至于这张卡……"他将目光下移,落在那张卡上,然后抬手接了过来,"我会亲自去问她。"

方林思索片刻,随后慢慢点了点头。

了解完情况,二人就没有再交谈的必要。周聿也从台阶处站起来,准备转身就走。

看他就要离开,方林倏地开口:"如果周教授看到你现在的成就,一定会为你感到高兴的。说不定,往后你的水平不亚于周教授。"

"站得越高就代表更好吗?"方林的话音刚落,前方的周聿也偏过

284

头来，语气淡漠，"我没有那么大的追求。"

他只是一直在尽最大的努力往前走，至于走到哪里，他没有刻意去想过。

如果说周树南是学术疯子，年轻的时候全身心地投入数学，那周聿也则与父亲有很多不同。他多了几分随性，但总感觉这个人很冷漠、不好相处。

但方林知道他执着的和在意的是什么。

大堂上，熙攘的人群中，他大步上前，毫不犹豫地把喻时护在身后的那一刻，方林仿佛看见了当初年轻的周树南，在围上来的记者和刺眼的闪光灯下把一直被拍的棠冉拉到身后的情景。

方林盯着他的背影，摇头无奈地笑了笑。

晚上，女生宿舍里。

洗漱的间隙，陈夏对喻时表示了深深的佩服："喻时，你下午那会儿可真勇敢！"

这时候喻时收敛了很多，摆着手谦虚地说："还好，还好。"

"哎呀，你不用谦虚。不过，刚才周聿也二话不说把你拉到身后的样子真的好帅，你还说你们没什么……"

"我们真没什么啊……"喻时不自觉地挠了挠鬓角，小声反驳。

"那跟我们说说嘛，你们怎么这么熟……"陈夏和旁边的几个女生一起凑过来跟喻时聊天。

就在这时，门口突然传来重重的关门声。还在说话的几人不约而同地安静下来，朝门口看过去。

何霏的脸色很难看，她一言不发地走过来，把脸盆放在了地上，冷冷地开口："还说什么以后，你们怕是忘了某个人信誓旦旦做出的赌约了。"

陈夏刚来时被何霏冷嘲热讽过几句，自然对她没好感，当下冷哼

285

一声，双手抱胸，说："我看，你是吃不到葡萄就说葡萄酸吧？"

"你！"何霏眼里染上怒火。

喻时是真不明白，何霏这人究竟是怎么想的，自己一没招惹她，二背地里也没说过她的坏话，她却几次三番地嘲弄自己。

她在心底无声地叹了口气，走上前去，拍了拍何霏的肩膀："来外面，我有话和你说。"说完，她拉开门走了出去。

何霏看了一眼她的背影，犹豫了两三秒后，还是跟了上去。

喻时站在走廊上，靠在暖气片旁，拢紧了身上的粉色棉服，看到何霏关上门，朝自己这边走过来。

待她走近，喻时看着她的眼睛，开门见山地说："你是不是很欣赏周聿也？"

何霏眼皮一跳，连忙低下头去，可手却不由得握紧了衣角。

"是就是，不是就不是，这个问题很难回答吗？"喻时真不想和何霏过多纠缠。三言两语就能说清楚的事，搞那么多的弯弯绕绕干什么。

"是。"被喻时直截了当地一问，何霏也不扭捏了，长出一口气，承认了，"我是很欣赏他。"说完，她看着喻时的眼睛强调，"从他来到一中后，我就开始关注他了。"

"喻时，我比你早了整整一年认识他，也比你更了解他。其实我很不理解，为什么周聿也那么冷淡的人，偏偏对你不一样？"她的眼圈泛红，"你连'没有获奖就再也不参加数竞'这种话都说得出来，你是真的喜欢数学吗？还是说，你只是想在周聿也面前表现你的自信和大胆？"

她的语气带着几分憋屈，因为气温过低，说话时还哈出白雾："他为什么……会欣赏你这样的女生呢？"

喻时看着她的眼睛，沉默了一会儿。粉色的棉服领口被从窗户吹进来的冷风吹得立了起来，她的耳朵也被冻红了，但她没有去管，缓缓说道："我这样的女生？"

她转头看向黑夜下的雪景,片刻后,忽然笑了一下。

"如果不是真心热爱数学,没有天赋的我们怎么能站在这里?"她转过头来,平静地看向何霏,"在此之前,你从未了解过我,所以,你并不知道为了能站在这里,我付出了多大的努力。我知道,无论我说什么,你都未必会相信,但周聿也有一句话说得很对……

"金牌,是靠实力拿的。我说出那些话,不是我想在众人面前表现自己,而是我很清楚,我确实有那个实力拿奖。"

喻时往前走了一步,拉近与何霏的距离:"何霏,你为了周聿也,不断和一中的那些人争吵,自以为那是为了他好,可你做的事,和他们根本没什么区别。"

喻时一口气说完这些话,心里终于舒坦了些。看到何霏的脸色难看起来,她忍不住抬起手拍了拍对方的肩膀:"更何况,我们又不是非得通过男生的认可才能证明自己的价值,每个人都有独特的自我价值。你看,现在我们不就是在和他们同台竞技吗?"

"何霏,这世界这么大,不如去做些提高自我价值的事情,这样才是对自己的人生负责。"喻时微微一笑,朝何霏挑了下眉梢,"不是吗?"

喻时的话里话外并没有竞争和炫耀的意思,何霏不禁一怔。她本以为,喻时把自己叫出来,是要和她当面对峙。

明明她们欣赏着同一个人,可喻时却从未将自己拘泥于得到他人的认可。因为,凭她自己,就可以越过山,跨过海。这样通透的女生,谁能不欣赏?

何霏在心底里无声地自嘲,嘴角泛起一丝苦涩的笑意。

若她早一些认识喻时,恐怕也会忍不住靠近吧。

何霏低下了头:"现在,我总算知道周聿也为什么欣赏你了。"

"所以,我厉不厉害?"舍友都睡下了,喻时窝在床上,小声地把

287

自己和何霁化干戈为玉帛的事情告诉了周聿也,说完又拿出撒娇的语气说,"周聿也,你快夸夸我,夸夸我嘛……"

周聿也躺在床上,枕着自己的胳膊,嘴角上扬,懒洋洋地说:"嗯,夸你。"

他的神情很放松。只有和喻时说话的时候,他是最自然的。

他的语气带着隐隐的笑意:"想听什么?"

喻时顿时笑弯了眼:"那你说,喻宝最可爱。"

他应该是在电话那边笑了一下,接着少年干净低沉的透过电流声传来:"嗯,喻宝最可爱。"

喻时的脸倏地发了热,她往被子里钻了钻,用力捂住嘴巴,防止自己不小心笑出声来。

黑暗中,她的一双圆眸透亮水润:"你再说,明天喻时一定能拿奖。"

"明天喻时一定能拿奖。"少年笃定的声音传来,喻时眼里的笑意满到快要倾泻出来。

冬令营的最后一天,这次考试的成绩和名次即将公布。颁奖现场,除了所有冬令营的学生和老师,还有一些电视台的记者会到场。

喻时到颁奖现场的时候,也被现场来了这么多人震惊了一下,看来这场比赛的结果还是很受重视的。

这次比赛,前六十名选手会获得金牌,进入国家集训队,获得清大的保送资格。比赛的满分是一百二十六分,参赛选手共有五百六十名。此次试题难度偏高,考取满分几乎不太可能,有很多学生都卡在最后一题的最后一问上。

即将公布分数的时候,老师笑着说这次有一个学生得了满分。

一时间,全场安静下来,无数视线在张崇和周聿也的身上打转。毕竟,只有他们最有可能获得满分。

张崇看上去明显比周聿也紧张很多,额头上都渗出了汗。

喻时也被这种紧张的气氛所感染,不由得咽了咽口水,朝周聿也靠近了一些。下一秒,她的掌心被人缓缓画了一个对勾。

喻时意外地抬头,却正好对上他的目光。她一怔,随后明白了什么,眼里顿时绽放出笑意。

她就知道,他一定可以的!

此刻,萃仁中学的电子屏幕上,出现了颁奖典礼现场的影像。全校师生都在看着这一幕。

柳南巷的小卖部里,唐慧和周广平坐在电视机前。

"这次 NMO 冬令营唯一一个得了满分的学生是——"老师铿锵有力的声音落下,电子屏上面的名字也终于缓缓出现,"是来自萃仁中学的高二学生——周聿也同学!"

全场立刻爆发出掌声。

怀城的萃仁中学,领导喜极而泣,学生的呼喊声和掌声夹杂在一起。

柳南巷的小屋里,唐慧也忍不住笑了:"小周这孩子真让人骄傲。"

周广平的脸上也充满了笑意:"这小子,和他爸当年不相上下。"

周聿也走到领奖台上,记者全都涌了过来,闪光灯对准周聿也出众的五官不断闪烁。他弯腰从老师手里接过奖杯,拿起话筒,扫视着台下众人,开口:"大家好,我是来自萃仁中学的周聿也。"

在介绍自己时,他第一次用上了前缀——他来自萃仁中学。然后,他站在台上缓缓鞠了一躬。

接下来,继续公布排名。

张崇的总分与满分只有两分之差,排名第二。明明他的脸色很难看,但张崇还是强扯出一抹笑容,应付着过来颁奖的老师。

289

第三名是在这次比赛中成绩优异的陈叙。同样,他也来自萃仁中学。

在念出他的名字的那一刻,场上同样爆发出响亮的掌声,还有几道难以置信的惊呼声。

这次,萃仁中学大大地出了一次风头,之前说过萃仁中学坏话的一中学生,不少人的脸色变得难看了起来。

这时,张崇的脸上丝毫看不出得了奖的喜悦之情。

台下的喻时脸上依旧露出自信的笑容,谁也不知道,她的心跳正慢慢加速。

"此次排名第八的学生是——"

眼看前十名的名次即将念完,陈叙之后获奖的几个学生都来自北市一中,足以见得一中的实力。

张崇的脸色明显好看了一些,嘲弄地看向喻时。

喻时神色不变。

就在这时,台上的老师终于宣布:"来自萃仁中学的高二学生——喻时!"

喻时的脊背一下子挺直,脸上绽放出灿烂的笑容。她深吸一口气,沉稳从容地走上台,弯下腰让老师把金牌挂在了自己的脖子上。

喻时这次可以说是一匹黑马,让所有人看见了萃仁中学的实力。

前十名,五位来自北市一中,两位来自其他的普高,剩下三位都来自萃仁中学。这一次,萃仁的学生,硬生生地将"萃仁中学"打出了名号。

颁奖结束后,是集体合影和记者采访环节。

"哎,哎,哎,我们不得跟学校的三个大功臣合合影啊。"萃仁中学的同学们拿着相机跑过来,插科打诨地笑着让他们把奖牌和证书亮出来。

"快,快,快,你们都笑一个!"

290

"你们这三个人,都快成萃仁的门面了。"

他们团团围在相机前,看着镜头里穿着萃仁中学校服的三个人。

陈叙笑得含蓄内敛,把证书端正地竖立,笑着看向镜头;周聿也还是那副散漫的样子,把证书揣在兜里,站在喻时左边,看了镜头一眼,然后转过头去看身侧的喻时,薄唇微微上扬。

拍了好几张,终于有同学看不下去了:"哎,周聿也,你能不能不要一直往右边看了,镜头在这里,看这儿啊……"

喻时用脚轻轻地踢他:"你倒是看镜头啊。"

周聿也被逗笑了,肩膀抖动了一下:"知道了,知道了。"他这才正了正身子,眼睛看向前方。

照片定格,穿着校服的三个人靠在一起,胸前的金牌熠熠生辉。

接下来萃仁中学的学生一起拍了大合照,然后学生们又结伴照了很多照片。有意思的是,萃仁的学生专门挑在一中的学生跟前照,他们笑得有多开心,后面一中的学生脸色就有多难看。

会场正热闹之时,喻时想起什么,精准地捕捉到了张崇想要离开的背影。她可没忘记他们还有一个赌约呢。

现如今成绩出来了,也该到了履行赌约的时刻了。她立即底气十足地对着那个背影喊道:"张同学,你要去哪里啊?"

喻同学挥了挥手,萃仁的同学们就心领神会,跟着她气势汹汹地走了过去。

周聿也原本想跟上去看好戏,但还没迈出一步,就被记者拦了下来。

"周同学,你好,作为此次的冠军,你对广大同学们有什么想说的吗?"记者说完,将话筒举在他的嘴边。闪光灯不停地闪烁,照在他出众的脸庞上。

周聿也微微一笑,看向镜头,他的声音透过话筒,透过屏幕,传到每一个关注此刻的人耳边:"愿大家,诸此少年,前途似海,来日方长。"

这话一出,下面响起了一些掌声。

记者又问了一些关于学习方法的问题,周聿也大致说了些后准备离开。这时,人群中忽然有记者高喊:"之前有媒体报道你的母亲是明星棠冉,请问情况属实吗?如果是真的,周同学,你的外形条件也不差,再加上网上也有你的照片流传,这是不是代表着,你往后也有进军演艺圈的打算?"

此话一出,场上一静。

那可是大明星棠冉啊,要是能挖到有价值的新闻,那可是绝对的头版头条。一时间,记者们纷纷把话筒递了过来,提问的声音此起彼伏,闪光灯的光照在少年的眼睛上,让他忍不住微微眯眼。

"之前有媒体拍到你和棠冉一起出行,如果你们不是母子关系,那你们究竟是什么关系呢?"

"有媒体拍到棠冉之前去北市一中看过周同学的照片,周同学能不能具体说一下原因?"

每一句发问都极其尖锐,甚至为了博人眼球,他们不惜把话题往一些很离谱的方向上引。

被记者围在中央的周聿也面容冷峻,目光一一扫过不断提问的记者们。

他抬起下巴,倨傲、冷漠地问:"我和她什么关系,关你们什么事?"

这句话没有劝退任何人,反而更让他们激动了:"周同学,你这个反应,是不是代表着棠冉和你的关系并不好?"

"为什么母子关系不好,你能具体说说吗?"

"迄今为止,你的父亲都没露过面,他究竟是什么人……"

…………

突然,一个惊讶的女声从记者的背后响起来:"哎,棠冉来了?"

那些记者听到这句话，还以为棠冉真的来了，不约而同地朝门口看去。

而周聿也还没来得及反应，手腕就被一只带着汗的手牢牢地攥住，不自觉地跟着那人往前跑。

直到匆忙跑进一间教室里，喻时这才长出一口气，靠在洁白的教室墙上，气喘吁吁地对他摆手说：“放心吧，现在绝对安全了。那些记者还真是烦人，问起来没完没了……"

刚才她收拾完张崇，让他道了歉，扭过头一看，就看见周聿也被那群记者挤在中央。

喻时怎么能眼睁睁地看着那些记者们欺负周聿也？

她想了个损招，转移了记者的注意力，趁机把他带来这里，离开那个令人窒息的地方。

周聿也立在原地，没出声。

喻时见他迟迟没有动静，抬起手在他面前挥了挥，有些担心地说："怎么，被他们问傻了？"

周聿也看她白里透红的脸上有汗渗出来，耳边的碎发黏在上面，显得凌乱、狼狈，但眼睛依旧亮闪闪的。他看着她，慢慢出声："你不好奇吗？"

喻时眨了眨眼睛："什么？"

"他们说的那些。"他停顿了一下，"你不好奇，为什么我来到怀城这么多天，我的父母没来找我……"

"我当然好奇啊……"她往后走了几步，然后拉出一张椅子坐了下来，慢吞吞地说，"只不过，就是一开始比较好奇。毕竟，人都有新鲜感嘛。"

她支起脑袋，认真地看向站得笔直的男生："可是，周聿也，比起那些，我更想只了解你一个人。这么长时间以来，我能够认识你，了解你，这就已经足够了。"

她扬起唇，眼里充满光亮，慢悠悠地回想："我了解到的周聿也啊……他是一个大帅哥，就是时不时发小脾气，还怪难哄的。他养着一条很可爱的拉布拉多犬，给小狗取了个帅气的名字，叫功勋。他喜欢喝绿豆汤，很喜欢刷数学题，刷完题后会不屑地吐槽那些题出得很烂，放松的时候喜欢打球、听歌。"

"他这个人啊，嘴硬心软，明明嘴上说着不管闲事，可看到别人有困难，还是二话不说出手帮助，是内心十分柔软的、阳光正直的少年。"她笑得如太阳般耀眼，"他很好，其余的都不重要。"

周聿也看着她，冷硬的神色渐渐变得柔和。他抬起手揉了揉她的头发："嗯，其余的都不重要。"

被记者刁难生的气，在女生低柔的轻哄下，逐渐消失不见。

在回怀城的路上，周聿也罕见地发了一条朋友圈：嗯，我的champion（冠军）。配图是获得金牌的照片，但并不是他的个人照，而是一群人的合照。

站在最前面的，是获得金牌的周聿也、陈叙和喻时。周聿也的视线看向了中间，而照片最中间的人，是举着金牌和捧花，比着剪刀手，笑靥如花的喻时。

原先他的微信没有名字，现在他微信的昵称变成了——Ti。

车上的同学看到这条朋友圈，有人扒着前座问正眯眼假寐的周聿也："哎，周聿也，那个 Ti 是什么意思啊？"

"这个看起来是一个单词的首缀啊……"

"什么单词啊？"

"应该有后缀吧，后缀是什么？"

这句话一出，原本还在打瞌睡的喻时忽然来了精神。她打开手机瞥了一眼，看到周聿也新换的昵称，不由得一怔。

喻时想到什么，慢慢直起了身子，笑得十分古怪。她凑到周聿也的肩膀旁，附在他耳边小声问了一句。

周聿也低头看了她一眼，翘了下唇，意思不言而喻。

喻时顿时露出灿烂的笑容。

这个单词的后缀，是 me（我）。

喻时兀自傻乐，周聿也却眯了眯眼睛。现如今，他已经取得了 NMO 的金牌，那么任秀华当初答应他的事，也该履行了。他离他所要的真相，越来越近了。

回到怀城，真正的庆祝才算开始。

萃仁中学今年有三位同学进入国家集训队，同时获得清大的保送资格，这是往年想都不敢想的事情。他们回到学校后，老师就让他们三人开始准备清大的申请手续。

校长甚至专门开了表彰会，把喻时他们好好夸奖了一番。

校长站在主席台上，说到激动处，甚至还挥舞着手臂。

喻时背着手盯着下方乌泱泱的一群学生，忽然没忍住笑了。

旁边周聿也淡淡地丢过来一句："笑什么？"

喻时摸了摸鼻头，小声说："我上次站在这里，还是挨批评来着。"

陈叙在旁边听着，嘴角也不禁往上勾。

眨眼间，已经过去了快两个月，时间过起来可真快啊！

陈叙微微抬起头，看着远方有些发灰的天空，几只大雁并列成一排朝着天际飞去，目光中缓缓露出几分怅然。

表彰会结束，陈叙原本想给家里面打个电话。可还没打出去，他就看到他妈妈的电话先拨了过来。

陈叙弯了弯唇，接起电话："妈，我这次得了……"

"陈叙，你听妈妈说。你爸他知道你现在住的地方了，这段时间你就先不要回你之前租的那个房子了。"

陈叙轻轻说了声："那我……住哪儿？"他搭在衣摆处的手也随之

紧握，青筋凸显。

"我已经和你二伯他们家说过了，这段时间你去他家稍微挤一下，正好陈望不是和你也挺亲近的嘛，这几天兄弟俩住在一起也不算多生分……"

"可是妈，"陈叙眼镜后透射出来的目光有些悲伤："那不是我的家。"

"妈知道，可是陈叙，一切都要以你的学习为主，你回到家中，你爸一喝酒就变成那个样子，你怎么学习？！"

陈叙忽然问："那你就不能搬出来和我一起住吗？"

电话那边突然没了声音，过会儿隐隐有几声哽咽声透过话筒传了过来："陈叙，你好好读书就行了，其他事情不需要你管，听见没？等你高中毕业，我们再谈这些，好吗？"

陈叙闭了闭眼，压抑住内心的情绪，慢慢呼出一口气："好，我知道了。"

晚上，喻时刚回到家，就看到餐桌上摆着丰盛的饭菜，顿时惊喜地张大了嘴巴："妈，这该不会都是为我准备的吧？"

唐慧笑着从厨房里走出来："不然呢？"她看了一眼喻时冻得发红的脸蛋，笑道，"快洗洗手过来吃饭吧，我们的金牌得主喻选手。"

"哎呀，妈！"喻时不好意思地捂住自己的脸，扭捏了两下，正要坐到餐桌旁，突然想到什么，弯着眼睛朝唐慧说，"妈，要不把周爷爷和周聿也叫上来一起吃饭吧。"

她害臊地挠了挠耳朵，小声解释："之前周爷爷请我去他家吃了一顿晚饭，而且，周聿也在北市很照顾我……"

"当然行了，你有小周的电话吧，叫他们上来就行了，反正今天我做的菜多，我们也吃不完。"唐慧这天难得好脾气。

喻时一举闯进国训队，同时获得清大的保送资格这个好消息，终于让操心了这么多年的唐慧放下心来。这一晚上,她一直乐呵呵的。

"好嘞,妈。"喻时顿时眉开眼笑,下了楼,朝着小卖部那边跑去。

唐慧有些无奈:"这孩子,都说了让她打电话,还专门出去跑一趟,这么冷的天……"

长辈们坐在一起吃饭时谈论的无非就是自家孩子的事。

唐慧笑着说喻时小时候的趣事,周爷爷不时地大笑着附和。

喻时一张脸红扑扑的,实在听不下去了,一转眼,却看到周聿也靠在椅背上,头微微偏向唐慧那边,正听得入迷。

顿时,喻时的脸更热了。她扯了下他的衣袖,咬牙切齿地说:"你听那么认真干吗呀?"

周聿也偏过头来,目光停留在她泛着红晕的脸颊上,学着她刚刚的语气,稍稍拉长音调:"为了更了解你呀……"

喻时连忙捂住脸,羞愤地瞪他一眼:"不许学我说话。"

她妈怎么就抓着她小时候的事一直说。

但幸好,唐慧说了一会儿,周爷爷也跟着说了些周聿也小时候的事。这下角色调换,喻时直起腰来侧耳聆听,还不忘朝周聿也投过去一个眼神。

周爷爷说,周聿也之前也来怀城读过书。

当周爷爷说出那个小学的名字时,喻时吃了一惊,忍不住出声:"这不是和我一个学校吗?"

周爷爷一顿,随后笑了笑,长叹了一声:"是啊!当初因为他妈,阿聿没念多长时间就转走了。要是他不走,说不准这么多年下来,你也能和他一块儿长大了,哈哈哈……"

喻时也跟着笑了笑,心里却鼓鼓胀胀的,滋味实在算不上好受。她想,小时候的周聿也,过的是多么漂泊无定的生活啊。

思忖间,她看到周聿也朝她轻轻点了点头,站了起来,对两位大人说:"阿姨,爷爷,屋子里有些闷,我带喻时出去逛逛。"

周广平当下手一挥,笑呵呵地说了声:"去吧,去吧,别着凉了,早点儿回来。"

唐慧也跟着点了点头。

周聿也一路拉着喻时回到了小卖部,打开灯。

喻时坐在椅子上,安静地看着周聿也忙活。

他从书桌下方取出了一个陈旧的笔记本,递给了喻时,然后扯来一把椅子,坐在她跟前,两条腿敞开。

喻时看向本子,微微一愣。笔记本的封皮上,还留着少年青涩的笔迹,写着"周聿也"三个字。

她抬起手,轻轻抚过那三个字。男生的声音响起:"这是老周送给我的第一个笔记本,我一直保留到现在。"

喻时的眼皮一颤,手上的动作停顿了一下。这是他第一次对她提及他的父亲。

"其实对我来说,老周不仅仅是我的父亲,也是我的数学启蒙导师。"周聿也微微弓着身子,双手交叉,"小时候的我,总想着长大后要做他那样的人。可连老周那样的天才,也会因为一道题而纠结几天几夜不睡觉。当时的我什么都不懂,只能在他身边干看着,一点儿忙也帮不上。"

他耷拉下眼皮,声音越发苦涩:"那时我玩了命地学习数学,不停地参加各类数学竞赛,渐渐地拿到了名次。老周知道后,毫不吝惜对我的夸奖。那时候我在想,或许长大后,我可以和他一起攻克难题。当时外界的人总说……周家又出个数学天才,说不定比他老子周树南还要厉害。"

"可是……老周忽然做不出题了。"说到这里,他的双手缓缓收紧,"那段时间,他把自己关在房间里,反反复复地计算那些题,草稿纸不够用,他就……直接写在了墙上。"

周聿也微微闭了闭眼睛,他想,他这辈子都忘不了那天偷偷打开周树南的房间,走进去看到的画面。

房间里,草稿纸被扔得满地都是,上面的字迹从工整变得潦草,到后面根本看不出写的是什么。

周聿也一转过身,就看到墙上写满了密密麻麻的计算公式。

他愣了许久,朝着伏案奋笔疾书的男人走去,轻轻拍他的肩膀:"老周……"

就在这时,坐在椅子上的男人猛地起身。他的眼里血丝遍布,头发蓬乱,衣服发皱,显得十分邋遢。粗略一看,他早已没有了之前的儒雅平和。

此刻,他睁大眼睛,用力地捏着手里面的纸张,失神地反复呢喃:"算出来了,终于算出来了,得交给他们,交给他们……他们在哪里呢……怎么没人找我来拿东西啊……"

因为周树南的动作太过突然,周聿也躲避不及,摔倒在地上。他有些艰难地从地上爬起来,看着周树南明显不对劲的神情,心中害怕极了。

可即使这样,他还是拉着周树南的衣角,皱着小脸,脆生生地喊了一声:"爸……"

周树南听见这一声,终于回过了神。看到周围一片狼藉,他踉跄了一下,抬起头,盯着那满墙的公式。似乎意识到什么,他连忙丢掉手中的那一摞纸,蹲下来去抱周聿也,不断安慰道:"宝贝,刚刚爸爸不是故意的,没事吧……"

直到一只小小的手搭上他的大手,周树南一愣,对上儿子的目光。

"没关系的,老周,算不出来没关系。"他伸出手,勾住了周树南的小拇指,"我长大后,一定会成为超级厉害的数学家,帮你解很多很多难解的题。"

这样,他就再也不用把自己关进房间里,算那么久的题了。

尽管周聿也这样懂事,可周树南还是能感觉到儿子的身体在微微发抖。他把自己的儿子吓到了。

周树南摘下眼镜,用力地抱了抱儿子,眼角湿润:"爸爸知道了。既然如此,那我们说好,你先努力学习,拿到数竞冠军给爸爸看,好不好?"

小孩子不会察言观色,只知道爸爸答应了,当下高兴地勾住父亲的小拇指:"一言为定!我一定会拿到冠军,给老周看!"

之后,平静地过了一段时间,棠冉也破天荒地回来和周树南待了很长时间。

再之后,就到了暑假。

周聿也出去参加一个全封闭的夏令营,与外界失去联系。夏令营结束,他拖着行李回到家里,却发现家里空空如也。再然后,棠冉回来了,而周树南却再也没有回来。

自那之后,他的父亲就失踪了。

"所以,这么多年来,你没有放弃数竞,就是因为当年答应了周叔叔,一定要拿到这次决赛的冠军?"喻时微微张大了嘴巴,看着眼前的少年,心中觉得十分酸楚。

她没想到,一贯被别人冠以天才名号的周聿也,这么多年居然是这样过来的。

明明他出生在一个幸福的家庭,母亲是大名鼎鼎的女明星,而父亲是盛名在外的数学教授,一切都应该很完美,为什么偏偏会是这样……

一想到这里,喻时手足无措地看着眼前的少年,轻轻低喃了一声:"周聿也……"

直到现在,她才终于明白,周聿也之前为什么总不愿融入人群。

喻时的鼻头更酸了。

周聿也瞧着她可怜巴巴的模样，抬起手轻轻揉了一下她的脑袋，语气有些无奈："怎么哭了，没事的，真没事。"他看着她手中的笔记本，轻声说，"反正，早就习惯了。"

他的声音很平淡，好似这样就无人知晓他的孤单与寂寥。可是，哪有人会不期望热闹和幸福呢，他只是习惯性地将喜怒哀乐隐藏起来。

喻时看到他这副模样，眼眶突然觉得酸涩得更厉害了。

"周聿也。"她忽然开口叫了他一声，嗓音有些哑，"往后我陪着你好好生活，好不好？"

周聿也一顿。

"春去秋来，夏至冬归，每一天，我都要待在你身边。"女生温和却坚定的声音响起，还带着点儿鼻音。

周聿也闷笑几声，像是开玩笑："我稍稍一卖惨，你就哭得这么厉害，那我要是再惨些，你可怎么办啊？"

喻时用力地吸了吸鼻子，胡乱地把眼泪往他的衣服上蹭了蹭，不管不顾地说："那我就和你一起面对，反正你哪儿都不能去。别想逃脱我的五指山。"

周聿也应道："行，那就不逃。"他的眼里是星星点点的笑意。

过了一会儿，他听到喻时还不时发出几声哽咽，轻轻给她拍了拍背："注意点儿……别把鼻涕糊到我的衣服上。"

喻时立刻抬起头，瞪了他一眼，眼圈红红的："周聿也！"

男生扯唇笑了笑。

喻时被他这么一逗，不哭了。她低下头，翻开他的笔记本，里面都是他小时候认真写过的题以及做的笔记。

一直翻到最后，喻时突然发现本子背后的一张照片，疑惑道："咦，这张照片上的这个人……"

照片上的男人笑得十分开怀，银色的方框眼镜在阳光下闪着光泽，旁边是一个板着脸却依然帅气的小男孩儿。

那个男人和这个小男孩儿，喻时越看越觉得眼熟，总感觉在哪里见过。她将目光定格在二人后面的学校——那是她读过的小学。

　　周聿也随口问了一句："怎么了？"

　　"这张照片上的人是你和你爸？"喻时有些吃惊地看向对面的周聿也。

　　看到他点头，喻时倏地笑了，看着那张照片，说："现在我相信了，缘分还真是有几分是天注定的。"

　　当初在学校门口发生的一切仿佛还历历在目，没想到一眨眼，七年过去，她还能和那个小男孩儿再次相见。

　　原来，她曾有幸和周聿也的父亲相处过一小段时间。从某个角度来说，这位叔叔也可以算是她走上数学之路的引路人。

　　喻时指着那张照片，压抑住兴奋，期待地问道："你还记得当初在这个小学门口遇到的那个小女孩儿吗？"她见周聿也微微皱眉，有些着急地说，"就是当初在你面前哭鼻子，说要超过你的那个小女孩儿！"

　　周聿也的眉梢一挑，立刻想起来了："那个小女孩儿，是你？"

　　喻时眼里全是笑意，故作矜持地说："没想到你对我的印象还挺深。"

　　周聿也忽然笑了一声，懒洋洋地靠向椅背，微微合上眼睛："那是，从小到大，几乎没有人敢说出要超过我、让我等着的话。"他幽幽地说，"你是第一个。"

　　以前他怎么没发现呢，喻时那股子不服输的劲儿，还真是从小到大都没变过。

　　一声敲门声响起。

　　任秀华从办公桌上抬起头来："请进。"

　　下一秒，门把手被拧开，周聿也走进来，朝正在批改试卷的任秀华微微点头："任老师好。"

任秀华笑了一下，放下手中的笔："搬个凳子坐过来吧。"

周聿也对上她的眼睛，听话地照做。

任秀华见他坐下来，这才认真地打量他。十几秒后，她微微一笑："你和你爸可真像。"她又补充道，"这股子执着劲儿很像。"

周聿也看着她："看来你和我爸还是挺熟的。"

"你爸是我的老同学，当时我和他一届。"她笑着夸赞，"那一届的数学系里，你爸是最出色的学生。所以，当初你爸博士毕业后，清大很希望你爸能够留校任职。"

周聿也皱了下眉。如果他没记错的话，当初他发现老周失踪后，调查过他的工作经历。老周博士毕业后并没有立刻进入清大工作，中间有两年的空白期。可这两年他到底去了哪里，资料上并没有显示，难道……

任秀华看他的神情，就知道他发觉不对了，不由得微微一笑："是的，即使清大开出了丰厚的薪资待遇，但你爸还是拒绝了。他说，他想先去偏远的地方任教两年。

"他说现在的教育飞速发展，而一些小城镇的教育却依旧落后，人才资源不能合理分配利用。他自己就是从小城镇的高中走出来的学生，所以他很理解学生的不容易，他不想让这些优秀的学生永远被阻于高山之内。"

任秀华微微停顿了一下，继续说："所以他来到了这里，来到了当时各方面都不发达的怀城，进入了当时教学条件很差的萃仁中学任职。在这里，他担任了两年的数学老师。"

"士不可以不弘毅，任重而道远，仁以为己任。"她的眼里逐渐充满了动容，"这是你爸离开北市、来到怀城的初衷。"

周聿也静静地听她说着。

"事实证明，一个好的老师的确可以给学生很大的帮助。那两年，萃仁考上大学的学生比之前足足多了两倍，你爸没有浪费自己的天赋和时间,给了无数人希望和帮助。就在他结束任职的那几天,他遇上了棠冉。"

任秀华当初和周树南一个系,还是一个数学小组的,关系比较好。见面后,周树南曾和她提及过初遇过棠冉的情景。

当时的棠冉实在算不上光鲜,没有一点儿大明星的光鲜靓丽,被几个人围堵。

回家路上的周树南帮她解了围,她在怀城住的地方被曝光,无处可去,便跟着他回了家。

周树南从未见过这样的女人。明明狼狈到了极点,她却依然保持着那份傲气。在雨夜里冻得全身发抖,她也依旧一声不吭,逼着他心软、放她进去。

自那之后,两人之间的感情发展快得一发不可收拾。

或许是受周树南的影响,任秀华深思熟虑之后,也辞掉了当时在北市的工作,来到了萃仁,接替他的教学工作。没想到,这一待就是十多年,她也变成了两鬓斑白的中年人。

周聿也开口时,嗓音有些沙哑:"所以,当年老周毫无预兆地回到怀城,是为了……"

任秀华替他说完了下半句:"为了找回他过去的记忆。"

那年,讲完课出来,任秀华忽然看见一别经年的老同学——那个只在电视和讲座上出现的男人——站在萃仁中学门口,她还有些恍惚。因为周树南的变化太大了,十年过去,他老了。

但最大的变化,不是他的年龄,而是他整个人都变得消沉、颓废,没有了之前的意气风发。

见任秀华朝他走过来,他才后知后觉地跟她打了声招呼。

任秀华看了他一眼,然后带着他去了自己的办公室,给他倒了一杯热茶,坐下来笑道:"怎么忽然来这里了?就你一个人吗?"

周树南笑了下:"嗯,我一个人。"说完,他想到什么,眉眼柔和下来,"不过,今天下午冉冉就来接我了。"

任秀华笑着打趣:"你还是和当初一样,一谈起她就一副'少年怀春'的样子。"

周树南笑了笑,看向窗外在操场上奔跑的学生,叹道:"还是不一样了啊……"

后来二人陆陆续续地聊了很久。

周树南难得健谈起来,说起他和棠冉有了一个儿子,叫周聿也,名字是他取的。这孩子比他还要聪明,往后有机会一定要让她见见他的儿子……

夕阳落下时,二人才结束聊天。任秀华原本想请周树南吃饭,但他婉拒了。她目送他走出了萃仁中学的大门,然后看到校门口有车停下,随后出现一道纤细的身影,是棠冉。

她着急地从车上下来,看到周树南后明显松了一口气,跑过来用力地抱住了他。

周树南揽着她,两个人朝着车的方向走去。

任秀华看着他们的背影,忽然想起刚才她和周树南分别时,她说,他往后要是不忙了,可以多来走动走动。

周树南却停下了脚步,盯着萃仁中学的教学楼,低声说了句:"应该没机会再来了吧……"

任秀华没听清楚,下意识地回了句:"什么?"

周树南却微笑着摇了摇头,没有重复刚才的那句话,而是对她说:"秀华,往后好好生活,永远别亏待自己,要往前看。"

任秀华一怔,盯着他的脸,久久说不出话来。风吹过来,她突然感觉眼眶有点儿涩,慢慢点了点头。

盯着校门口拥抱住的那两个人,她又一次湿了眼眶。

"在那之后，你再也没有看见过他。"听完任秀华的陈述，少年回应。

任秀华有些苦涩地抿了抿唇，目光挪向别处："是的。"

那天周树南突然来萃仁中学，让她感到很意外，聊天过程中，她也感觉周树南有一些不太对劲，可具体也说不出来是什么地方不对。毕竟两个人分别了那么多年，她对他的变化并不清楚。

只不过没想到，他离开萃仁中学之后，就发生了那样的事情。

"车祸。"周聿也启唇，语气不变地吐出两个字。

任秀华点了点头。

周聿也的眼中闪过几丝疑惑。

这和方林说的一样，离开萃仁中学的那天，周树南上了棠冉的车，出了车祸。可那场车祸之后，棠冉安然无恙，周树南却不知所踪。现在，所有的线索都指向了棠冉，也就是他的母亲。

周聿也缓缓收紧手掌，眸色越发深沉。回想起前段时间他对棠冉说的那些话，他咬紧牙关，闭上了眼睛。

现在只需要去当年处理这场车祸的派出所再核实一下，事情的走向就会明了。可如果真的……周聿也忽然不敢想下去。

任秀华一直观察着周聿也，见他神色难看，就知道他在想些什么，忍不住叹了口气："其实，看到你无论如何都要转到萃仁中学的时候，我就知道，你来这里的目的不简单。你以为萃仁中学拿到 NMO 的金牌为理由，希望萃仁中学可以顶着北市一中的压力收下你，其实你不用这样做，萃仁中学也会收下你。"

任秀华笑了笑："我没有告诉你这些事，只是希望你不用背负那么多。要是你的父亲知道了，他也一定希望你能够无拘无束地去学习你喜欢的数学。"

周聿也松开拳头，扯了扯嘴角，看向前方，慢慢说："可我所做的一切，拿到的荣誉，都是为了他能够看到。"

这么多年来，他一直没有放弃过和父亲的约定。只是，如今他做到了，老周却一直没有回来。

离开办公室的时候已经接近晚上。
任秀华忽然开口："周聿也，天下没有不爱自己孩子的父母。"
他转身，任秀华有些无奈地笑了笑："有些事情，是可以解释清楚的。"
周聿也知道她是什么意思。
对上任秀华温和的目光，周聿也沉默片刻，随后微微点了点头，推开门走了出去。

接下来的日子如同按了倍速键，过得飞快，日历上的数字翻过一页又一页。
周聿也抽空去了当地的派出所，但毕竟时间久了，再加上当初监控还没有那么多，他得到的信息不多。只知道，当初的车祸调查结果，是意外，而不是人为。
看到这个结果，周聿也不自觉松了一口气。
但当时车内发生了什么，可能性有很多，具体情况只有当事人清楚。
年关将近，周聿也便停止了调查，专心帮周广平置办年货。
这好像还是他待在怀城，陪他老人家过的第一个年，也该好好过了。

到了年底，意味着高二上半学期也进入了尾声，同学们都在进行紧张的期末复习。
之前的六人也很少聚了，他们都忙着备考。
陈叙这段时间都住在陈望家，想必有陈叙的帮忙，陈望的成绩应该会进步很多。

喻时依旧是那副老样子，偶尔跑上跑下，在周爷爷家混得跟自家一样熟。

直到一声鞭炮声响起，腊月里的柳南巷，终于热闹了起来。

到了腊月二十八、二十九，就是贴春联进行大扫除的时候，喻时被唐慧叫起来，打着哈欠站到凳子上，拿着布去擦高处的玻璃。她刚睡醒，身子一晃一晃的，唐慧走进来，提醒了她一声，让她好好擦。

喻时无精打采地哎了一声，继续擦玻璃，透过玻璃看到了楼下的情况。

周聿也穿着棉服，和周广平站在小卖部的门口。他的面前摆着一张小桌子，坐在凳子上，一只胳膊肘压着一摞红纸，另一只手则提着毛笔在红纸上面写着什么。他身姿端正，眉目出众，没了那股子懒散的样子，一时间倒是挺赏心悦目的。

喻时没忍住，倚在窗户上多欣赏了一会儿。

周聿也似乎是注意到了什么，抬起头来，看到了对面二楼窗户上女生圆圆的脸蛋贴在起雾的玻璃上。

周聿也扯唇一笑，慢悠悠地收回目光，低下头写了几个字后，就放下了毛笔。下一秒，他把那张纸举了起来。

红红的纸上写着几个黑色楷体大字：**笨蛋在看什么？**

喻时的小脸一黑。这个家伙，写对联就写对联呗，还不允许别人看看了？！

她狠狠地瞪了一眼偷笑的周聿也，从凳子上跳了下来，匆匆地丢下一句"妈妈，我去找周聿也写对联"，就跑下了楼。

走到周爷爷的小卖部门口，她终于清楚地看到了周聿也写的对联。

周聿也不光数学学得好，更是写得一手好字。之前，喻时问他怎么练的字，他轻描淡写地说，他小时候写题快，没事干就去练字，久而久之，就练了一手好字。周爷爷知道后，便让他来写对联。

喻时一瞧，的确写得不赖，比起商铺里面卖的那些也不相上下。

周聿也知道喻时来了，继续俯身写字，直到感受到她热烈的目光，他才勾了勾唇，睨她一眼，语气散漫地说："怎么，想学？"

喻时连忙点头："想学。"

"行。"周聿也往后退了几步，把笔递给了她。

喻时走上前来，拿过笔，目光扫过那些空白的红色纸张。她刚想问他该怎么写，他就在她旁边弓下腰，握住她拿笔的手。

"岁聿冬暮，敬颂冬时。"笔锋辗转间，喻时婉转地念出在他的带领下写出的八个字。像是想到什么，她眼里一亮，下意识地扭过头去寻他的目光。二人相视一笑。

这是他和她一起过的第一个冬天，可喻时还贪心地想和他一起过接下来的每一个冬天。

第七章
再见，再见

　　幽暗的车厢里，两个男人坐在座椅上，欣喜若狂地翻看着相机里的照片。

　　照片上被拍到的是一个包裹得很严实的女人，她正匆匆忙忙地走路。从身形和眉眼上看，这人就是那位名气很大的女明星棠冉。

　　一个男人连忙把车窗关上，搓了搓手，难掩激动地说："真没枉费我蹲了她一个多月，终于被我拍到了。"

　　另一个男人盯着棠冉出来的地点，有些疑惑："棠冉去这里干吗？"

　　拍到照片的男人笑了两声，指着照片上的地点说："这个地方隐蔽，出入管理严格，一般人还真不容易摸进去。得亏我之前有个亲戚在这里工作过，打听到棠冉她老公在这里面！"

　　"什么？！"男人惊呼一声，随后有些难以置信，"棠冉她老公，不是那个大名鼎鼎的数学教授吗？怎么会在这里面？！"

　　"千真万确，我还拍到了照片。听说棠冉的儿子最近刚获得了数学竞赛的金牌，热度很高，只要我们把这个消息放出去，绝对是头条。

这次啊，咱们赚翻了！"

屋内。

棠冉瞳孔一缩，上前一步，声音颤抖着："医生，您是说树南的病，很有可能是遗传性的？"

医生点了点头，将最新的基因检测报告递给了她："我们近期对周先生进行了检查，好消息是，周先生的病情有所好转，基本可以记起身边人的名字，幻听的次数减少了很多。但是，周先生所患的精神分裂症是否会遗传，我们还需要对周先生的儿子进行更具体的检查。"

棠冉控制住身体的颤抖，抱着一丝希望："可是，树南的父亲并没有患病，那是不是代表着阿聿也不会……"

"棠女士，这个无法保证，我们必须对周先生的儿子进行检查，才能告诉你遗传概率和发病的可能性。"医生看向眼前这个面容精致但难掩悲伤的女人，低低地叹了口气，"这方面的技术还是国外的比较成熟，如果你们想做相关检查的话，我们建议去国外的机构做。"

棠冉有些虚弱地撑住了旁边的桌子，脸色苍白，脑子里乱作一团。

要带周聿也做检查，那就代表着她没有办法再将事情瞒下去，那他就会知道一切。

难道要让他知道，他的父亲现在已经变成了一个疯子吗？那她这么长时间的坚持算什么？

棠冉痛苦地闭上眼睛，手紧紧地攥成拳，指甲几乎抠进肉里，她却感受不到疼痛。

"树南呢？我想见见他。"棠冉有些无力地说。

"周先生在病房，棠女士，我带你去。"医生带着棠冉前往病房，顺便讲了讲周树南近期的情况，"当初您把周先生从国外带回来，送进我们医院，经过这么长时间的治疗，他的病情已经稳定了，只要不受太大的刺激，他是不会做出伤害别人和自己的事情的。"

棠冉抿了下干涩的嘴唇，艰难地问："那他能回归正常的生活吗？"

医生沉默片刻，缓缓摇了摇头，神色有些复杂："恐怕还需要一段时间。"

棠冉不再说话了。

说话间，二人已经到了病房。棠冉握紧双手，在门口停顿了几秒，随后推门走了进去。

这天是个大晴天，屋内的光线很充足，床边坐了一个干瘦的男人，他背对门口，正出神地盯着窗户。

棠冉看着那个异常消瘦的身影，猛地顿住脚步，眼眶变得通红，唇瓣不停地抖动。

床边的人似乎听到什么动静，迟缓地扭过头来，呆滞地看向门口。

棠冉再也忍不住了，泪水模糊了双眼，发出几声哽咽。

此时的周树南哪里还有当年的意气风发和儒雅风范，明明正是中年，但他的两鬓和发梢已有白发，脸色更是憔悴。关键的是，他瘦得几乎皮包骨，身上的病号服空空荡荡的，感觉来股风就能把他吹走。

他的手腕上戴着一个铁环，上面的铁链一直连到床边。

棠冉扭过头去看医生。医生有些无奈地说道："这是周教授主动要求的。他说，他不希望犯病的时候伤害别人，所以主动要求护士将他锁在床边。"

棠冉红着眼眶："钥匙呢？"

医生有些犯难："棠女士，虽然说周教授现在病情稳定了很多，但也不全是……"

"我说钥匙呢？！"女人蓦然拔高了音调。

医生拗不过棠冉，只好将钥匙掏出来递给她。

棠冉接过来，来到床边，准备把锁链解开。

看见朝自己跑过来的女人，周树南先是有些迷茫，反应过来后，有些迟疑地轻轻喊了一声："冉冉？"

棠冉泪如泉涌，浑身都在发抖，断断续续地回答："是我……我是冉冉，树南，我帮你……帮你解开。"

"不用了。"周树南微微弯唇，抬起手轻轻抹去棠冉的眼泪，温和道，"这是我自愿的，冉冉，别解开它。我怕万一发病，会伤害到你。"

看她的眼泪落个不停，周树南无奈地叹了口气，语气温柔，"明明让你不要来这里的，你看看现在，好好的大明星哭成个泪人，出去还怎么见人啊？"

哭了很久，棠冉的情绪稳定下来，在他身边坐好，紧紧地握住他宽大温暖的手掌，难得任性地说："那就不见人。"她红着眼，抬起头看着身边的男人，"反正无论什么时候，待在你身边才是最舒服的。"

病房里不知何时只剩下了他们，二人肩并肩，彼此依靠着，紧握着手，不时低语。但大多是棠冉在说，周树南安静地倾听。

"你知道吗？我们阿聿这次得了 NMO 的冠军，可算没有辜负你当初对他的期望。"棠冉的眼里满是笑意。

周树南轻轻回应："这小子，还算不错。"

话音落下，旁边的人却没了声音。

周树南偏头去看，见棠冉面露苦涩，低下头缓缓说："树南，这么多年，我总归是没照顾好他。"没等周树南说话，她红着眼角自顾自地笑着说："不过现在这样也挺好的，阿聿如今待在怀城，和你爸生活在一起，身边还有了朋友。他这样比待在我身边好很多，真的。"

明明这样说着，但她的眼角有眼泪流下来。

周树南沉默片刻，问："阿聿，他还在找我吗？"

棠冉没有吭声，但他已经知道了答案。

周树南深深地叹了口气，无可奈何地笑了一下："阿聿这执着的性格，还真是有点儿像我。"

棠冉依偎在他的肩膀上，没有提之前周聿也对她说过的那些话，沉默了好一会儿，才说了句："树南，我觉得……我瞒不住多久了。"

她抬起头，有些无奈地说，"这么多年，我累了，也看开了。"

"我知道你为了我舍弃了多少，这么多年过去，树南，我早就欠了你太多太多。"她站了起来，眼里含着泪，"当年，你害怕自己的病被媒体曝光，会影响我的事业，又害怕自己发病时会伤害阿聿，才想要离开。可如果我当初不去怀城找你，你是不是真的准备自己一个人走了？"

周树南抬起头，看着面前的棠冉，动了动嘴唇，最后轻轻说了句："我想过，可是我做不到。"

他和周聿也相似的眉眼此刻满是沧桑和疲惫，他感叹道："一个天才的崛起受人瞩目，堕落也同样。从万众瞩目的数学天才变成受人非议的疯子，光是想想，我就厌恶自己，怎么可能会允许自己耽误你们呢？"

七年前，周树南不知道从什么时候开始，总觉得耳边有人在低语，他甚至还出现了幻觉。时间久了，他只知道那些人反复让他把一些情报解密出来，还不能告诉其他人，解不出来还要受惩罚。

于是，他便开始解题。他解不完，只好把自己锁在房间里，没日没夜地解题。

直到那一天，棠冉从外面闯进来，把他的笔扯开，红着眼睛将那些纸甩在了他的身上，嘶喊道："周树南，你看清楚，你写的到底是些什么？！"

他突然醒悟，看到手上的那些纸上面都是一些不成样子的数字公式，密密麻麻的一片，哪有什么情报？

他慌忙捡地上的纸张，棠冉看到他露出的手腕和脖颈处都是掐出来的红痕。

棠冉无法描述自己推开门，看见周树南正扭曲着一张脸，用力掐着自己脖子的情形。

那一刻，她只知道，自己绝望到了极点。

"不，不是的，我真的看见了……"他似乎是魔怔了一般，死死地攥着那些纸,反复低喃着这几句。

棠冉抽泣了一声,眼里满是心疼。后来,她放下手头的一切工作,带他去看了医生。

再然后,周树南被确诊了精神分裂症。

从医院回来后,他一直在吃药,可病情却反反复复,他差点儿做出不可挽回的错事。

有一天,他突然在书房里发病了,清醒过来后,他看见刚满十岁的周聿也睁着眼睛迷茫又惊恐地看着自己。那一刻,他就知道,自己不能再留在儿子身边了,也不能留在棠冉身边。

再这样下去,他迟早会伤害她们母子俩。

可是那天他从萃仁中学出来,看到棠冉拉着消失了整整一天的他哭得不能自已,说无论发生什么她都不会放弃他的时候,他还是心软了。

在那天回程的车上,他又一次发病了。

棠冉控制不了他,眼睁睁地看着车祸发生。千钧一发之际,他短暂地清醒过来,义无反顾地挡在了她的身前。

在被送往国外治疗的前几天,周树南已经分不清幻觉和现实,但他反复告诉棠冉——别告诉阿聿。

因为这一句话,棠冉独自保守秘密,坚持了整整七年。

新年的前一天,陈望说到了零点,天桥那边应该会放烟花,问他们几个去不去看烟花。

喻时来了精神,立即说她一定会去,还不忘拽上周聿也。

过年嘛,总要一堆人凑在一起热热闹闹的才好。

江昭也很快应了下来。

夜幕降临,夜空中零星挂着几颗星星。鞭炮声此起彼伏,路上彩灯闪烁。

街道上人群熙攘，不少小摊贩聚集在一起，有卖小玩意儿的，也有卖小吃食的，令人眼花缭乱。喻时付完钱，笑盈盈地从老板手中接过糖葫芦。

从前方走过来的陈望看见她，高声唤她的名字："喻时——"

喻时看到是陈望他们，眸子一亮，兴奋地拔高音调："陈望，你们来了！"

陈望是和陈叙一起来的，他们这天穿的新衣服是同款。喻时开玩笑说，远远看去，他们就像是双胞胎兄弟一样。

陈望听到喻时的玩笑，忍不住揽着陈叙的肩膀，说："今年二伯家有事，陈叙就在我家过年。我妈在挑衣服的时候，给我哥和我都买了一件。不光你这样说，每个见我们的熟人都这样说。"

陈叙在旁边听着，小幅度地笑了笑，抬起头，静静地看着喻时。

她这天很好看，纯白色的短款羽绒服将她的脸衬得白皙清透，脖颈间粉色的围巾又平添了几分俏皮和可爱。

这天很冷，她的脸蛋被冻得微微发红，那一双眼睛却是亮晶晶的。

能在新年的第一天看见她，对陈叙来说已经很满足了。

在喻时跟走过来的江昭过来打招呼时，他才收回了目光。

周聿也一直站在喻时身边，很早就注意到陈叙的视线。

江昭和沈逾青是一起来的。沈逾青的气色看上去有些差，但他不说，也没人能从他口中问出原因。

喻时看到有卖棉花糖的，兴奋地拉着江昭去买。陈望也想吃，但怕喻时没听见，也着急地跟了上去。最后，就剩周聿也、陈叙和沈逾青还在原地。

沈逾青兴致不高，一直没有和别人说话，陈叙则一直在走神。周聿也淡淡地看他一眼，沉默了片刻，倏地出声："陈叙。"

陈叙回过神来，盯着他看。

周聿也又将目光转向旁边的沈逾青。沈逾青识相地朝他摆了摆手，走开了。

陈叙面无表情地说:"如果你还是想说上次的事情的话,我……"

"不是。"周聿也出声打断。他将手插进兜里,揉了揉发红的鼻尖,"之前我的确对你有些偏见,尤其是发生那件事以后。不过,怎么说呢,虽然我看不惯你,但喻时把你当朋友,她身边的每一个人也都把你当成朋友,我不能因为我觉得不高兴,让她迁就我。"

周聿也看着他,一字一顿地认真说道:"所以,她跟谁交朋友这件事和我一点儿关系都没有,她可以放心地去交好每一个人。"

"可是,她的真诚不是别人趁机伤害她的理由。"他话锋一转,明明在笑,但笑容里却没有多少温度,"之前发生的那件事情,我不会原谅你。"

陈叙用力抿唇,拳头攥紧,忍耐片刻,最终还是没说什么。

喻时他们回来的时候,正好是十二点。

钟声一响,绚烂无比的烟花就从空中炸开,如流星一般,在漆黑的夜空中转瞬即逝。

天桥上的人越来越多,喻时看到烟花,兴奋地示意身边的人看:"快看,烟花开始放了!"

她连忙拿出手机,对准天空,却总是拍不全,只好往后倒退着取景。这会儿人群都聚焦在天桥上,很是拥挤,她倒退着走了几步,不知道踩到了谁,身子一歪,就要摔倒时,身后的人稳稳地扶住了她。

喻时身子一僵,扭过头就要看背后的人,却被他温热的手掌扣住脑袋,转向前方。同时,一道熟悉的男声传来:"笨蛋,看哪儿呢,不是看烟花吗?"

喻时绷紧的身子倏地放松下来,杏眸染满笑意。她对他说:"烟花,要和重要的人一起看才有意思。"

周聿也无声笑了一下,如一堵坚实的墙立在她的身后。他盯着烟花,嗯了一声:"许个愿吧,喻时。"

喻时脸上的笑意未散,闭上了眼睛,双手合十,虔诚地说:"那我就许愿在接下来的很多很多年里,我们都不要走散。"

周聿也盯着接连不断的绚烂的烟花,在心底轻轻附和:不会走散的。

他的女孩儿,也一定要一直平平安安的才好。

陈叙离他们不远,看着烟花,脑海中闪过周聿也对他说的话,痛苦地闭了闭眼睛。

陈望没有发现陈叙的异常,心神完全被烟花占据了,还兴奋地拉着他讨论哪处的烟花更好看。

而站在陈望旁边的少男少女则没有那么激动。

江昭收回目光,似乎感受到什么,稍微侧过头去看旁边的男生。

见她看向自己,沈逾青欣然一笑,低头看着她,说:"新年快乐。"

江昭安静地看了他几秒后,然后挪开了视线。

沈逾青的脸色一下子变得难看了起来。

"还有三天……"喻时在日历本上郑重地画掉昨天的日期,缓缓呼出一口气。她想到什么,把日历本抱在怀里,弯着眉眼无声地笑着。

还有三天就是周聿也的生日。二月十五日被她用红笔重重地描了好几下,前面的几天都被她接连画去。

年前,去周爷爷的小卖部买年货的人很多,周爷爷顾不过来,喻时便去帮衬了几回。她和周爷爷闲聊时,无意中得知周聿也的生日快到了。

往年周聿也都在北市过年,棠冉忙于工作回不来,他一个人过年,更别谈过生日了。只要一想到这些,喻时就感觉胸口堵得不行。

她听到这个消息后动了点儿小心思。这一年,她想给他好好过一次生日。

喻时喜欢热闹，想把朋友们都叫到周爷爷家中给他庆祝，甚至提前准备好过生日需要的东西。

但意外总是来得很突然，年后平静的生活是被一个刺耳的电话打破了。

周爷爷刚晨练回来，桌子上的手机就响了起来。他走得慢，还没走过去电话就挂断了，但很快又响了起来。

这会儿周聿也还窝在房间里睡觉，这几天这个孩子跟着他忙里忙外的，晚上也是周聿也来看店，自然睡得很晚。

周爷爷拿起手机，先把它摁了静音，看到来电显示后，他一愣，来电人是棠冉。

一大清早就打来电话，而且一打就是好几个，对方应该是有急事。

周广平接起电话，还未来得及开口，就听到棠冉急促的声音传了出来："爸，周聿也起来没？"

周广平看了一眼那边紧闭的房门，说："没，他还睡着。"

棠冉的声音明显缓和了几分，她劫后余生般低喃："那就好，那就好……"

"发生什么事了？"周老爷子问。

棠冉顿了一下，嗓音有些沙哑："一时半会儿解释不清楚，爸，我求你，别让阿聿看手机。让他在家里好好待着，我处理好这边的事情就去找他。"

刚说完这些话，她就匆匆地挂了电话。

听到棠冉说的那些话，周老爷子皱起的眉头就没松开。直觉告诉他，出事了。

挂了电话，周老爷子用力地握着手机，立在原地很久，这才打开了手机查看网络上的消息。

刚一打开网页，他看到头条新闻，瞳孔猛地一缩，有些脱力地撑着桌子坐在椅子上，失神地看着屏幕。

"怎么会……怎么会……"他反复低喃，眼神中透出几分难以置信。

网络平台上有几个词条被顶在最前面，后面还标了一个"爆"字。

大明星棠冉丈夫身份曝光！

失踪将近七年的著名数学家周树南据悉在××精神病院正在接受治疗，疑患精神分裂症。

棠冉与子不合，是否为名誉抛夫弃子？

…………

有人把棠冉的资料全部扒了出来，甚至周聿也的照片跟资料也被一起曝光。

他之前获得数竞金牌的新闻也被人重新找了出来，很多人在下面评论。

路人甲：有这种精神病基因的人还能继续参加数学竞赛？

路人乙：要是他哪天和他爸一样，发病伤害到别人怎么办？

路人丙：我看还是离这种人远远的比较好吧，我有认识的人在北市一中，他就说周聿也特别不好相处。我想也是，疯子哪有好相处的，哈哈哈……

路人丁：我看棠冉也不是什么好人，周树南得了病，她硬是把事情压了这么多年，还不是怕自己受牵连……

…………

越来越多不堪入目的评论发上来，有嘲笑的、有同情的、有惋惜的，也有讥讽的。

周广平一条条地翻着那些评论看，胸口剧烈地起伏，明显是被气着了。他狠狠地拍了几下桌子，脸色涨红："这简直是在胡言乱语！"

他猛地咳嗽了几声，却因为压不下这股气，咳嗽得越来越厉害，身子也止不住地往下弯着。

周聿也听见动静醒过来，从房间里一出来，就看见周广平浑身哆嗽，一直弯腰咳嗽。

他大步跑上前扶着周广平，连忙去翻兜里的手机："爷爷，别担心……我现在就给你叫救护车。"

周广平的咳嗽仍未停止，他颤抖着手把手机抢了过来："不用……"

周聿也以为他又在逞能，心道都咳成这样了不去医院等什么，又去拿放在桌子上的手机。

周广平突然震怒，使了很大的劲儿把桌子上的手机打了出去，用力推了一把周聿也，让其连连往后退了好几步。

他看向周聿也，怒吼着："我都说了，你不许拿！"

说完，他想要扶住旁边的桌子，但因为刚才高声说话，咳嗽再一次加重了，手从桌子上滑脱，身体不受控制地朝地上倒了下去。

周聿也脸色煞白，大步上前，伸出手去拉快要摔倒在地上的周广平："爷爷！"

此刻，房间里的喻时也看到了那些新闻，一下子变得惊慌起来。她一下子从椅子上站了起来："周聿也……周聿也……"

如果他知道自己找了那么久的父亲，如今以这样的方式暴露在众人的眼前，那么他会……

喻时连鞋都没换就匆匆忙忙地跑下楼，去了小卖部。进到屋内的那一刻，她猛地怔住了。

周聿也红着眼眶跪坐在地上，一只手扶着失去意识的周老爷子，另一只手攥着手机。手机屏幕正亮着，上面显示着喻时刚刚看到的那些新闻。

一阵兵荒马乱过后，二人把周爷爷送到医院，周聿也一直坐在走廊上等结果。

喻时从未见过周聿也这个样子。他看起来散漫惯了，好像凡事都不放在心上，可喻时知道，他比谁都看重情义，看重自己身边的人。

此刻，他一言不发地坐在椅子上，保持了那个姿势很长时间。喻时终于忍不住，快步走到他面前蹲了下来，哭道："周聿也，你别这样，你看看我好不好……"

她去寻周聿也的脸，才发觉他浑身都是冷的。下一刻，她感觉自己的手心忽然湿润起来，有什么热热的东西一滴又一滴，落在她的手心里。

不知过了多久，周聿也才轻轻开口："我总是在想，我是不是还在做梦。"他缓缓抬起头，眼眶湿润，苦涩地扯了下嘴角，"真奇怪啊，一觉醒来，什么都变了。"

喻时几乎是立刻确定了——他在自责。他现在一定在想，如果不是他，周爷爷就不会被送进医院。

一时间，莫大的悲伤将喻时笼罩住。她哽咽着摇了摇头，声音沙哑："周聿也，不是这样的。"她带着哭腔，一字一句地说，"周聿也，你没有错，错的是他们。"

周聿也没有吭声，安静地看着她。他抬起冰凉的手，怜惜地轻轻摸了摸她的头顶，又用指腹抹去她的泪珠："喻时，你别哭。"

喻时用力地哽咽了一下，重重地点了点头。

医生说，周广平是因为情绪波动太大，再加上年纪大了才昏厥过去，打完点滴，注意休息，不要再有情绪波动就好了。

周聿也安静地听着，一直绷紧的脸色总算放松了些。喻时闻言也松了一口气。

周聿也并没有让喻时在医院待太久。她这天出来得急，连鞋子都没换，衣衫单薄，在外面待久了恐怕会生病。

周聿也把她送到医院门口，打了个车让她回家。

喻时打开车门，看着疲倦的周聿也，心疼地说："等我回家收拾好就来找你。"

周聿也弯了弯唇,安静地看着她好了一会儿,才轻轻地点了点头:"好。"

喻时这才转过身。

上车的那一刻,周聿也倏地往前迈了一步,伸手拉住了她。

喻时一顿,把手搭在了少年的胳膊上,低低地唤了他一声:"周聿也。"

男生很轻地应了一声,却没有撒手。

喻时忍不住笑了一下:"我很快就会回来的,你别担心。"

周聿也微微合着眼,不知过了多久,才慢慢松开了手:"一路平安。"

喻时眼里溢出笑意,朝他点了点头,转身上了车。

车子发动,喻时透过玻璃窗看着周聿也的身影。而他也没有动,一直目送着她。

车子离医院越来越远,这时候,喻时忽然看见,不少人站在周聿也身边对他指指点点,甚至还有人对着他拍照。也对,舆论发酵得那么快,他就算在怀城也无法独善其身。

周聿也往回走,那些人还是跟着他不放,镜头离他越来越近。

喻时趴在车窗上,看着他越来越远的身影,下意识地就要让司机停车。这时,周聿也突然停下来,转过身,无视那些人异样的目光和举动,从容地朝她挥了挥手告别,还做了一个口型。

喻时一时没认出来那个口型,但她懂他的意思——他让她别回去。

周聿也回到医院后,为了保险起见,还是给周老爷子办了住院手续,准备让他好好休息几天。

进去看周老爷子的时候,周广平已经醒了,沧桑的面容上挂着一抹歉意的笑容,长叹了一声:"把你吓坏了吧。"

周聿也没吭声。

周广平看着他,眼眶发涩,轻声问:"你……都看见了?"

这次周聿也应了一声。

周老爷子按住被角苦笑:"你信了?"

周聿也平静地回:"不信。"

网上那些消息半真半假,没有一条值得相信。但他绝不会坐以待毙。自始至终,他相信的都是自己的耳朵和眼睛。

"这几天您就先在医院待着。"周聿也走上前来,替他掖了掖被子,"柳南巷那边就别回去了,搞不好有记者会去那边,影响你的正常生活。"

"那你呢?"周老爷子抓住了他的手。

"我去找她。"他要搞明白,事情的真相究竟是什么样子的。

周老爷子看到周聿也的眼神,就知道这件事没有转圜的余地。他长叹一声,苍老的面容透出几分无奈:"你去吧。本以为把你留在我这个老头子身边,就可以让你好好生活了,可到头来还是白忙了一场。孩子,你长大了。"

"不是白忙一场。"周聿也微微弓下身子,轻轻握住周广平满是皱纹的手掌,"待在怀城的这段时间,待在您身边……我很开心,爷爷。"

周广平倏地湿了眼眶,一时间万千思绪全堵在心头。他轻轻地拍了拍自家孙子的手:"好孩子。"

回到家之后,喻时连忙打开衣柜,找出一件厚衣服穿上,换好鞋就准备出门,却在开门的那一刻被唐慧叫住:"喻时,你要去哪里?"

喻时一边往前走,一边拉着衣服的拉链:"妈,我出去找朋友。"

"是去找周聿也?"

她不吭声了。

看她这副模样,唐慧就知道了答案:"喻时,你站住,你不能去找他。"

喻时转过身，有些无法理解："妈，为什么？"她咬紧牙关，试图说服唐慧，"你……你一定也看到了那些新闻……妈，他现在很需要我，我怎么能不去找他？"

周聿也父母的事情闹这么大，此刻恐怕没几个人不知道了。

唐慧是她的母亲，也知道周聿也的情况，她想不通唐慧为什么要阻拦自己去找他。

"明明……明明您也很喜欢周聿也，不是吗？"喻时此时说话已经有了鼻音，乞求地看向自己的母亲，"你难道就忍心看着周聿也被那些人欺负吗？！"

唐慧有些无奈地闭上眼睛："喻时，不是妈妈不让你见周聿也，而是为了你的安全着想。

"他们现在是网上的焦点人物，无数好事者盯着他们，甚至有人找到了周大爷的家，在门口蹲点，指望着能多问出些消息来。我们现在要做的，就是先保全其身，不给小周那孩子添麻烦。喻时，你能听懂吗？"

喻时低着头死死地盯着地板的缝隙，睫毛颤动不止。

"喻时，你应该能想到，如果小周知道你因为他受到了伤害，他一定会自责的，不是吗？"

听着这些话，喻时忽然回想起早上周聿也做的那个口型。现在，她终于认出那个口型说的是什么了。

他在对她说：再见。

原来，他早就知道，她这一回去，就没有了再出去的机会。二人下次见面，不知道是什么时候。

早在她坐车离开的那一刻，他就做出了决定，他要独自承担一切。

周聿也，你这个大笨蛋，你怎么可以这样对我！

豆大的眼泪从喻时的眼中掉下来，一滴，又一滴，怎么都止不住。她干脆蹲下身子，无助地埋着脑袋哭泣。

唐慧心疼地把喻时抱在怀中，拍着她的肩不停地安慰着，眼里充满了心酸和无奈。

周聿也安顿好周爷爷，临走前还去看了一眼功勋。

功勋的伤口好了很多，马上就要出院了。可周聿也现在不能带它走。

功勋看见周聿也，尾巴摇得欢快。周聿也蹲下身子，笑着去摸它的脑袋。摸着摸着，他嘴角的笑意慢慢收敛了些，然后轻轻落下一声叹息。

听见周聿也叹气，功勋疑惑地抬起头，黑黝黝的眼睛一眨一眨的。

"这辈子好像都没拜托过你什么事情。"周聿也揽住功勋的脖颈，轻轻地蹭了蹭功勋的脑袋，"拜托你，功勋，像之前那样继续去保护喻时，好吗？"

功勋摇着尾巴汪了一声。

周聿也眼里满是欣慰，抬起手摸了一下它的脑袋："好兄弟。"

等把功勋安顿好，周聿也从宠物医院出来，看着那个戴着口罩的女人，慢慢停下了脚步。他没有丝毫意外，只淡淡地对她说了一句："你终于来了。"

不复往日的光鲜亮丽，棠冉的神情有些疲惫。

她走上前，仔细地打量了一下周聿也，见他面上还算平静，这才松了一口气，说："短期内你最好不要再回你爷爷家了，我在北市找了房子，你先过去那边避避风头……"

她的声音消散在风里。

怀城的夜幕早已降临，少年伫立在街道旁，抬起头，对上她的目光。

周聿也："我想见见他。"

棠冉蓦然沉默下来。片刻后，她轻轻点了点头。

上了车,二人一路无言。

天刚刚破晓,车子缓缓驶入一家私人医院的车库。

周聿也推开车门,盯着医院的入口,没有立刻走进去。

棠冉跟着下车,看着他的身影,眼里弥漫出一片苦意。她走到他身边,轻轻说:"如果你现在还没有做好见面的准备,我们还可以再等……"

"不必了。"少年冷淡的声音从前方传过来。

棠冉看着他的侧脸,微微一怔,还是带他走了进去。

出事后,棠冉就把周树南转到了这家保密性更好的私人医院,那些媒体和记者暂时还摸不到这里来。

走到三楼的一间病房门前,二人停了下来。

"你爸……就在里面。"棠冉看着少年低垂的眉眼,握住了他的手,语气带上了几分乞求,"阿聿,进去之后,和你爸好好说说,千万不要刺激他,好吗?"

周聿也静静地看着她,半响,露出一个讥讽的笑容。他挣开她的手,冷漠地问:"在你眼里,我一直都这么冲动,是吗?"

棠冉一顿,松开了他的手,看着他推开门走了进去。

屋里的人好像早就知道他会来,对着镜子不断整理着自己的衣服,看上去有些拘束。他没穿之前的那身病号服,而是换了一件正式的西装,但他实在太瘦了,衣服撑不起来。

周聿也慢慢往里走,屋里那人从镜子里看到他,欣喜地转过身准备朝他走过去,却因为动作太急趔趄了一下。

还好周聿也及时伸出手扶住了他。

周树南站稳后,抬头看比自己还高的儿子,笑了一下,欣慰地感叹:"我们阿聿真是长大了。"

周聿也看了他好一会儿,才故作轻松地说:"可不是嘛,你上次见我还是我十岁的时候呢。"

一眨眼，那个十岁的小孩儿，都长得比他还高半个头了。

周树南认真地端详着这个之前他只能在照片和视频中看到的儿子，忍不住红了眼眶，：“好儿子……是爸爸对不住你。你别怪你妈。”

他缓缓弯下腰，拿起桌子上的水杯，小心翼翼地递给他，然后撑着床慢慢坐了下来。

"当初，是我不让她告诉你的。这么多年，她守着这些秘密，真的很不容易。"

周聿也看着他的动作，只问了一句："如果不是媒体曝光，你们还要瞒我多久？"

周树南没有说话。

看着周树南的神情，周聿也知道了答案。他失望地闭了闭眼，努力把眼眶里的酸涩感全都压下去："你们究竟有没有认真考虑过我的感受？"

周树南被他问得措手不及，张了几次嘴，才开口："当时你还很小，知道这些事情对你的前途和未来有害无益。更何况，当时你对数学正感兴趣，我不希望因为我让你放弃它。

"而且，当时你妈妈的事业正处于巅峰期，如果事情曝光出来，对她也是毁灭性的打击……"

所以他宁愿用失踪骗自己，也不愿意告诉自己真相。

可世界上没有不透风的墙，这些事情终究还是被人曝光了出来。

周聿也一边听他说话，一边用力地握紧了拳头："说了这么多，你有为自己考虑过吗？"

周聿也生气，不是因为他不告而别，而是这么多年来，他从没有为自己着想过。

他宁愿独自待在医院里，过着暗无天日的生活，也不愿意拖累这个家。

可一个家，本不就应该团结一心吗？

周聿也眼睛通红，死死地盯着周树南："老周，整整七年，我没有一个完整的家。"

周树南的身子轻轻一抖。

"对不起！阿聿……真的对不起！"再三克制，他的脸上还是有一滴清泪落了下来，"阿聿，谢谢你这么多年来都没有放弃找我。我和你妈妈都希望能有个机会好好弥补你。"

虽然现在周树南的精气神好了很多，但还是不能耗费心神，聊了会儿天之后，他就得去吃药休息了。

一直等到周树南睡着，周聿也才轻轻推开病房门走了出来。他发现棠冉正抱着肩膀躺在休息椅上休息。

这几天，她忙着处理各种事情，已是身心俱疲。

周聿也安静地看着棠冉，脑海中浮现出周树南说的那些话。他慢慢走过去，把放在椅子旁边的棉服拿起来，轻轻地盖在棠冉的身上。

时至今日，他终于明白了棠冉这么多年的不易和艰难，心中五味杂陈。可如果说要原谅，他现在还做不到。

她是一个成功的演员，但绝对不是一个好的妻子和母亲。

周聿也知道，这么多年来，棠冉心中排在第一的，始终都是她的事业，和周树南结婚、生下他，都无法阻止她的步伐。这么多年来，他的成长过程中，有她无她其实没有什么不同。

可是，既然周树南说出那句话了，再加上如今真相大白，那么他不是不可以尝试着放下多年的心结，和她试着相处。

周聿也刚收回手，棠冉就睁开了眼睛。她应当是做了噩梦，眼中满是慌乱。

看到眼前的人是周聿也后，棠冉明显松了一口气，缓缓从椅子上坐起来，揉了揉眼睛："你爸睡下了？"

周聿也在她旁边坐了下来，闭上眼睛："你刚刚做噩梦了？"

棠冉揉着眉心苦笑："我梦到有人把你和你爸带走了，还真是一个噩梦。"

周聿也睁开眼，看了她许久，问："你还有什么事情没告诉我？"

棠冉沉默了好一会儿，缓缓开口："我希望，你可以出国。"

她从包里拿出之前医生给的报告，递给了他："这是医生给我的，报告显示，你爸的病很有可能是遗传性的，那就代表着……"她顿了一下，继续说，"你很有可能会得这种病，所以需要仔细检查一下。我打听过，国外有个机构很擅长这方面的治疗。这段时间流言四起，学校和家你都回不去了，不如现在出国。对你来说，这是最好不过的选择。"

周聿也接过那份报告，目光扫过那些密密麻麻的字母和数字。他握着纸张的手用力收紧，在纸上留下一道道褶皱。

棠冉看到周聿也变得难看的神情，沉默了许久，最终还是抬起手拍拍他的肩膀："阿聿，这次出国，我会陪着你一起，你爸也会跟着我们去国外。你爷爷这段时间在医院里，我会派人去照顾他。"

"这些年，我一心扑在工作上，你爸也一直纵容我。"她越说，眼圈越红，"可人的野心总是填补不完的，以至于我忽略了他，也忽略了你。如果当初我能更早地发现你爸不对劲，或许他的病就不会变得那么严重。"

棠冉用力地闭了下眼睛，语气中带着深深的悔意："事情发展到现在，我唯一能做的，就是弥补你们。刚刚从噩梦中醒来，我就已经想明白了。如果我身边没有了你们，无论我的事业有多么成功，都毫无意义。之后，我们一家三口好好地过日子。阿聿，你愿意吗？"

听着棠冉的话，周聿也沉默下来了。他没有想到，棠冉居然愿意放弃一切，陪他去国外。

可是，自己去了国外，还能回来吗？周聿也盯着手里的检查报告，嘴角浮现出几丝苦笑。

要是没什么事还好，如果真的有遗传性疾病的话，他会在那里治疗很长时间吧。

可是，怀城还有他在意的人。他的亲人，他的朋友都在这里。

可是，难道让他抱着一颗不知道什么时候炸响的炸弹待在她的身边吗？

周聿也有些颓废地闭了下眼睛。

如果往后真的会变成那副样子，倒不如现在就离开为好。

"好。"不知过了多久，走廊里传出少年沙哑的声音。

仅仅一个字，却好像让他花费了全身力气。他手中紧攥着的那张纸也随声音落在地上，一如他的心，被残酷的现实碾为粉尘。

棠冉一直紧绷着的神经终于放松。

"只是，离开前，我还有一件事要做。"

棠冉："你说。"

周聿也扯动着嘴角，缓缓吐出几个字，声音发颤："让我再回怀城一次。"

喻时走到窗户边，看了一眼老树旁边那家紧闭房门的小卖部。

已经快三天了，他还没有回来。喻时将视线投向桌子上的日历，上面勾画着的日期，今天就是二月十五日。

周爷爷在医院休养，周聿也离开了，所以小卖部一直没开门。

那些记者连续蹲守了几天，不断询问周围居民关于周聿也家的事。他们迟迟挖不到有用的消息，天气实在寒冷，已经有大半的人离开了。

唐慧不让喻时出去，她没有办法，只能在家里晃悠，时不时地盯着窗户外面，看他们什么时候回来。

周聿也离开那天，给她发了一条消息：*我去北市处理点儿事情，别乱跑。*

她回了个"好"字，之后二人再没有联系过。

喻时想，他应该是回到了他妈妈的身边。他妈妈那么厉害，一定可以保护好他，比待在柳南巷强多了。

喻时握着手机，反复安慰自己：他会没事的。

可是直到二月十五日这天，他依旧没有回来。

喻时一抬头，忽然发觉外头飘起了雪花。这天是阴天，看这架势，估计雪不会小。

这应该是这个冬天的最后一场雪了吧。

喻时忽然想起 NMO 决赛那天的初雪，忍不住弯了弯唇，眼圈却慢慢红了。

明明一切都好好的，事情……怎么就发展成这个样子了呢？

她努力把眼里的酸涩感憋回去，可到了最后，还是没忍住，一滴泪水滴落下来，落在日历上，把上面的数字晕花。

可是，自己说好要给他过生日的啊。

外面的雪越下越大，喻时没有再等下去。她撑着桌子站了起来，去客厅里取下棉服穿好，又戴上棉帽，裹好围巾。穿戴好之后，她准备离开。

唐慧着急地出来："喻时，你去哪儿？"

喻时的手放在门把上，她没有回头，话里透出几分坚决："妈，我要出去。"

"你……"唐慧皱着眉头，刚吐出一个字，就被女生的声音打断："妈，我知道我在干什么。现在外面雪下大了，那些记者会回去的，而且我会保护好自己。"

她转过头，声音哽咽："妈，今天是……他的生日，不管他在不在……我都想……去找他，这是最后一次……"

她乞求道："妈，求你了。"

唐慧从未见过喻时如此难过的模样。她忽然不想阻止了，妥协地叹了口气："你去吧，早点儿回来。"

喻时破涕而笑，抹了下眼睛，轻轻点了点头："好。"

地面覆了一层薄雪，路面有些滑，经过的人都裹紧了衣服，缩紧身子,生怕摔跤。所有人都在往回走,唯独她往外面走,一路没有回头。

走到蛋糕店门口,她停下脚步,在地上重重地踩了几下,把鞋上的雪跺下去后,才推开门走进去。

店员小姐姐温柔地说:"欢迎光临。"随后笑着介绍生日蛋糕的款式,问她喜欢哪一款。

橱窗里有一个星球模样的蛋糕,深深浅浅的粉色做底色,表面有些凹凸不平,最外面涂了两圈白色的奶油,应该是模拟小行星的光环。

如果周聿也在,他一定也会喜欢这个。

喻时看着那个蛋糕,笑了一下,指了指它,轻声说:"姐姐,我要这个。"

出了店门,她回到柳南巷。受到大雪影响,她被迫微微低着头走路。

她刚拐过弯,巷子里有人着急出来,她连忙止住了脚步,还是被那个人撞了一下,脚下一滑,抱着的蛋糕盒摔到了地上。

她顾不上自己摔得有多疼,急忙去看蛋糕有没有被摔坏。幸好,蛋糕只是周围轻微受损,形状没有发生太大的改变。

喻时慢慢松了口气。

那个撞人的大叔见她没什么事,这才放下心来,匆忙离开了。

雪依旧纷纷扬扬地下着,巷口只剩下喻时一人。她的帽顶已经落了一层雪,睫毛上也结了很小的冰碴。几分钟后,她走了几步,才发觉自己的腰和屁股疼得厉害。她强忍着疼痛一直走到周爷爷的小卖部门口,随后憋不住了,蹲在门口,用手捂住了自己的脸,发出轻轻的哽咽声。

真的好疼啊……周聿也,你到底去哪儿了啊?

她的耳旁,突然出现雪被踩得凹陷下去的声音。她猛地抬头,看清眼前的人是谁之后,眼里慢慢亮起了光。

她的眼前站着一个戴着黑色鸭舌帽的男生。他的个子很高，穿着黑色的羽绒服，半张脸被口罩遮住，全身都裹得很严实，只露出一双眼睛来。

　　只凭那双眼睛，她就认出他是周聿也。

　　周聿也有些无奈地叹了口气，把她从地上拉了起来，感叹道："你还真是个笨蛋。"

　　喻时揉了下有些发红的鼻头，破涕而笑："你终于回来了。"

　　周聿也轻笑一声："怎么，看到我回来就这么高兴？"说完打开小卖部的门，拉着她一起走了进去。

　　他正准备打开灯，喻时忽然警觉地说了句"不行"。

　　周聿也偏头看她，她解释道："虽然外面的雪下得很大，但也不能确定那些记者是不是都走了。"

　　"就先这样吧。"她冲他笑了一下，把手里提着的蛋糕给他看，"你看，今天正好是你的生日，这样也方便给你过生日。"

　　周聿也一顿。在此之前，没有任何人想起这天是他的生日，甚至连他自己都忘了。可她一直都记着。

　　周聿也盯着她看了一会儿，最后笑了一下："行，那就不开灯。"

　　他拉着她在黑暗的客厅中摸索着行走。

　　四周很安静，喻时跟在他的身后，看着他有些模糊的身影，嘴角浮现出浅浅的笑意。

　　两个人走到桌子旁，喻时把蛋糕小心翼翼地放在了桌子上，拿出蜡烛，周聿也从柜子里拿出一个打火机。

　　火光亮起，照亮了两个人的脸。

　　进屋后，周聿也就摘下了口罩，露出了脸。他额前的头发稍微有些长了，被帽子压了下来，眼睛却很亮，正目不转睛地看着她。

　　喻时看到他眼中的红血丝，还有眼底下的乌青，他明显好几天都没有好好睡过觉了。

她的心里像是灌满了铅,沉甸甸的,低喃了一句:"周聿也……"

他笑了一下:"没事的,不是要给我过生日吗?"他半开玩笑说,"我还指着今天这个生日给我往后的生日打样呢。"

喻时红着眼圈,重重地点头:"好。"无论如何,她要陪他把这个生日好好过完。

蜡烛一根根被点燃,周围也被照得越来越亮。

喻时带着鼻音,一字一句地说:"周聿也,十七岁生日快乐。"她借着蜡烛的光,对他一笑,"许个生日愿望吧。"

周聿也闭上了眼睛,暖色的光照在少年出众的五官上。

喻时看着周聿也的脸,鼻头一酸,差点儿落下泪来。她吸了一口气,把眼泪憋了回去。

等周聿也许完愿,喻时没问他许的是什么愿望,看着蛋糕,哑着声音说:"周聿也,你知道吗?"

他垂下眼睛,静静地看着她。

她的脸上露出浅浅的笑容,却无端透出几分悲伤:"在距离地球五十七光年的地方,有一颗粉红色的星球,说不定人类失去的情谊都储存在那里。"她眼中泪光闪烁,但还是倔强地说,"你说,我们所失去的,会不会也储存在那里啊……"

周聿也的喉结滚动几下,低声道:"喻时。"

喻时努力扯唇微笑,可眼泪却一滴一滴地落下来。

"我……"她闭了下眼睛,抖动着唇瓣,努力把话说清楚,"是不是要很长时间都见不到你了啊?"

周聿也咬紧牙关,重重地呼吸了几下,终于还是忍不住红了眼眶。一滴滚烫的眼泪,从他的脸颊滑落,砸到她的手背上。屋里响起少年隐忍的哭泣声。

"喻时,对不起。"他闭了闭眼,万般无奈地说。

不知不觉中,蜡烛已经燃尽了半根,蜡油滴落在蛋糕上,层层堆砌，逐渐凝固。

周聿也将蜡烛吹灭，屋内重新陷入黑暗。

喻时豆大的泪珠顷刻滑落，她哭累了后，淡淡地问了他一句："走之前，能不能再陪我待一会儿？"

周聿也看着她眼睛，慢慢点了点头。

给唐慧打完电话说明情况后，喻时说想去房间里休息。

周聿也答应了下来。

喻时躺在床上，就算已经不哭了，还是时不时地抽噎几声。不知过了多久，她忽然开口："周聿也，我睡不着。"她很害怕，她一睁眼，他就不在了。

周聿也坐在椅子上，问："那我唱首歌，哄你睡觉？"

喻时不吭声，周聿也就当她答应了，手有一下没一下地打着节拍，缓缓开口。

男生的声音清冽又纯粹，没什么技巧，只随着节奏低声哼出歌词。

或许是他的歌声真的能稳定心神，喻时的意识逐渐发沉，渐渐地，她的呼吸变得平缓绵长。

周聿也看见喻时睡着了，发出一声极浅的叹息。

喻时，对不起。

他起身走到桌子旁，拿起叉子，一口一口地吃起蛋糕。哪怕撑得胃胀，他还是全部吃完了。

喻时猛地睁开眼睛，从睡梦中醒过来，却发现房间里只剩下她一个人。她有些迷茫，慢慢从床上坐起来。

一声清脆的狗叫声响起，功勋的脖子上套着狗绳，摇晃着尾巴，从屋外跑了进来。

喻时看着它，弯了弯唇，眼泪却顺着眼角一滴一滴地流了下来。

第二天，太阳照常升起，柳南巷还是那样熙攘嘈杂，她像往常一样醒来，可他却走了。

陈望觉得，这几天他待在家里真是受够了。

年后，亲戚来访，尤其这段时间陈叙住在他家，每次的话题中心必然是他和他哥的成绩。

开学就是高二下学期，陈母不止一次让陈望多向陈叙学习。

陈望听着这些话，耳朵都快起茧子了，心中也越来越烦躁。

矛盾真正的爆发，是在一个平常的中午。

那天他晚起了一会儿，陈母就在他的耳旁念叨了一早上，说陈叙哪像他一样睡到日上三竿，人家一早就起来背着书包去图书馆了；说他但凡有陈叙半分努力，早就考进班级前十名了，哪还需要她每天给他找辅导老师，生怕他落后别人一点儿。

话里话外，都在说他的缺点，对他哪儿都不满意，恨不得陈叙才是她的儿子。

陈望从屋里出来，倒了一杯热水，不耐烦地说："那就让陈叙当你的儿子吧，反正他都在家里住这么久了。"

陈母却突然生气了，走过来扯着他的耳朵："你瞧瞧你说的这是什么话！你看看人家陈叙，虽然你们是堂兄弟，人家哪里和你一样成天吊儿郎当的。但凡你能和他一样，每天坐在屋里多学几分钟，家里也不会因为你的成绩头疼这么长时间！"

"难道我在你的眼里就一个优点都没有吗？！"陈望不服气地开口。

"我什么时候这么说过？"他妈怒不可遏地反问。

陈望反复吸了好几口气，把手里的水杯重重地放在桌子上，想要把胸口的郁闷压下去。但最后，他还是忍不住握紧拳头，质问她："你话里话外不就是那个意思吗？！我没有好好学习吗？！你知道我上次进步了多少名吗？！"

陈母一时没想到陈望突然发这么大的火，愣在原地，有些无措地看着他。

没等她回答，陈望就先自嘲地笑了一下："是，我没有陈叙那么聪明，没有他那么刻苦，但是我也在努力学习啊！

"陈叙住在我们家的这段时间，你眼里还能看到我这个亲生儿子吗？每天凑上去关心他这关心他那的，不知道的还以为这里是他家，我才是那个外人呢！"

少年的眼里满是失望："你不是一直想要一个成绩优异的儿子吗？行，那我走，他留下，我成全你们和美美的一家！"

一声轻轻的关门声响起。

陈望转过头，才发现陈叙提着书包从外面回来了，此刻他正皱着眉头，看着激烈争吵的母子俩。

陈母压根没注意到陈叙回来了，想到什么，怒气冲冲地说："你是不是和你那个同桌学坏了，我早就和你说过，不要和品行不好的同学来往，那些人很容易带坏你……"

听着这一声声质问，陈望闭上眼睛，心中浮现一种深深的无力感。

在她眼里，他所做的、他身边的一切都是不对的，那他还有必要再解释吗？！

陈望失望地笑了一下，丢下一句："随便你怎么说吧。"说完往后退了几步，朝着门口走去。

陈叙皱起眉，伸手拉住了陈望，却被他一把扯了下来。

一道巨大的关门声响起。

陈叙把书包脱下来，温和地说："别担心，二婶，我会把陈望劝回来的。"

陈母想起陈望出门前说的那些话，小心翼翼地开口："陈叙，陈望是你弟弟，还是小孩儿脾气，无论他说些什么，你都别多想，明白吗？"

陈叙抿了下嘴唇，目光垂下来，轻轻点了点头，拧开门把手出了门。他往前跑了几步,终于看见了失魂落魄的陈望。

陈叙看见他没事,快步走过去,喊了一声:"陈望。"

他走过去,发现陈望手里拿了一罐饮料,应该是刚刚去超市买的。

陈望认出他的声音,但没有停下,继续往前走着:"你来干什么?"

陈叙站在他身后,说:"是因为我,你才会和二婶吵架,对吗?"

陈望沉默了很久,走到一张长椅旁边,一屁股坐了下去。他靠在上面,看向灰蒙蒙的天空,声音有些沙哑:"陈叙,其实我有时候真羡慕你。你的母亲不会天天在你耳边念叨,不会一直拿你和别人家的孩子去比较。也对,你这样的孩子,很容易被人拿来炫耀吧。

"其实有时候我也挺讨厌自己的,你看,我们几个人中,你、周聿也和喻时数学都那么好,而昭昭的文科成绩也名列前茅,沈逾青虽然成绩不好,可他的家庭条件那么好,根本不用担心他的前途,而我呢?"

他捏起饮料罐,猛地喝了一大口,却被呛到了,发出剧烈的咳嗽声,脸都涨红了,还是倔强地说道:"可我呢……喀喀……我什么都没有……

"我妈说得一点儿也没错,我就是最差的那一个。如果可以,我想考一个离家远一点儿的大学,这样就可以远离这些声音了。"

陈叙握紧了拳头。

陈望转过头,看向坐在旁边的男生:"不过在此之前,哥,我求你,回你自己的家吧。"

他反复低喃:"我真的……真的不想每天听到那些话了。哥,算我求求你。"

听到那句话,陈叙的瞳孔猛地一缩,放在腿上的手紧握成拳。

二人之间陷入了长久的沉默。

路边偶尔有几辆车飞驰而过。终于,少年轻轻地说了一个字:"好。"

陈望闭上眼睛,心中像是卸下了千万重担:"谢谢你,哥。"

陈叙将那些翻涌的情绪压下去,抬起手拍了拍他的肩膀,故作轻松道:"这算什么,谁让我是你哥呢。"

陈望看着陈叙的眼睛,终于破涕而笑:"等过几天,我去你家补作业。"

"好。"

兄弟俩开始闲聊,在夜色的掩盖下,陈望并没有注意到,陈叙的眼角越来越红。

借着朦胧的夜色,陈叙看着旁边的陈望,眼里满是苦涩。

可是陈望,你不知道,哥也很羡慕你,非常非常,羡慕你。

陈望的气上头容易,下头也很快,昨天被陈叙安慰了一会儿,他就已经没事了,扭捏着回到家,也没多想,就回到房间里睡觉了。

第二天,陈母风风火火地闯进他的房间里,气急败坏地扯他的耳朵。

陈望往被窝里躲,大吼:"妈,你怎么不打声招呼就进我的房间啊?"

陈母快被气死了,恨铁不成钢地看着裹着被子,只露出一双眼睛的陈望:"是不是你让你哥回去的?"

陈望开口就要说关他什么事,突然想起昨天他们坐在长椅上聊天的事,心中十分懊悔。即使这样,他还是梗着脖子嘴硬道:"陈叙回去就回去呗,回的是他自己家,你那么大反应干什么?!"

"你——根本什么都不懂……"陈母恶狠狠地瞪着他,"你瞧瞧你做的这是什么事!正好今天包饺子包多了,你给他送过去一些,然后再给他好好道个歉,问他还愿不愿意来我们家住,听见没?!"

见陈望还一副无精打采的样子,陈母直接拾起枕头朝他打了过去,逼得他边挡边应和:"行,行,行,我去不就行了嘛,这么大反应干什么。"

这天的天气比较冷,陈望裹紧身上的衣服,提着一个保温饭盒,在去陈叙家的路上,边走边嘟囔:"就非得这么早去找他吗?今天还这么冷。"

陈望虽然嘴上这么说,心里还是有些歉疚的。

无论怎么样,他都不应该把气发泄到陈叙身上。

昨天那件事发生之后,也不知道陈叙心里怎么想自己。一想到这里,陈望就觉得很烦躁,还有点儿心虚。算了,不管怎么说,是他的错,自己还是先主动认个错吧。

一阵冷风迎面吹过来,陈望缩了缩脖子,加快了脚步。

此刻,陈叙走到家门口,看着眼前久违的家,脸上没有半分高兴之色。按了门铃之后,门一开门,陈叙的母亲一脸震惊:"陈叙,你……你怎么回来了……你快走啊,你快走!"

陈叙注意到她脸上的瘀青,脸色顿时变得阴沉无比,咬牙切齿地说:"他又打你了对不对?!"

他再也压制不住怒火,就要进屋,可是他的妈妈却用力把他往门外推。

二人都没有注意到,屋里的男人踢开一地狼藉的碎片,走到门口,抬腿就朝她踢来。

陈叙瞳孔一缩,抱住他妈转过身来,那一脚就重重地落在了他的身上。他往前扑去,摔倒在地,剧烈地咳嗽起来。

自从五年前创业失败后,他爸爸陈开连就一蹶不振,只知道在家里酗酒,直到那次他妈看不下去,把酒从他的手中抢过来,他爸怒极反手打了他妈一巴掌后,至此,暴力便开始了。

陈开连恶狠狠地说:"想逃?你们想逃到哪里去?啊?!"

陈叙感觉自己的五脏六腑几乎要裂开了,他无比艰难地从地上爬起来，突然听到身后传来一声轻轻的呼喊："哥？"

陈叙立刻转过身，嘶吼着让他别进来，但还是迟了。

陈望的脸色一白，大步上前扶住陈叙摇摇欲坠的身子，茫然地问："哥，你怎么了？"

陈望从未见过陈叙这么脆弱的样子，大伯母的脸上也有瘀青。而后面那个面容扭曲的男人，竟然是平时见了面会拍着自己的肩膀和蔼地打招呼的大伯！

陈望的眼眶顿时红得滴血。这一刻，他终于明白了为什么陈叙那么长时间都不回家，为什么大伯母不和他们家亲近，过年都不来串门，为什么他妈听到陈叙回家时的反应会那么大。原来，他是在亲手把他哥往火坑里推！

他的眼里充满了悔恨和痛苦之色，眼泪控制不住地落下，语气里满是自责："哥，我不知道……对不起……哥……"他慌张地拿出手机，下意识地就准备报警。

陈叙的父亲看到这一幕，立刻抄起旁边的椅子朝他们砸了过来。

陈叙心头一紧，猛地跑过来把陈望护在了怀里，椅子腿重重地砸到了他的背上，他闷哼一声，重重地咳嗽起来，鲜红的血落到衣服上。

陈叙感觉自己全身上下都疼得厉害，脑袋变得混沌不堪，浑身提不起一丝力气，身体不自觉地往地上滑去。他看向陈望，声音虚弱："别害怕……哥保护你……"

陈望怔怔地看着陈叙，直到手机从手心滑落，他才猛然回神。

痛苦霎那间铺天盖地袭来，陈望死死地抱住眼前昏过去的少年，痛不欲生地呼喊："哥——"

等喻时听说这件事时，已经是开学后了。她没有想到，陈叙平静温和的外表下，竟然还藏着这么痛苦的经历。

她突然想起，那个下雨天陈叙匆匆离开，应该也是为了处理类似的事。后来他回到学校,换了一副新眼镜,想必之前的那一副是被打碎了。

明明有那么多蛛丝马迹,她却一个都没有注意到。

喻时忽然想到,明明大家都在按照各自的轨迹成长,为什么总会出现一些偏差?而这些偏差,足够改变各自的一生。

而带给她最大影响的人,已经从她的生活中消失了。

其实喻时的生活好像没什么改变,开学后,她依旧像往常一样上课下课,按部就班地学习。不过她身边的那个空位一直没有人坐。

她去清大的保送手续很快办好,事情确定下来,第二年九月份她就能去清大报到。

接下来的这一年半,她相对轻松不少,过去那些彻夜刷题的日子,仿佛一去不复返。可是每到深夜,她的脑海中总是浮现出一群人打打闹闹的画面。

天气逐渐回暖,她又开始骑自行车上下学。天蒙蒙亮的时候,她推着自行车从楼门口出来,经过老槐树,下意识地停下来多看了一会儿。

之前和她一起上学时,周聿也总会站在树底下等她。这人站在自行车旁边戴着耳机,单肩背着书包,手插着兜在那儿懒洋洋地等人。感觉时间差不多了,他才看着表,数着时间:"五、四、三、二……"

数到一,喻时就会提着书包慌慌张张地从楼上跑下来,推着自行车向他走过来。

耳边传来几声清脆的狗叫声,喻时才从记忆里脱离出来,轻轻地叫了一声:"功勋。"

功勋扭着身子,朝她欢快地摇着尾巴,要不是被拴着,恐怕它又会往常一样朝她扑过来。

周爷爷的年纪大了,遛狗时有些力不从心,喻时有空的时候就会帮周爷爷带着功勋去外面溜一圈再回来。

之前她还经常跟不上功勋的速度,现在她已经能戴着口罩抓着功勋的狗绳，面不改色地遛一大圈再回来。

这些日子以来，唯一让喻时感觉到安心的是，因为周聿也一家人的销声匿迹，那些舆论没有继续发展，逐渐被人遗忘了。

后来，喻时是从沈逾青那里知道周聿也出国的消息的。

自从那一别后，他和她没有再联系。她没有问沈逾青，他最近过得怎么样，去了哪个国家，又在哪个学校开始重新念书。因为她知道，他不会回来了。

遗忘一个人最好的方式，就是不去过问他的所有事。

喻时忽然想起，梦中的周聿也对她说的一句话："喻时，可以回头看，别一直回头。"

喻时牵着狗绳，仰头看着太阳。明明光线不是很刺眼，但她还是眯了下眼睛，抬起手遮挡。光线透过她的指缝间隙洒了下来，落在她白皙的脸颊上。她扬了扬唇，眼角却隐约泛起了湿意。

周聿也，你说得对，我们都往前看吧。

这段时间，陈叙也养好伤顺利出院了。

空旷的楼道里，喻时扶着栏杆看着楼下正在上体育课的高一学生们。体育老师站在队伍前面示范太极的第二式动作，学生们做得歪七扭八，场面显得颇为滑稽。

喻时忍不住笑了，直到身边多了一个身影，她才将嘴角的笑意逐渐敛去，看向他："真的要走吗？"

陈叙这天过来，是来办转学手续的。

陈叙点了点头："我妈已经把离婚手续办好了。"他轻轻地叹了一声，将手搭上栏杆，有些释然地说，"我妈在这个城市受的伤太多了，我想带她去另一个地方好好休养。"

他的眼里露出笑意："反正，我们总会在清大重逢的，不是吗？"

喻时对上他的目光，眼里的郁闷之色才终于减轻，轻轻地点了点头:"好。"她拍了一下他的肩膀,"陈叙,你一定要幸福。"

他沉默了一会儿,倏地开口:"喻时,你知道吗,要是没有你和陈望,我不会有勇气去改变这样的生活。"

喻时显然没想到陈叙会突然这么说,一怔:"你……"

"没关系,你听我说就好了。"他推了推鼻梁上的眼镜,释然地松了一口气,缓缓道,"或许你早就不记得了,初三那年,我在教室里发烧,是你不顾一切把我背到医务室的。"

那时候的陈叙还没有从家里搬出来,几乎每周都会被他爸打,身上到处都是瘀青。他不愿意展露自己的伤痛,以至于在燥热的盛夏,他只能穿着长袖坐在教室里,忍受他人异样的目光。他不会去主动亲近别人,生怕牵连到其他人。

在同学们的眼里,他是一个不爱说话、性格孤僻、一年四季都穿着长袖,存在感很低的男同学。

那天正在下雨,空气里很是潮湿。他前天刚被他爸打过,再加上淋了雨,匆匆忙忙赶来上课后发了烧。到了放学的时候,他忍不住趴在桌子上昏昏欲睡,连起身走路的力气都没有,身上热得发烫。

同学们陆陆续续地回家,教室里很快就没有几个人了。因为在上一次考试中英语没考好,所以那段时间喻时总会在放学后留下来多学一会儿。

转眼间,教室里就剩下了陈叙和喻时两个人。

离开教室前,喻时看了一眼趴在桌子上昏睡的陈叙,出于好心,她走过去,准备把陈叙叫起来,结果伸手一碰他,发现他整个人跟个火球一样烫。

喻时当下慌了神,着急地想要把陈叙叫起来,带他去医务室。

陈叙烧得意识有些不清醒,只能勉强认出来面前的女生是喻时。

喻时害怕耽搁下去会出问题,干脆把背上的书包往旁边一撂,就要把他背起来。

陈叙不愿意，喻时生气地喊："究竟是你的面子重要，还是命重要？"然后她放缓了语气，安慰他，"放心吧，虽然你是男生，但你这么瘦，我轻轻松松就能把你背到医务室了。"

陈叙紧看着她，最后还是慢慢点了一下头。

教室里，比他低一头的女生俯下身子，把男生背起来后，快步朝医务室走去。

外面还下着大雨，二人的校服都被雨水打湿。喻时走得很艰难，一路上磕磕绊绊的，两个人总算到了医务室，所幸医生还没下班。

医生摸了一下陈叙的额头，被他的体温吓了一跳，问他怎么才来看医生。

陈叙没有解释，而是将目光落在焦急等候的女生身上。

从那时候开始，他就开始关注她。

喻时听着陈叙语气平和地说着这些话，眼睛微微睁大，有些不知所措。她几次欲开口想说些什么，却心有顾虑，有些懊恼地抓了抓自己耳边的碎发。

陈叙倏地笑了一下，仿佛卸下重担，轻舒一口气，站直身子，朝远处望去。

这天是个大晴天，碧蓝的天空一望无际。他依稀可以看到，校门口的"萃仁中学"四个大字正在阳光下熠熠生辉。

操场上不断传来学生嬉闹的声音，陈叙看着这一切，眼里逐渐浮现出眷恋和不舍。

最后，他把目光转回来，看向眼前的女生，笑了笑，抬起手臂，平和地说："喻时，抱一下吧。"怕她多想，他停顿了一下，解释道，"就全当离别前朋友的……"

话还未说完，喻时毫不迟疑地走上前，踮起脚尖，很轻很轻地抱了他一下。

二人的距离不失分寸，刚刚好。

她的声音响在耳边:"陈叙,谢谢你。"

陈叙弯了弯唇,轻轻地回抱了一下她,又很快把手放了下来。

喻时往后退了几步,然后慢慢仰起头,说:"陈叙,你会是我一辈子的朋友。所以,祝你在往后的日子里,都可以平安喜乐,一帆风顺。"

她圆圆的杏眸就像会说话似的,活泼灵动,此刻弯成了月牙状。

她一字一句十分认真地说:"我们清大见。"

陈叙看着她,微微一笑,眼角却慢慢地湿润了:"好。"

他突然感觉到很幸运,能够在这样晦涩的青春岁月里,认识这么美好明媚的女生。

"喻时。"他看着她,祝福道,"也希望你能够心想事成,诸事皆顺。"

喻时笑了:"那我们都朝前看。"

阳光下,穿着校服的少男少女相对而立,脸上都洋溢着坦荡自然的笑容。

那次的事情发生后,陈望就像换了一个人,变得沉稳了不少。他经常待在教室里,一学就是一整天。他和喻时他们的关系仍旧很要好。他跟陈叙的关系要比之前亲近很多,虽然陈叙走了,但他隔三岔五地给陈叙打电话,问问他的近况。

江昭在文科班依旧名列前茅,喻时是很久之后才知道江奶奶做了一个大手术,但所幸有惊无险,手术很成功。

不知道为什么,江昭和沈逾青的关系突然变差了。他们看上去是在冷战,但具体什么时候能和好,喻时没有问。他们之间的事情,只有他们自己能解决,其他人是没办法参与进去的。

数竞这条路终归还是孤单又难熬的,到了高二下学期,一班的人少了很多,但很快又进来了新的学生。

喻时的成绩一直很稳定，无论排名表后面的名次怎么变，她都是那个雷打不动的第一。

讲台上，升旗台下，荣耀榜里，她的名字出现了太多太多次。

进入高中的后半段，大家的步伐逐渐加快，每天都忙于学习。为了那让人紧张却又无比向往的高考，每个人都像时钟一样，不停地运转着。

逝者如斯夫，不舍昼夜。那些张扬放肆的、热烈美好的、充满了欢声笑语的青春岁月，仿佛已经在漫长的人生旅程里一去不复返。

六个少男少女提着校服，脸上洋溢着快乐的笑容，勾肩搭背地往前大步走。他们步伐不停，走过春夏秋冬，曾结伴而行的身影最后只剩下寥寥几人。

那天，陈望突然来一班找喻时，和她一起去了那个老地方。

他们穿着夏季校服，仰头看着夕阳的余晖，看了很长时间。陈望忽然说："喻时，你说人长大，是不是总会失去些什么？"

喻时坐在他旁边的台阶上，抬起头，看着天边的颜色从浅红变成橙红，再慢慢变成深红，如同被人泼了彩墨一般，晕染了一大片，却美得耀眼。

她对着天边模糊了边际的落日，闭上一只眼睛，抬起手，在指缝间比着太阳的尺寸。许久后，她才放下手来，将头抵在膝盖上，很轻很轻地说："或许是吧。"

可有得有失才是人生常态。

陈望顿了一下，扯唇笑了下，双手撑在台阶上，身子往后仰，缓缓闭上了眼睛。

正是傍晚时分，操场广播站放起了《晴天》。

陈望跟着音乐轻轻地哼了几句："故事的小黄花，从出生那年就飘着……吹着前奏望着天空，我想起花瓣试着掉落……消失的下雨天，我好想再淋一遍……"

声音越来越轻，他没有再哼接下来的一句，而是闭上眼睛，享受着放学后这片刻的静谧。

喻时抬眼看向操场，此刻，广播的声音响彻学校的每一个角落。

她垂下眼来，小声地把剩下那半首歌哼完。她的脑海中浮现出过去和朋友们嬉戏打闹的场景，嘴角慢慢上扬，垂落下来的睫毛却逐渐湿润起来。

天晴了，有些人却不再回来。

L市某家精神鉴定机构里，穿着白大褂的外国医生们手里拿着报告从走廊经过。

实验室的门缓缓被人拉开，里面走出一个穿着黑色短袖的男生。他提着外套，随手关上门，走到走廊尽头，从裤兜里摸出手机看了一眼时间。

现在是早上十点半，他打了个哈欠，揉了揉眉心，脸上满是疲惫。

这会儿赶回去，他还能补个觉。

这段时间，他定期会来这里进行各种检查，整个人累得够呛。

周聿也没有在这里停留太久，穿好外套后，便抬起腿往外面走。

幸运的是，这些天他做的检查，结果都是好的，到目前为止，他都没有检查出精神分裂的症状。

周聿也没走几步，手机倏地振动了起来。他停下脚步，点了接听。

熟悉的声音从话筒里传出来："结果出来了没？医生怎么说？"

"刚做了基因检测，目前还没有出现染色体核型异常。"周聿也说完，看了一眼手上的报告，上面密密麻麻的文字让人头晕。

他把报告折好，丢进了随身背着的包里，抬起腿就朝外面走，书包上挂着的兔子玩偶跟着他的步伐一晃一晃的。

电话没有挂断，棠冉的声音断断续续地从话筒里传出来："那就好，今天中午你要是没什么事，就来这边吃饭吧。"

周聿也看了一眼手机，正好这会儿有个电话进来，他顿了一下，简略地回了句："不了，同学找我，今天中午就不回去了。"

说完这句话，电话那头明显安静下来。

周聿也等了一会儿，随口说："没什么事我先挂了。"

正要挂电话，棠冉忽然急促地喊了一声："阿聿……"

他顿了一下，盯着不断跳动的通话时间，没吭声。

棠冉握紧手机，小心翼翼地问："你这几天在新的学校，待得还习惯吗？"

周聿也握紧手机，沉默了几秒后，开口："还行。"

"那些同学呢？相处得都还好吧？"

"嗯。"

棠冉微微叹息："那就好，挂了吧，你先忙。"

周聿也应了一声，挂断了电话。他还没来得及把手机装进兜里，就看见刚刚那个电话又打了进来。他往外走着，指腹往屏幕上一滑，抬眼看向外面。

L市的街道很空旷，这个时间行人比较少，街道上遍布欧式风格的建筑物，再远一些，就是各种高楼大厦。

经过这段时间的生活，周聿也已经熟悉了这里的情况。

棠冉放下了国内的一切，和他们一起来到了L市。正如周聿也当初期望的那样，他有了新的学校，新的家，一家三口也终于团圆了，可他总感觉少了点儿什么。

他抬起头，看着天边那片灰蒙蒙的乌云。

这天是阴天，还刮着风，他额前的黑发被吹得有些凌乱。他安静地伫立在街边，眺望着灰白色的天空。比起L市会不会下雨，他或许更在意另一个城市此刻的天气。

"嗨，周……"电话那头传来一道男声，疑惑地问周聿也在哪里。电话那头的人是周聿也在这里的同学。

周聿也回过神来，眨了几下眼睛，随口用英文问："怎么了？"

那个年轻的外国男生说小组作业里有个算法一时没解出来，需要他回去救救急。

周聿也顿了一下，随后答应了下来。

电话那头对他连连道谢："周，你这么厉害，在你之前的学校一定很受欢迎吧，他们可真不会珍惜你这块宝。"

周聿也收敛了笑容，握着手机盯着前方："不是，是我没有珍惜他们。"

电话挂断，一滴雨水落在他的脸上。

他还没来得及擦去那点儿湿润，紧接着，越来越多的雨滴从天而降，落在干燥的地面上。

周聿也伫立在雨幕中，握着手机的手垂在身侧，身上的衣服逐渐被打湿。他看着周围匆匆避雨的行人，脑海中忽然想起了前段时间的事。

张励突然给他打电话，说清大的保送申请已经通过了，过不了多久，录取通知书就会寄到。

张励知道他写的是北市的收件地址，问需不需要帮忙把录取通知书送到周爷爷手上。

那天晚上周聿也刚冲澡出来，头发还湿着，听到张励的话，没有立刻回答，而是走到落地窗边，平静地看着玻璃窗上倒映出来的自己。黑发不停地滴水，脚边的地毯被水浸湿了，他却浑然不顾。

张励问了好几遍这张录取通知书该怎么处理，电话那边都没有声音。他差点儿以为手机没信号了，正要挂断电话重打，电话那头传来周聿也的声音："没用了，扔了吧。"

张励试探地问了一句："不是，你真的不回来了？"

周聿也垂下眼睛，嗯了一声："不回来了。"

房间里的温暖灯光下，男生站在窗边，握着早就终止通话的手机，慢慢红了眼眶。

雨逐渐越下越大，少年独自立在雨幕之中，很久很久。

有好心的人上前，递给他一把雨伞，问他怎么了，是不是有什么烦心的事。

少年抬起头来，眼里带着莫大的悲伤。

他嘶哑地开口，用英文说："I lost a very important person（我弄丢了一个很重要的人）。"

"如果两个人都在意彼此的话，就像站在一个圆上，无论对方怎么走，走了多长时间。"那人笑着把手中的伞递给眼前的少年，"你们都会再次相遇的。"

周聿也的睫毛被雨水打湿，他定定地看向那把雨伞，迟迟没有动。

他拿着伞来到学校，没有先将身上烘干，而是把书包上的玩偶取下来。它也被雨淋湿了，毛茸茸的耳朵垂下来。

周聿也把它放在手心，捏着兔耳朵，用吹风机反复吹着。看到兔子玩偶被暖风吹得左摇右晃，他的眼里浮现出几分笑意。

直到玩偶身上的毛被吹干，他才关掉吹风机。它那双又黑又圆的眼睛呆愣地看着他，无端透出几分傻气。

周聿也笑了一下，伸手捏了捏它的那双兔耳朵。

旁边的同学看到他这副做派，很是稀奇，没想到周聿也这样的人也喜欢这样可爱的玩偶。

"你来这儿一年多，我还是第一次见你刚刚那样笑。"小组里一个金发碧眼的男生扔给他一条毛巾，让他把湿头发擦擦，又抬了抬下巴，示意他手里面的那些题，"今天你怎么这么反常？"

周聿也不仅给小组里的成员讲完那道难题，还罕见地留到晚上，把同学们不会的题一次性解答了，并且列出了对应的知识点。

换作往常，只要有时间，他一定会窝在家里睡觉，谁叫都不管用。

周聿也看了一眼手里的玩偶："就是想通了一些事情。"

"想通什么了？"

周聿也插着兜看向窗外,英挺的眉眼带着浅浅的笑意:"以后,天气预报估计得看另一个地方的了。"

此时的怀城,烈日当空,十分闷热。

结束了两天的高考,这一届高三学生终于顺利毕业。压抑许久的高三学生们全都冲出教室,把做过的试卷抛向天空。有人将穿了三年的校服脱下,让要好的同学在校服上签上他们的名字。

喻时拿到了保送的名额,高考那两天待在家里躺了两天。她回学校参加毕业典礼后,作为优秀毕业生在台上发表了演讲,顺利拿到了毕业证书。

说实话,做了那么多次演讲,喻时真的觉得都没有她第一次上台检讨来得爽快。

回到教室后,一班有不少同学想和她合影,她都笑吟吟地答应了下来,以至于她留到了最后,被教导主任逮住,收拾教室的狼藉。

扫了大半,喻时把扫帚立在一旁,扶着腰长出一口气。她扫视了一圈教室,曾经日日相伴的桌椅被打乱堆放在一旁,整个教室空荡荡的,说句话仿佛都有回音。

到现在,喻时还记得自己当初踏进一班时候的景象。

打扫完毕,她将扫帚立在教室的一角,回头最后看了一眼教室,目光在窗户那边多停留了一会儿,随后转身,慢慢关上门。

萃仁数竞一班,再见了。

第八章
我能追你吗

熬过闷热的七八月,九月一日,正是各大高校开学的时间。

校门前,到处都是拉满了红条幅的帐篷,里面坐着各专业的学长学姐们。

喻时艰难地拖着有她半个身子高的行李箱走到清大门口。天气炎热,她后背的衣服早已被汗浸湿。

喻时找到了一块还算阴凉的大树底下,将行李箱放在一旁,一只手不住地给自己扇风,另一只手将手机放在耳边,语气透出几分无奈:"妈,我已经在学校门口了,您就放心地在学校里好好教书育人吧,你女儿又不是什么七八岁的小女孩,放心吧,我一个人可以的。"

电话那头的唐慧还在叮嘱:"刚开学,你还不熟悉环境,凡事都要小心点儿,听见没……"

喻时知道唐慧担心自己,耐心地倾听着。趁唐慧没话说的时候,她忽然咧嘴一笑,迅速说道:"妈,我保证会保护好自己、照顾好自己的,您也是,拜拜!"说完,她挂断了电话。

虽说儿行千里母担忧,但听她妈这么一直念叨下去,那她什么时候才能办完入学手续啊。

喻时长叹一口气,把手机放进牛仔裤的兜里,又费力地将行李箱使劲往前推着。

好在,她这次还没往前走几步,就有迎接新生的学长注意到她。他大步走过来,拉住她的行李箱,拍着胸膛大声说:"学妹,我来帮你!"

他穿着白T恤和黑色短裤,肤色有些黑,五官看上去还算端正。

这人的眉毛很粗,乍一看,很像蜡笔小新,尤其是笑的时候,眉毛往上一挑,更加神似了。

或许正因为这个,喻时对他的印象还不错,笑着对他说了声"谢谢"。

一起往里走的过程中,这个学长很热情,还给喻时介绍了清大学校的布局,告诉她食堂、教学楼该怎么走。到了最后,他问她是哪个系的。

喻时:"我是数学系的。"

那个学长停下来,眼里顿时露出光芒,语气有些激动:"学妹,我也是数学系的!还真巧啊。"

知道是同一个系的之后,这个学长干脆把她带到本系的报到地点。

喻时俯身写名字的时候,身后忽然传来一个不太确定的声音:"喻……时?"

喻时一愣,转过头去,看到后右方站着一个穿着灰色运动裤和白色短袖的男生。这人很高,眼睛很大,笑起来憨憨的,看上去不难相处。

但问题是,喻时并不认识他。

她眨了眨眼睛,指了指自己,有些不确定地开口问他:"你……认识我?"

听到喻时这样说,那个男生长出一口气,拖着行李箱大步走过来,朝喻时爽朗地笑道:"还真是得来全不费功夫,居然这么快就遇到了你。"

喻时完全摸不着头脑。

那个男生伸出手,自我介绍道:"你好,我叫张励,来自北市一中。"

喻时眉心一跳,总感觉这个名字很耳熟,好像在哪里听过。

张励也不着急,打量着面前几乎比他低一头的女生。

喻时很白,眼睛水盈盈的,露出来的那一截胳膊就跟那藕节一样白皙纤长。

在这些刚入学的新生中,她还真是一个扎眼的小美女。

这时,喻时终于想起来自己在哪里听到过这个名字了。

周聿也从前偶尔提起过,他在北市有个处得还不错的朋友,人品不错。喻时看得出来,周聿也对这个朋友还是较为亲近的。

这么长时间以来,他是周聿也主动提起的第一个朋友,所以喻时对这个名字印象深刻。

她看向张励,很快意识到什么,狐疑地瞥他一眼,问:"你怎么认识我?"

张励抓了一下自己的头发,举起手机,说:"当然是在周聿也的手机上了。你忘了,他发过朋友圈,NMO决赛那张照片上就有你。我还记得,你当时就站在最中央……"

周聿也过去很少在朋友圈发照片,更别说是合照了,所以张励对此印象深刻。

听到张励说起这件事,还提到那个久违的名字,喻时嘴角的笑容渐渐敛去。她低下头,将白色的运动鞋在水泥地面上轻轻蹭了蹭。

周围是学生的吵闹声,她垂下眼睛,回了一句:"不记得了。"

张励啊了一声,有些疑惑地低头看向面前的女生。

喻时抬头看了他一眼,弯了弯唇:"高中发生的事情还挺多的,都快两年前的事情了,实在是有些记不清了。"

她将脸侧的头发绾在耳后，露出秀气白皙的脸颊，神色淡淡的，让人猜不透她在想什么。

瞧着这样的喻时，张励的笑容尴尬地挂在了脸上。他抠了抠裤缝，心里只有一个念头：完了，她恐怕对周聿也有怨气。

张励的表情只凝固了一瞬间，很快，他笑吟吟地附和："也对，时间确实有些久了，记不清楚也正常。"

张励来得比喻时早，之前来清大参加过比赛，所以对校园很熟悉。他告诉喻时，有什么不明白的事可以问他，不必去麻烦其他人。

喻时还没来得及说什么，旁边一直在等待机会的学长当即开口："学妹，我可不怕麻烦。帮助低一级的学弟学妹们本来就是应该的，这位同学虽然来过清大，但很多地方还是我这个学长更熟悉。"

他手疾眼快地摸出手机，递到喻时面前："学妹要是有什么不懂的，可以加我的微信，有问题随时可以问我。"说完，他趁机向张励飞去一记挑衅的目光。

张励毫不客气地朝他翻了个白眼。

喻时想了一下，觉得学长说得有道理，便同意了："好。学长，我加你了。"

张励磨了磨牙，眼睁睁地看着喻时和那个"蜡笔小新"交换了微信。他思考了几秒，也果断地拿出手机，笑得一口白牙全都亮了出来："喻时，既然如此，咱们也加个微信吧，以后我们都是一个系的同学了。"

喻时抬起头，安静地看了张励几秒。张励心中发毛，以为喻时要问自己什么，结果她只是点了下头，说："好。"

张励微微地松了一口气。

接受喻时的好友请求后，他打开另一个对话窗口，飞快地打了一行字发出去，然后关掉手机，转过头笑呵呵地问喻时还有哪里不清楚的。

到宿舍，把床铺和柜子都整理好后，喻时跟唐慧说了一声，就虚脱地倒在床上休息。开学第一天，活动量确实不小，喻时原本想趁着人没来齐小睡一会儿，又感觉浑身上下黏得厉害，便干脆先去洗了澡。

等她洗完澡回来，其他人已经到齐了。

大家先大致认识了一下，喻时很可惜地发现，没有一位舍友和她来自同一个地方。三个舍友是北市本地的，而另外两个是其他城市的。

大家商量好晚上出去聚餐，加深一下感情。

喻时擦了一下自己湿漉漉的头发，眉眼弯弯，说了一声："好啊。"

旁边还有人着急地翻箱倒柜，说："啊，等我十五分钟，我化个妆。"

"哎呀，我也想化，高考完，我练了一个假期，手还是很笨，化得难看死了……"

"这算什么，我给你化，分分钟的事情……"

宿舍里很快变得热闹起来，女生的嬉笑声逐渐变大，她们变得熟络起来。

喻时没有化妆的习惯，便坐在椅子上，偶尔帮她们递一下东西。她看着手忙脚乱的舍友们，紧张感渐渐退去。

她托着脑袋，不由得感叹，还真是全新的大学生活啊。

男生宿舍。张励对着一个空床板随意地拍了一张照片，然后给周聿也发了过去。

"如果你今天来了，这里本该是你的床位。啧啧，说不定还能和我一块儿遇见你那个小同桌呢。"

他点开语音键，故意捏着嗓子，又发了一条："可惜，某人享不到这个清福喽。"

手机很快振动了一下，对方发来一条时长六秒的语音消息："看来你对你的零点九米宽的床板满意得很。"

张励:"……"这人还能不能好好交流了?

他倒是要看这人还能憋多久,干脆扯过椅子来,坐在上面,打了个电话过去。

"哎呀,你不知道,今天我一进校门,就看到喻时身边围了好几个男生,聊得那叫一个热火朝天。还有一个男生想加她的微信,她立刻加上了。"

他嘚瑟地笑了笑,专门挑周聿也的痛处:"我提起你,人家小姑娘轻飘飘地说记不清了。不是我说,周聿也,感情你还有这么一天啊……"

电话那头的男生不吭声,张励用脚趾头都能想到,此刻对面那人的脸色肯定比锅底还黑。

他起来洗了一个苹果,一边啃,一边口齿不清地说:"我跟你说,数学系里单身的男生可是一抓一大把,说不准再过几天,那个小姑娘就被别人抢走了。你呢,就好好地待在L市,伤心了,你就找一片海哭一顿,说不准哪天就顺着洋流回到国内了,你也算不留遗憾了……"

他正说到兴头上,电话那头传来急促的嘟嘟声。

张励看了一眼手机屏幕,才知道电话被挂断了。

他倒要看看周聿也能憋到什么时候。

张励慢悠悠地啃完苹果,把苹果核投向不远处的垃圾桶。他笑了一声,站起身来,拍了拍那张空床板。

晚上八点多,天上满是繁星,街道上,烧烤的香味四处弥漫,碰杯声此起彼伏。

六个人搬着椅子坐在店外,点饮料的时候,宋欢突发奇想,扫了众人一圈,跃跃欲试:"你们,要不要喝啤酒啊?"

其他人一愣:"喝酒吗?"

"是啊,要不来几罐?反正我们成年了,今天这么好的机会,喝几杯没关系的。"宋欢笑眯眯地劝道。

"也行吧。"

"我都可以。"

六个人都没有反对,宋欢一口气点了十几瓶:"反正大家都同意了,那就喝个畅快!"

看宋欢点了那么多,喻时眉心一跳,有些犹豫地开口:"点这么多能喝完吗?"

宋欢朝她眨了眨眼睛,说:"放心吧。"她拍了拍自己的胸脯,十分豪气地夸下海口,"我很能喝的,我一个人就能喝五瓶!"

一个小时后。

宋欢举着一瓶酒,摇摇晃晃地想站起来,忽然重心不稳,又跌回椅子里。她脸色通红,看上去已经完全醉了。她倏地一拍桌子,把啤酒往中间一举:"来,让我们庆祝,二一七宿舍在大学里的第一次完美聚餐!"

有人喝醉后一言不发,而有人喝醉就会化身话痨。宋欢就属于第二种。她一直说着她高中时和好朋友的那些事情。

等众人注意到喻时的时候,她身旁已经空了三个啤酒瓶。她微微闭着眼睛,浓密的睫毛微微颤抖着,脸蛋红红的,不时开口说着什么,声音很轻,听不清楚具体在说些什么。

众人讨论着怎么把这两个醉鬼弄回宿舍,忽然有只脖子上挂着绳的拉布拉多犬吐着舌头朝这边跑过来。应该是闻到烧烤的香味,它挣脱了主人,跑过来了。

喻时听着宋欢讲高中时发生的那些事情,感觉自己的头晕得厉害,也忍不住回想高中时发生的那些事情。

可是她回想起来的,都是和周聿也经历的一点一滴。

她越想越心烦,一时没忍住,就多喝了点儿。等她反应过来,整个人都快意识不清了，好不容易努力睁开眼睛，还偏偏看到一只拉布拉多犬朝这边跑了过来。

喻时几乎立刻想到远在怀城的功勋，那些积攒太久的情绪一下子全涌了上来。

旁边的人还没反应过来，她忽然跌跌撞撞地走过去，抱住那只拉布拉多犬的脖子哭诉："功勋啊，你的主人可真是个浑蛋，把我和你都丢在这里……你说，他怎么忍心把我一个人丢在清大的？"

"我明明那么努力地不去想起他了，为什么快两年过去了，我还是记得那么清楚……他就是个骗子、没良心的……"喻时不停地哭，豆大的眼泪一直往下掉。

旁边的舍友们看到喻时这样，沉默良久，生出诸多感慨。

"喻时这样，是受了多大的打击啊？"

"那个男的，一定是个浑蛋……"

"对，你看喻时都哭成什么样子了。"

…………

得亏这只拉布拉多犬性情温顺，吐着舌头安静地听喻时说话。似乎是感受到喻时的伤心，它还伸出温热的舌头去舔她的手背，安慰她。

喻时一下子哭得更凶了，骂周聿也也骂得更狠了。

后来，拉布拉多犬的主人赶了过来。他是个小伙子，看见自己的狗被一个泪流满面的小姐姐抱住，有些不知所措。

喻时念叨的那些话，令她的舍友都目光不善地看向他。

小伙子飞快地摆了摆手，表示这件事可和自己没关系，他都不认识这个女生。

幸好，喻时稍微清醒了一点儿，小伙子才终于把那只拉布拉多犬拉开。喻时被人搀扶着坐在椅子上，喝了两口温水，状态好了很多。

喻时撑着下巴，把那股酒劲儿缓下去后，睁开了眼睛。

"他不是浑蛋，他是一个，很好很好的人。"可能她这辈子，再也见不到这么好的男生了。

舍友们面面相觑,纷纷痛惜地开口:"喻时,你可要清醒一些啊!你想想,他都让你那么伤心了,他还能好到哪里去?"

在众人的劝说下,意识迟钝的喻时又是鼻子一酸,彻底改变了自己的想法。眼眶里的泪珠又要落下来,她干脆吸着鼻子,带着哭腔说:"对,他就是浑蛋!"

越想越气,喻时干脆掏出手机来,摁亮屏幕,翻出快两年都没有联系的某人的电话号码和微信,统统拉黑、删除。

"浑蛋!别想再来乱我心智!"喻时靠着最后一丝清醒,处理完这件事,终于闭上了眼睛,栽进了舍友的怀里。

"所以,刚上大学就把我删了?"

喻时那边还是夜晚,周聿也这边则刚刚天亮。房间里只能听到他轻微的呼吸声。

他发现,喻时把他所有的联系方式都删了。不光删了,还全部拉黑了。

周聿也忽然想起张励那嗫嚅的语气,还有说的那些话,太阳穴突突地跳个不停。

他拿过放在床边的小兔子玩偶,一点儿也不客气地用手弹了弹它那两只长耳朵:"还真是一点儿情面都不给我,是不?"

"要不要加回来呢?"

喻时穿着墨绿色的军训服,窝在操场主席台下面的角落里,纠结地看着手机屏幕。

就在她拿捏不定的时候,旁边的舍友们看到她搬着小马扎坐在这里,笑眯眯地凑了上来:

"喻时,你在看什么啊,这么专注?"

喻时若无其事地把手机放进怀里,没有让她们知道她在看什么。

毕竟在她们眼里,周聿也已经成了一个十恶不赦的浑蛋。她们千万个不同意喻时再与他有任何联系。

可酒疯耍了,总有酒醒的一天。喻时酒醒以后,其实有那么一点儿后悔了。

"没有,我的防晒霜用完了,准备再买一瓶呢……"喻时把手机放在背后,把话题引向别处,"今天真的好晒啊!"

果然,她们一听,心思立刻被勾到别处。

"哎,就是啊,你看我的脖子和胳膊,完全就是两个颜色……"

"我也是,真的快烦死了,买的防晒霜一点儿都不管用……"

"…………"

喻时这才轻轻地松了口气。趁她们讨论着,她又低头看了一眼手机。

这些天,喻时一直都在纠结,自己到底要不要把周聿也加回来。

就这么一声不吭地把他删掉再加回来,她是不是应该解释一下啊……

一想到那个场面,喻时就感到一阵心烦,还有些郁闷。

她把周聿也删了之后,他怎么一点儿反应都没有?!该不会早就把她忘了吧!

算了,删了就删了,反正以后他们也没有联系的必要了!

集合的哨声响了起来,喻时把手机用力往兜里一扔,不再纠结这件事了。

张励刚从队伍里走出来,听着电话那头的话,瞳孔一下子放大,难以置信地问:"什么?!你再告诉我一遍,你现在在哪儿?!"

电话那边,周聿也冷淡且不耐烦的声音响起:"机场,懂?"

张励被逗乐了:"哥,你这是急了,不惜漂洋过海,万里追爱

363

来了?"

"我先把你丢海里喂鱼行不行?"

"你急了,绝对是急了。"张励不再打趣,一边夹着手机,一边飞快地把军训服扒了下来,换上自己的衣服,"你在那儿等会儿,我现在出去接你。"

"不用了,我不住宿舍。"周聿也的声音里透着几分疲惫,"我妈知道我回来,非要在清大周围给我找一套房子。我坐了一夜飞机,今天就先住那儿了,下午补个觉,倒个时差。"

得,果然,有妈的孩子就是不一样。

张励想起临走时自己的妈妈说不管有事没事都别来烦她,感到一阵心酸。

"那些书,你帮我领了没?"

"领了,领了。"

"行,我把地址发你,你把那些书送到我这边来吧。"

周聿也的那些书都是张励代领的,系里的导员也清楚。其他同学知道有个新同学一直没来报到,但具体是谁,他们不怎么清楚,只偶尔听到些风声。

"所以,开学都快要半个月了,我们系还有一个新同学没来报到呢?!"

"应该是个男的吧,我没听说女生宿舍缺人……"

"这个人还挺神秘,这么久没报到没关系吗?"

"也不知道帅不帅……我们系里,还真没几个男生能看下去,都是些妥妥的理工男,有几个还特别奇葩,我跟你们说……"

二一七宿舍里,喻时刚刚进门,就听见其余几个人正凑在一块儿叽叽喳喳地说着什么。

她记得,开学的时候,张励领了两套书,令她印象深刻。

喻时下意识地觉得,那人应该是张励在北市的同学,说不定是家中有事耽搁了,才推迟了报到时间。

不过这件事和她没关系,她也没多想,稍微收拾了一下,刚想问舍友晚上去不去食堂吃饭,就听到手机振动了一下。

那天带她报到的学长发来一条消息:嗨,喻时学妹,今天有事吗?我记得学校外面有一家烤鱼店,做的鱼还挺好吃的,我带你去尝尝?

"哟,哟,哟,该不会还是那个学长吧?"喻时低头看着手机,宋欢挑准时机,凑过来往她手机上瞄了一眼,笑得促狭,"我记得,这个学长好像约你好几次了。"

"这个学长是对你有意思吧……"

"哎,喻时,反正你现在也是单身,我觉得这个学长人还不错,要不你试试?"

…………

听着她们七嘴八舌的讨论,喻时有些无奈地笑了一下:"我现在真没有谈恋爱的想法。"

她低头,点开对话框:学长,抱歉,我今天晚上有点儿事。

那个学长没有放弃,继续发了一条消息:既然如此,我等你,学妹。等你把事情解决完,我们一起去吃。

喻时咬了下嘴唇,眼里露出几分为难之色。

捞月亮的兔子:我这边可能会结束得比较晚,你不用等我的。

学长:没事,我有大把的时间。

喻时深吸一口气,烦躁地揉了一下自己的头发。这怎么拒绝啊……毕竟是本系的学长,闹得太难看了也不太好。

就在这时,手机上忽然收到一条新的消息。陈叙问她今天有空吗,说有个好消息要告诉她。

喻时看着陈叙发过来的消息,一副看到了救星的样子,甚至激动地从椅子上站了起来,立刻给陈叙打了个电话。

"什么，陈望来北市了？！"

挂掉电话后，喻时跑到镜子前收拾了一下自己，准备待会儿出去和他们一起吃个饭。

能见到之前的好朋友，顺带把学长的邀约推掉，喻时一下子心情畅快起来。

来到清大之后，喻时和他们也有联系。

陈望考到了北市邻市的一所学校，而她则在开学几天后，在食堂遇到了陈叙。

陈叙也来了清大，只不过和她不是一个系的。他去了建筑系，而她是数学系的。

开学总是会忙碌一阵子，半个月的时间过去，三个人这才终于有时间好好聚一下，喻时自然乐出花来。

走出校门的时候，她遇到了张励。

喻时这天心情很好，没等张励和她主动说话，就先笑眯眯地开口："你好啊，张励。"

张励有些惊讶地应了一声，然后打量着她这天的穿扮。她扎着一个圆鼓鼓的丸子头，穿了件浅黄色的吊带连衣裙，裙摆长度没过膝盖，肩膀处挂了一个小包，颇像是元气少女。

按照张励以往的经验来看，女生一旦开始打扮，就代表着要出去和人约会了。而且，还是比较重要的人。

张励一想到某个人现在还窝在被子里蒙头大睡，就感觉到一阵头疼。

张励脑子转得飞快，趁着喻时等车的空当，他抱着书轻咳一声，若无其事地开口："你这是去哪儿啊？该不会是去约会吧？"

喻时弯唇一笑，眼眸亮晶晶的："不是。"

张励的心放了下来。

"是去见我的老朋友。"她想起那兄弟俩，嘴角的笑意就压抑不住。

看见喻时这副样子，张励的心又忍不住提了起来。他不经思考地脱口而出："男的？"

喻时点点头。

张励的心直接沉到了谷底。完了，老朋友，还是男的，周聿也不会没机会了吧？

喻时看见张励的脸色，狐疑地问："你怎么了？"

张励："没事，就是想起了某个可怜的人。"

正好这会儿车来了，喻时没有和他继续聊天，挥手告别之后，就匆匆坐上了车。

看着逐渐远去的公交车，张励悠悠地长叹一声，某人的情路坎坷啊……

周聿也住的是单人公寓，在一个高档小区内，离清大并不远，走路十来分钟就到了。

张励摁完门铃，没过两分钟，房门打开。

看见张励过来，周聿也慢吞吞地打了个哈欠，随意地撂下一句"进来吧，不用换鞋"，就往回走。

"哎哟喂，不是吧，哥，都火烧眉毛了还睡呢。"瞧他这副散漫的样子，张励一进门，就对着他的背影喊了一声。

周聿也刚从睡梦中醒来，嗯了一声。

他走进厨房里倒了两杯水，端出来，一人面前放一杯。

张励走进客厅，顺势坐在旁边的沙发上，打量了一下周聿也的家。虽然是单人公寓，但空间很大，家具什么的一看就是新买的。

他托着脑袋长叹一声："你瞧瞧，这地段，这布局，这家具，到处是金钱的味道啊。"

周聿也习惯了张励的大惊小怪，睡意也被他折腾没了，干脆让他等自己冲完澡，待会儿出去一起吃饭。

"不是,你还真不问发生了什么事啊?"张励看着正拉开衣柜往外拿衣服的男生,笑得神秘兮兮的,"是关于你那小同桌的事哎……"

周聿也没搭话,他知道张励这人是什么德行。你要是真追着喊着问他发生了什么事,他就吊着不告诉你,要是你表现得一点儿也不感兴趣,他偏偏要上赶着告诉你。

见周聿也连个眼神都没往这边撇,张励倚靠在沙发上,装模作样地哀叹一声:"我今天可是看到喻时打扮得漂漂亮亮的,去跟别人约会去了,听说约会对象还是她高中的老同学。你说,都上大学了,两个人还有联系,这感情该有多深哪……再说,你又不是不知道,我们数学专业男女比例严重失调啊,狼多肉少,何况喻时还长得这么清纯可爱,她的微信都快被别的男生加爆了……

"不像某个人,早就被她抛在了脑后,这么长时间一点儿联系都没有,谁还认得你啊?说真的,我觉得你要还是这副样子,那就是真完了。你瞧瞧,从里到外也就你这身皮囊还有点儿竞争力……"

周聿也一边听着张励酸不拉几的嘀咕声,一边看了一眼身上压出不少褶皱的短袖,眉头微皱,干脆揪住衣摆往上一掀,把短袖脱了下来。

张励不经意地看过来,顿时发出一声怪叫:"不是,哥们儿,你去了国外每天都在锻炼啊,什么时候身材变得这么好了……"

窗帘拉得紧,只隐隐透进来几丝光线,却足够让人看清周聿也的身形。少年肤色冷白,却不显得羸弱,宽肩窄腰,有着恰到好处的力量感。他背对着张励,张励只能看到他的背部线条。

张励重重地啧了一声,从沙发上拿过一个抱枕抱在怀里:"我觉得你又稳了。"

周聿也瞥他一眼:"什么稳了?"

张励拍了一下手,神采奕奕地看着他:"当然是你的终身大事稳了啊。虽然人家喻时跟你有点儿旧怨,但抵不过她是个颜控啊。就凭你这张脸,这身材,我觉得你肯定没问题。"

周聿也实在没耐心听张励说没谱的事,捞过抱枕朝他砸过去:"想不出来什么靠谱的点子就闭嘴。"然后去了浴室。

"所以,你为什么不把你回来的消息告诉喻时啊?"

张励和周聿也从高档小区里出来时,已经是晚上了。

周聿也翻着手机,准备就近订个餐厅,吃个晚饭。听到旁边传来张励费解的声音,他淡淡地回了句:"这不是才刚回来。"

要是他提前那么久告诉她,别说让她等那么久,要是中间有什么差错回不来,那岂不是让她白期待一场。

"不是吧,哥,你这会儿淡定上了?我都不想说你之前做的那些事!你让我把那张录取通知书扔了,然后又半夜三点打电话问我录取通知书还在不在。我问你什么时候回国,你说再等等,把L市学校的那堆事解决了再回,这一等就大半个月过去了。辅导员打不通你的电话,时不时地来问我你什么时候来报到。

"开学那天,我还没进校门呢,你就给我打电话说喻时也来了清大,让我多照顾她。得亏我运气好,一进校门就逮着她了。

"哥,我真服了,你上一次大学,简直就是来折腾我来了。"

张励的话不停地往外冒。

"一个月包餐,任凭你点什么。"

周聿也这话一出,张励立刻没话了。

再一看,他哪里还有怨声载道的模样,笑得眼睛都快没了,甚至中气十足地应了一声:"你这个兄弟,我还真是没认错!"

据周聿也所知,张励的妈妈把他的卡停了,美其名曰为了锻炼他独立生活的能力,每月就给他一点点零花钱。

习惯了大手大脚花钱的张励哪能受得了这种苦,有了周聿也的接济,张励这下开心了,觉得周聿也总算办了个地道事。不枉他跟个老妈子似的天天跟在喻时后面,系里面的同学还以为他对喻时有意思呢。

这事说不清楚，张励就差以死明志了，还好可算是盼星星盼月亮似的把周聿也给盼回来了。

他们走进一家餐厅后，下一秒，旁边的餐厅就出来三个言笑晏晏的学生。

没走几步，其中一个男生不知道笑着说了什么，旁边的女生直接踮起脚尖来，干脆利落地锁住他的脖颈往下压了压，笑着骂道："陈望，这么久没见，你的嘴怎么还这么欠啊？"

陈望被她压得弯了腰，连忙作投降状："哎，哎，哎，喻大小姐，是小的说错了……"

喻时的眼睛都弯成了月牙。

周聿也把手机揣进兜里，突然听见门外传来一个熟悉的喊声，下意识地回头看了一眼，却什么都没有发现。他回过头来，叫了一声不远处的服务员。

回到宿舍楼下，喻时和陈叙聊了几句，就挥了挥手进去了。

宿舍里的女生们看到喻时进来，纷纷从窗边走过来，凑到她跟前七嘴八舌地说："喻时，我们可看到了哦，你刚刚和一个男生在楼底下站了很长时间。"

"那个男生长得还挺帅，不是我们系的……"

"喻时，快快从实招来，那个男的是谁，他是不是也在追你？"

喻时看着这堆爱八卦的舍友们，摆了摆手，有些哭笑不得："不是啦，他是我的高中同学，我们只是吃了一顿饭。"

"我觉得那个男的挺不错的，喻时，你考虑考虑呗？"

听着舍友的话，手机忽然振动起来，喻时看到之前那个学长发来一条消息，约她第二天一起去食堂吃饭，顺便讨论社团里军训总结大会的事情。

好像进入大学，每个人都会或多或少地参加几个社团，喻时也不例外。她加入后才发现,开学时认识的那个学长也在。

这次是有公事的邀约,两个人免不了要多交流,喻时想推辞也没办法。她安静地看了几秒手机,回了一个"好"字。

第二天正好是星期一,天气晴朗。放学后,源源不断的学生涌入食堂,每个窗口前面都挤着很多人,隔着衣服都能感受到旁人身体的温度。

原本喻时是不打算进来挤食堂的,但毕竟和学长约好了,她不好拒绝。

喻时和舍友走进来,看到学长发消息问她在哪里。她回了句:**刚进食堂**。然后她就把手机放进了兜里,跟着舍友去打饭。

人潮拥挤,她干脆站在门口,微微偏过身子,仰起头看了一圈人满为患的窗口,思考着吃些什么。突然,她听到旁边有人喊:"喻时。"

她下意识地转头看去,就看到学长拿着手机,站在不远处笑着挥手。

喻时点了下头,刚想往那边走,倏地看到了什么,刚刚抬起来的腿停在原地。

学长背后走过去两个男生,他们应该是刚刚打完饭,正偏头闲聊着朝座位走去。其中一个男生很帅,即使身在熙攘的人群中,也很是扎眼。另一个人喻时也认识,是张励。

周围有很多人在大声说话,可喻时却能从那么多声音中分辨出他们的声音。

鼻间的呼吸逐渐加重,喻时的大脑混沌一片,几乎无法思考。她死死地盯着那个方向,用力握着手机,手心隐隐有痛感。

张励端着饭盘往前走,看上去有些愤愤不平:"不是吧,哥,我真服了,说包饭,包的是食堂一个月的饭啊?!出国这么久,你变了,变得阴险狡诈,变得没有良心,早知道我就……"

穿着黑色半袖的男生白了他一眼:"不愿意?那就……"他作势去

拿张励手中的餐盘。

"哎,哎,哎,哥,你是我亲哥!最起码让我先把这顿饭吃完,行不?"张励的语气立刻软了下来。

周聿也看他那副样子,笑了一下。

昨天张励说的那些话其实提醒他了,既然回来了,还是早点儿来清大比较好,毕竟已经耽搁半个月了。

早上他从公寓出来,就把刚结束军训的张励叫到食堂来,一起吃个午饭。

宋欢见喻时忽然盯着一个方向不动了,有些奇怪地开口:"喻时,学长不是在那里吗?你在看哪里呢?"她顺着喻时看的方向转头,忽然啊了一声。

周围几个人问她怎么了。

宋欢指着喻时正看向的那个方向,激动地说:"我在清大第一次见到长得这么帅的男生,他是新生吗?!"

"没见过啊,一定不是我们系的。"

"他旁边那人不是张励吗,张励什么时候认识这种帅哥了?"

她们这几个人一惊一乍的,动静不小,很快就把那边人的注意力全都引了过来。

周聿也听到动静,原本没想往这边看。张励朝那边看过去,还不忘感叹道:"哥,我早说了,你突然来清大,就凭你这张脸,很容易欺骗别的小姑……啊!"

话还没说完,张励忽然就跟看见了鬼一样叫了一声,然后躲到周聿也的背后:"哥,两点钟方向,你看一下。"

周聿也挑了下眉,往张励说的方向看过去,然后就看到了站在门口的那个女孩儿。

她穿着宽松的军训服,梳了个低马尾,白皙的脸颊上热得透出几丝红晕,鬓角处汗湿的发丝黏在一起。此刻,她正看向这边,嘴角紧抿，脸色实在算不上好看。

周聿也收敛了笑意，沉稳地对上她的目光，还不忘淡淡地对张励开口："我觉得你之前说的那个办法也不是不成。"

张励有些蒙，不是吧，哥，你就这么怕喻时？

喻时和周聿也对视着，咬着嘴唇忍耐了好半天，直到眼眶酸涩，她才挪开了视线，轻轻吸了下鼻子。

真的是他，他真的回来了。

一直在等喻时的学长看到她们一个宿舍的人突然齐刷刷地朝他看过来，顿时有些受宠若惊。这时，喻时整理好情绪，朝他大步走了过来。

他刚想抬手打招呼，却看到喻时的视线越过他，投向了他的身后。

喻时瞥了一眼周聿也手里的卤鸭饭，弯唇一笑，讥讽道："怎么，卤鸭饭比L市的英式早餐好吃吗？"

周聿也垂下目光，瞥了一眼快凉了的饭，笑了一下："或许是吧，第一次吃，也不知道好不好吃。不过，你应该比我更熟悉一些。"

喻时立刻回了句："不好吃。"

明明已经在竭力忍耐了，但她还是渐渐红了眼圈。她紧握双拳，吸了下鼻子，眼睛有些湿润。她的声音有些哽咽："周聿也，你的品味可真差。"

周聿也无奈地笑了一声，试图缓解气氛："光见到我就这么难受啊，那我的微信被你删了，我是不是该天天抱着手机哭得肝肠寸断啊？"

喻时抹了一把眼角的泪，想都没想就回答："那是你活该。"

周聿也垂眸，目不转睛地看着她，跟着应和："嗯，我活该。所以，现在可以抬头看我了吗？"虽说见总会见面，但学校里少说也有好几千人，来学校第一天就在食堂里遇见喻时，周聿也是真的挺意外的。连他这个唯物主义者都没办法否认，有时候人与人的缘分还真不可估量。

他知道喻时心里有气，气他当时一声不吭地离开。但是，还在生气就证明她还在意他。

说实话，就这么见面了，周聿也还是很紧张的。他表面上看起来很淡定，实际上说两句话的工夫，他就紧张得手心出汗了，胸腔里的心跳声更是一下比一下有力。

他不怕喻时生气，怕的是她不看他，或是她把他当成陌生人。

周聿也认真地思考了一下，那样的话，估计他得疯。

喻时控制不住情绪，转身和学长说了声"抱歉"之后，就快步回了宿舍。

周聿也没有拦喻时。他知道，她得有一个缓冲的时间。

张励看着喻时快步离开食堂，有些郁闷地推了推周聿也："人都跑了，你怎么还这么淡定啊？"

周聿也偏头看他一眼，然后把卤鸭饭移到他手上，走到另一侧还搞不清状况的那几个女生面前，问："你们是喻时的朋友？"

这么一个大帅哥突然跟自己说话，几个人皆是一愣。还是宋欢先反应过来，结结巴巴地应了一声："对，我们是喻时的舍友。"

周聿也摸出手机，在上面点了几下："我给她点个饭，待会儿辛苦你们帮我把饭带给她。"

天热，再加上方才情绪起伏那么大，她现在胃口一定不好。中午不吃饭，下午的军训一定受不住。

宋欢连连摆手笑道："没事，没事，顺手的事情。"她一边回应着，一边和舍友交换了一个彼此都懂的眼神。

男的，长这么帅，见面后喻时的反应还那么奇怪。看来这两个人关系匪浅，一定不简单。

宋欢不忘多问一句："帅哥，你是哪个系的啊？"

周聿也清楚她的喜好，很快点好了，抬起头来，笑了一下："我？和你们一个系的。"

宋欢等几人跟被雷劈了一样，愣在原地。

原来之前那么久都没来报到的那个人，是他啊！

从喻时刚才的反应来看,她也不知情。

这下好了,男帅女靓,他们不配谁还配啊?

二一七宿舍剩下的五个人不假思索地站在了周聿也那边。

回到宿舍后,喻时看了看摆在桌子上的午餐,知道这是周聿也带给她的之后,果断拒绝:"没胃口。"

"哎呀,我的喻宝贝,你好好看看,这可是张记小馆他家的菜啊。你忘了,我们上次出去逛街,路过时进去看了一眼,里面的一个小菜都快顶上我们一个星期的生活费了!"

旁边的李言眯着眼感叹道:"有钱人的生活还真是纸醉金迷啊!"

"最起码得拆开先看看吧?"

在舍友的催促下,喻时无奈地拆开包装,觉得这菜和平时吃的菜也没什么区别。

旁边几个人顿时露出一副可惜的样子。

喻时被她们的模样逗乐了,有些哭笑不得:"再怎么做它也是菜啊,又变不了金子。"

宋欢:"一定是味道不一样,喻时,你尝尝味道怎么样?"

喻时拿起筷子吃了几口,赞赏地点了点头:"味道确实比食堂的强很多。"

宋欢她们见喻时终于动筷子,顿时松了一口气:"你看,你这也能吃进去东西嘛。喻时,不管怎么说,都不能委屈自己的胃。"

喻时垂下眼睛,握紧了筷子,沉默地吃着东西。

上次见喻时露出这种表情,还是那次喝完酒,宋欢想了一会儿,试探地开口:"其实吧,我觉得那个男生还真不错。你们要是有什么误会的话,解释清楚不就行了?"

喻时抿了抿嘴唇,认真地想了一会儿,才慢慢地说:"我和他之间,要说真有什么误会,其实也没有。比起生气,我更多的是……不知所措吧。"

当初那个局面,他离开就是最好的选择。但是他离开,她就做好了他不会再回来的打算。

可现在不一样了,周聿也那么大一个人站在她面前,想看不见都不行。

快两年过去,他长高了不少,以前她能到他的脖颈,而现在,她只能到他的大臂那里。

最重要的是,她不知道该怎么去面对现在的他,他们真的分开很久了。

喻时耷拉着脑袋,扣弄着手指,提不起一丝精神来。

"哎,喻时,不是吧,就算不说他这出手多大方,就单说他那张脸,你们要是亲了,都分不清楚你们到底是谁占谁的便宜……"

接下来的话越说越放肆,喻时实在听不下去,红着一张脸让她们别说了。

这天是军训的最后一天,下午军训汇演结束,大家就解放了。

前几天都是艳阳高照,到了这天,天上却聚起了乌云。校长讲话的时候,空中飘起了毛毛雨。

雨越下越大,等校长讲完话,学生们纷纷往操场外面跑去,现场乱成一团。

喻时也跟着往外面跑,豆大的雨点朝脸上砸来,她连眼睛都睁不开。

或许是周围的人太多,她一时没注意,直直地撞上了一个拿着伞的同学。她想都没想,匆匆丢下一句"对不起啊",就准备离开。

下一秒,她被一只手抓住,头顶上也不再有冰凉的雨水落下来。

喻时一怔,下意识地看向为她遮雨的男生,却正好撞上他的目光。

周聿也见她愣住,黑眸中溢出笑意,语气散漫:"看到我在这里,傻了？"

喻时很想问，这么多穿着军训服的学生，他是怎么认出她来的。但她最后只是干巴巴地眨了下眼睛，挪开了视线："没有。"

周聿也下巴轻抬："走吧，送你回去。"

雨下得这么大，喻时不可能为了逞能独自冒雨离开，索性就和他挤在一把伞下。

操场到女生宿舍楼有段距离，两个人不可能一直沉默下去。

喻时装模作样地拿出手机，随意刷着。

周聿也看她紧张地捏着手机，一时没忍住，轻笑一下，问："怎么，你紧张？"

喻时下意识地反驳："我才没有。"然后她把手机装进兜里，一双剔透的杏眸盯着他，"你来这里不是偶然吧？"

周聿也神情坦荡："来找你的。"

喻时："找我干什么？"她别过头，赌气道，"我和你又没什么关系。"

周聿也突然停下脚步，平静地盯着她。下一秒，他倏地弯腰，英俊的五官逼近她的脸。

喻时眼看着他离自己越来越近，脚就跟灌了铅一样，移动不了分毫。她忍不住咽了咽口水："你……你干什么？"

周聿也不说话，只专注地看着她，然后勾了下唇，缓缓抬起手。

喻时条件反射般地闭上了眼睛，下一秒钟，周聿也的手轻轻地落在她的侧脸，将她鬓角滑落的一滴雨珠轻轻抹去。

喻时忍不住打了一个激灵。下一秒，低缓的男生嗓音落在她的耳畔："你和我，真没有什么关系？"

喻时心头一窒，忽然想起宋欢在宿舍里大吼的那句话："就单说他那张脸，你们要是亲了，都分不清你们到底是谁占谁的便宜！"

她目光一颤，下意识地看向周聿也的薄唇。

377

意识到自己脑子里在想什么，喻时的脸颊两侧顿时飞上来两朵红晕，她的目光有些闪躲，却不小心对上他的眼眸。那双黑眸好像也染上了雨天的潮湿雾气，此刻正一眨不眨地看着自己。

真是要疯了！脑子里叫嚣的声音越来越厉害，喻时的意识也跟着不清醒了。她低头想要离开，却忘了还在下雨，刚迈出伞下，就被周聿也抓住手腕拉了回来。下一秒，他有些冷淡的声音响起："你还真想感冒？"

喻时："我没有。"

他睨她一眼："这么长时间以来，你这嘴硬的本事是越来越强了。"

喻时："……"

因为这个小插曲，他竟然一直都没放开她的手腕。

走到宿舍楼下，喻时毫不犹豫地出声提醒他。

没想到这人漫不经心地瞥了一眼，嗯了一声就没后续了。

这就没事了？你倒是放开啊！喻时用眼神质问他。

周聿也收起了伞，另一只手从兜里拿出手机点了点，朝她抬了抬下巴："看手机。"

喻时皱起眉头，打开手机就看到一条新的好友申请，备注名是：Ti。

看到这个名字，喻时的目光一顿。

原来这么长时间以来他的名字都没有变，一直都是这两个字母。

他走后，他的朋友圈再也没有更新过。她都怀疑，他去了国外是不是换了新的手机号码，注册了新的微信。

"加上干什么？"她抬头看他，语气很淡，"反正很长时间不联系了，以后保不准也会这样。说不定你还会像之前那样，一声不吭地走了……"

周聿也打断了她的话："不会走。"

外面的雨声不停，喻时觉得，那雨声仿佛一下一下地砸在她的心上。她没有丝毫躲避,直直地对上他的目光:"我凭什么相信你?"

周聿也安静地看着她好一会儿,才缓缓开口:"听说追你的人很多,那么请问喻同学,我能追你吗?毕竟,我回来就是为了追人的。"

屋檐下,连成珠子的雨不停地往下滴,落在地面的水坑里,泛起一层层波澜。

"不是吧,他真的这么说?!"

亮着灯的宿舍里,几个女生把喻时围起来,问她和周聿也这天下午干什么了。

离开操场的时候有人看到喻时和周聿也一块儿走了。

喻时把下午发生的事情简单跟她们说了。

"啧,人帅就算了,还爱'打直球',会说话,会做事,喻时我觉得你捡到宝了。"宋欢托着脑袋,对周聿也做出了中肯的评价,"要不,喻时,你干脆就从了他吧。"

喻时察觉到其他人明显和宋欢是一样的想法,嘴角抽搐着,幽幽地说:"他就是你们之前口口声声喊打喊杀的那个浑蛋……怎么样,现在还觉得他是宝吗?"

"什么?!"

"真是瞎了眼了!"

"这完全看不出来啊?"

其他人一听,顿时倒戈:"喻时,听我们的,绝对绝对不要那么轻易答应他!"

"你就让他好好追你,一定不能让他随便占了便宜去!"

喻时仔细想了下,煞有介事地点头:"好。"

军训结束,大一新生正式开始上课。

毕竟是第一天上课,数学分析老师走进来的时候,看到底下坐了满满当当的一教室人,顿时满意地笑了:"同学们的学习积极性还挺高的啊。"

底下的人应了几声。坐在第一排的周聿也扭头,朝后面看了一圈,随后转回来,勾了勾嘴角。

张励也跟着扭头瞅了一圈,没看到那张熟悉的脸,纳闷地嘀咕起来:"喻时怎么还没来啊,不会知道你今天来,专门躲你吧?"

周聿也睨了他一眼,语气冷淡:"她可没你那么胆小。"

张励有些不满地说:"都怪你,现在喻时认为我之前都在给你通风报信,这几天见了面都不搭理我。"

"是吗?"周聿也转了几圈手中的笔,"但她昨天还和我打一把伞回去。事出反常必有因,凡事先反省反省自己。"

张励:"……"

老师翻开书,准备讲课,后门突然吱呀一声。同学们扭头,看到一个女生喘着气走进来,脸上满是歉意。

她身后跟着的是和她同宿舍的几个女生,都不约而同地低垂着头,一脸心虚的样子。

由于他们昨晚聊到很晚,结果还忘了设闹钟,醒来后风风火火地赶过来,在门口踌躇半天,最后猜拳决定谁先进去,喻时就成了那个倒霉蛋。现在她完全没脸见人了,捂着脸快步往教室里面走,每多一秒都是对她的凌迟。

张励看见喻时她们,乐了:"第一天上课就迟到,她可真勇。"

教室后面几排都被坐满了,喻时只好硬着头皮又往前走了几步。她看了很久,最后发现只有周聿也旁边有空座位。

他倒一副看好戏的样子,托着脑袋,慢悠悠地转着笔:"还等什么?"

喻时顶着一个大红脸,别无选择地坐在他的身边。

课上到一半,老师忽然开始提问:"哎,刚刚迟到的这个小姑娘,你来说说,这道题的答案是什么?"

喻时哭丧着脸站了起来。

张励虽然捂着嘴巴,但还是没忍住乐得发出声来,又低声和周聿也说:"人家屁股还没坐热就被老师提起来了,你不帮帮她?"

喻时正低着头,解着黑板上的那道题。

张励看了,这算是比较难的一道题。

周聿也悠闲地在本子上写下一个答案,瞥了一眼瞎操心的张励,问:"你忘了她是怎么进来的了?"

张励后知后觉地拍了一下自己的嘴巴。他怎么忘了,在数学这方面,喻时的水平可是仅次于周聿也,他还真是咸吃萝卜淡操心了。

果不其然,三分钟不到,喻时就放下手中的笔,朝老师一笑:"老师,答案是三。"

"还不错。"教授笑着朝她点头。

喻时这才长舒一口气,坐了下来。她一偏头,对上周聿也的一双黑眸。

喻时感觉到莫名其妙,问:"看什么?"

周聿也从书包里拿出一盒纯牛奶,插上吸管,递给她,示意她的嘴角。

喻时下意识地摸了摸,才发现自己的嘴巴很干,有些地方都起了皮。

早上起来,她还没来得及喝口水,提上书包就来了教室。

喻时看着那盒纯牛奶,嘴角微抿,没有拒绝。

放学后,喻时在食堂刚打完饭,就看到上次邀请她见面的那个学长。她想起上次自己离开得匆忙,心里有些过意不去,便走过去和他打招呼。

那个学长看到喻时,眼睛顿时一亮,让她坐在对面。

"学长,上次的事是我——"喻时刚坐上板凳,话还没说完一句,身后就传来一句漫不经心的话:"哎,大力,这儿有座,坐这儿吧。"

桌子微微摇晃,一个高瘦的男生大剌剌地坐了下来,脚随意地放在桌子底下,就挨在喻时的脚边。

喻时:"……"

张励手疾眼快,坐在那个学长旁边,笑呵呵地跟他打招呼:"学长,你好啊,真巧啊。"

喻时长出一口气,准备把刚才的话说完:"学长,昨天的事我不是故意——"

"大力,我们学校还有哪些社团在招新啊?"她的话被男生再次看似不经意地打断。

张励蒙了一下,看了一眼黑着脸的喻时,立刻了然,大嗓门地回:"啊,你说社团啊……"

喻时实在憋不下去,把筷子用力地往桌子上一拍。她偏过头:"周聿也,你到底在干什么?!"

相比于喻时的愤怒,周聿也倒显得从容镇定,还不忘慢悠悠地用筷子夹起鸡肉咬了一口,扭过头来,问:"这不是在食堂吗?当然是吃饭了,难不成还谈事啊。"

他抬了抬下巴,笑着朝对面的男生说:"你说是吧?"

学长沉默片刻,随后有些勉强地笑了一下。

周聿也看到喻时的饭菜清淡得很,连块肉都挑不出来,就把自己还没动过筷子的大鸡腿放在喻时的碗里。

喻时瞪着眼睛问道:"你把肉夹过来干吗?!"

"就那点儿你能吃饱?功勋看了你那饭都摇头。"

"你看不出来我在减肥吗?!"

"都瘦成火柴棍了,还减什么肥。"

"你嘴里面有一句能听的吗?!"

……………

坐在他们旁边的张励终于听不下去，虚握拳头咳嗽了几声。

那个学长的脸色看上去不是很好，干笑一声，试探地开口："其实有时候强人所难也不太好。"

周聿也冷淡地看他一眼，似笑非笑："怎么，你有意见？还是说我和她之前的事，你都知道？"

学长顿时蔫了。

喻时差点儿把饭盘掀起来扣在周聿也的头上，她强忍着气，解释道："学长，你别听他胡说，我和他才没有什么关系。"

学长连连摆手说没事，找了个借口匆匆走了。

瞧见人走了，喻时这才冷冷地看着周聿也，问："这下你满意了？"

周聿也懒洋洋地应了一声："满意了。你看不出来吗？我在吃醋。"

喻时对上他的目光，不怒反笑，十分潇洒地拿起旁边的醋壶往他的饭里浇了好几圈，笑着对他说："既然如此，那周哥哥就好好吃吧，加点儿醋的确更香。"

等喻时走后，张励看着周聿也用筷子夹起盘子里的饭："不是吧，哥，还吃呢，这下真成吃醋了。"

周聿也挑眉："你没听见她都叫我哥哥了，看来激将法还是有点儿用的。"

张励："……"哥，醒醒，别被爱情冲昏了头脑。

那天下午没课，周聿也和张励去附近新开的一家卡丁车俱乐部玩了会儿，体验感还不错。

从车上下来，周聿也取下头盔，随手抓了抓头发，抹去额头上的汗。他这天穿的是一身黑白的赛车服，身形挺拔瘦削。他从张励手中接过一杯矿泉水，仰头喝了起来。

二人在草地上坐下，趁着休息的间隙闲聊几句。

张励扭头看了一眼周聿也，想了一会儿，还是没忍住，问："你之前明明都让我把通知书扔了，后来为什么又突然改变了主意？"

周聿也懒懒地看他一眼："你不是知道原因吗？"

张励挠了下头，嘟囔道："真的就因为喻时那姑娘啊，那你这代价可不小。"

之前国内议论他的人可不少，回国之后一点儿动静都没有，说明他没少下功夫料理这些事情，耽搁了那么久才回国，估计也是因为这档子事。

张励长叹一口气，摸了一下自己的脸，有些怅惘地说："之前我还想过，像你这样薄情冷淡的人，会被什么样的女孩儿拴住。"他很快就笑了一下，接着说，"也想看看你真正喜欢上一个姑娘后，还会不会是之前那个死样子。

"结果，你喜欢上一个女孩儿，连自己都顾不上了。"

远处有一架飞机逐渐飞向天际，变成一个白点，后面跟着一道航迹云。

张励躺在草坪上，看着天上掠过的飞机，突然开口："她真的有那么好吗？"

周聿也沿着他的视线看去："大力，她比你我想象中的，要更好。"

张励笑了："清大数学系每年就那么几个保送名额，已经好几年没看过有怀城的学生进来了。而且这姑娘有傲气，能在那么多学生里厮杀出来，还真挺不容易的。"

周聿也的语气里略带着叹息："是真挺不容易的，谁的光荣不是伴着眼泪啊。"

到现在，他都能想起来高二那段紧张又折磨人的时期，为了准备NMO冬令营的比赛，她真的是在没日没夜地刷题，每天都睡得很晚。往往他一抬头，就看到二楼的窗户还亮着光。

教室里随手从她桌肚里拿出一张试卷，上面都是密密麻麻的笔记和做题痕迹,都快被翻烂了。

整个竞赛过程中,周聿也几乎没有怎么提点她,都是她自己一点点啃下来的知识。所以这条路,可以说完全是她用自己的力量拼出来的。

"她是从怀城冲出来的当之无愧的黑马,这股子韧劲儿,不是谁都有的,而我呢……"周聿也倒在后面的草地上,懒洋洋地用手枕着自己的脑袋,看着碧蓝的天空,轻笑了下,"没什么伟大的理想,就想给她保驾护航。"

"你先追上她再说吧,我瞧人家对你还有气呢。"张励忽然不合时宜地说了一句。

周聿也脸上的笑意顿时淡了些,过了一会儿,他偏头问张励:"她参加的是哪个社团来着?"

"什么,社团要聚会?"喻时看着手机上的消息,有些吃惊,"和他们总共也没见几回面,聚什么啊?"

旁边的李言听到后,说:"哎呀,就当拓展朋友圈嘛……再加上你最近心情不好,正好出去换换心情。"

说起这个,喻时一愣,看向手机。

今天的手机很安静,周聿也并没有给她发消息。如果换作平时,他会有一搭没一搭地和她聊天、讨论课题,语气还算规矩本分。

难道那天,她的话说重了?

喻时皱起眉头,鼓着腮帮子,有些纠结地盯着和他的对话框。

该不会他伤心地找地方哭去了吧?

不会吧,他嘴那么欠,应该没那么脆弱吧?

喻时心里顿时闪过好几个念头,又觉得是自己杞人忧天,而且竟然开始担心他,肯定是他这几天在她周围晃悠得多了,她才一时有些不适应。

喻时想起刚才李言说的话,觉得有几分道理,便打开社团群,投了赞成的一票。

结果很快出来,最后是赞成胜出。

社团负责人很快就把聚会的时间和地点定了下来。

喻时看了一眼,时间正好是这个星期六,地点是离学校不远的一个轰趴馆。

等她那天打扮好,匆匆赶到聚会地点的时候,社团的人大部分已经到了,负责人还在门口等人。

有人问:"苏学姐,还有谁啊?"

学姐神秘兮兮地笑了下:"你们还不知道吧,我们社团最近进了一个新成员,今天他也来参加聚会,只不过路上耽搁了,很快就到了。"

喻时刚坐下,就有人凑过来和她打招呼,她一时没注意学姐说了什么。没过几分钟,门口响起一道熟悉的声音:"对不起啊,大家,迟到了。"

"哇,苏学姐,你怎么没说是个大帅哥啊!"

"同学,你好,不就迟了几分钟嘛,没关系!"

几乎是周聿也一进来,在场的人就发出不小的惊呼声,场面一下子热闹了起来。

喻时整个人僵住了,惊愕地看向那个高大的身影,目露疑惑。

他进入社团干吗?!难道是为了她?

但很快,喻时就否定了这个想法。

因为周聿也进来后,看都没看她一眼,反倒和苏学姐相谈甚欢。

周围的几个人不停地跟他说话,他一下子变成场上的红人了。

喻时撇了撇嘴。旁边有人过来和她搭话,问她要身上这条裙子的店铺链接。她笑了下,低头打开了手机。

几乎在她目光收回去的那一刻,周聿也有意无意地看向她。

里面还有唱歌的地方,众人闹作一团。有个男生唱了几首后,有人忽然吵着让男生选个人和一起合唱。

喻时正托着脑袋听歌，感叹没有当初周聿也给她唱得好听，突然听到有人叫她的名字。她啊了一声，茫然地抬起头，看到刚唱完歌的那个男生正笑意盈盈地拿着话筒，问她愿不愿意上来和他合唱一首。

现场一下子就沸腾了起来。

喻时一愣，下意识地摆手："不，不，我……"她有点儿尴尬，"我唱歌很难听的……算了吧。"

周围人还在起哄："没事的，喻时，你就上去随便唱两句。"

"是啊，是啊，难听不到哪里去的。"

"就当增进朋友感情呗。"

…………

大家的话一句比一句热情，喻时实在有些招架不住，在沙发上坐立不安。

她忽然瞥见沙发的另一端，穿着浅灰色短袖的男生此刻正微微偏着头，专注地与旁边的人谈笑风生，一副完全没注意到她这边情况的样子。

喻时一顿，面上没什么表情，胸口却酸胀不已。

喻时轻轻磨了磨牙，直接灌了一大口桌上新打开的饮料来壮胆，朝那个男生笑了笑："别嫌我唱得难听就行。"

那个男生立刻欣喜地说："好啊。"然后把话筒递给她。

周聿也自然注意到了喻时这边。

他们之前没有交流，他就那么直接过去找她，到时候全场的焦点一定都在他们身上，少不了被打趣。他倒是无所谓，但他不希望喻时被人议论。

但是，瞧着男女合唱这一幕，他心里还是感觉很不爽。

看到喻时的眼睛都快弯成月牙了，周聿也的神色越发阴沉。他心想，兔子还真是喜欢窝里横。

苏学姐和周聿也看着坐得近，但二人之间还隔着她的外套和包。

她装作不经意间拉开那些东西，将身子靠过去，慢慢拉近了二人的距离。她看着周聿也，笑道："不管他们唱得怎么样，光站那儿，他们看着就挺般配的。"

周聿也支着脑袋，将目光停留在喻时的脸上，漫不经心地扫了眼那个男生："是吗？"

他拿起喻时的包放在自己腿边，好让苏学姐无法再靠近一步："没看出哪里登对啊。"他转过头来，似笑非笑地看着她，"不过大家起哄的能力倒是挺厉害的。"

苏学姐对上他那双黑沉沉的眸子，干巴巴地笑了几下，转过头找别人说话去了。

喻时没唱几句，感觉头越来越晕。她想起自己刚才喝的那口饮料，有种不太好的预感。

她找了个理由放下话筒，坐回之前的座位，拿起刚才喝的饮料瞅了一眼，还真有度数，度数还挺高。

喻时之前喝醉了，耍了一晚上酒疯。她意识到自己的酒量，便发誓此生绝不再碰酒。没想到这才过了一个月，她就没坚持住，冲动真是魔鬼啊。

没过多久，她就有些受不住，准备出去洗把脸，清醒一下。

她前脚刚推开门，周聿也随后就站起身，拉开门走了出去。

卫生间里，喻时用凉水冲了把脸，才算清醒了些。出门时，她的左脚跟右脚互相绊了下。要不是有人及时拉住了她的手腕，她估计就摔倒了。

"喻时？"一个男生的声音响起。

喻时蒙了一下，感觉这个声音有些熟悉，迷迷糊糊地抬起头，看到周聿也那张清俊的脸后，当下用力地甩开他的手："你谁啊……不是装不认识我吗？"

甩开后，她感觉自己更晕了，身子摇晃了一下。

周聿也手疾眼快地搂住她的腰,才没让她磕在墙壁上。他低下头认真地看她几眼,闻到几丝若有似无的酒气后,被气笑了,狠狠地揉了一下她的脑袋:"知道自己不能喝,还乱喝酒?"

"要你管。"喻时的头有些晕,目光掠过他薄薄的嘴唇,忽然想起之前那些乱七八糟的想法,顿时感觉喉咙有些干。

周聿也又无奈又想笑,真想拿个镜子让她好好看看她现在醉成了什么样子。

正常人是和酒鬼讲不通道理的,周聿也拿出手机,准备打车送她回学校。她忽然踮起脚尖,用柔软修长的胳膊勾住他的脖颈,慢慢靠近他的脸。

周聿也的神经一下子紧绷了起来。他看着近在咫尺的女生,平静地问:"怎么了?"

女生仔细打量着他浓密的睫毛、高挺的鼻梁,以及那双薄唇。她看了好一会儿,用手指了下,带着鼻音,软软地问:"如果我亲这里,你会躲开吗?"

他回来这么长时间,她一直在克制着保持二人之间的距离。可这天,或许是在酒精的作用下,她还是没控制住自己的情绪,大胆了一次。

周聿也低下头,用胳膊松松地搂着女生的腰。他看着她的眼睛,几秒后,笑了一下:"要不你试试?"

"我才不要。"没承想喻时反倒松了手,微微仰着头,伸出手戳了戳他的胸膛,"换你来亲我。"

"倒数三秒钟。"她往后退了一步,一边朝包间走去,一边倒数,"一……"

下一秒,她的手腕被人用力握住,她又被拽了回来。

周聿也扣住她的后脑勺,几乎是禁锢似的将她困住,用另一只手抬起她的下巴,闭上眼,朝她亲了下去。

他的吻一开始很强势,几个回合之后,又逐渐变得温柔。

喻时顺势勾住他的脖子，接受着他的吻。

走廊上很安静，包间里面的人在嬉笑打闹，一墙之隔，他们在热烈又笨拙地亲吻彼此。

喻时曾想过自己的初吻是什么样子，可再多的想象，都抵不过此刻的感觉。

他的呼吸，一声接一声落在她的耳边，平添了几分旖旎。

喻时忽然睁开眼睛，看着眼前的少年微微闭眼吻她的模样，胸腔里的心跳声一声比一声快。

良久，周聿也才微微喘息着松开她，轻轻用指腹抹去她嘴角的湿润："怎么样？还满意吗？"

喻时眨了一下眼睛，结结巴巴地说："还……还行吧。"

原来他的嘴巴真的好软。

他托着她的脸颊："那还生气吗？"

"我生……唔唔……"听到她否定的回答时，他毫不犹豫地低头堵住她的唇。

最后，喻时放弃挣扎，小脸全部红透了："不生气了。"

二人并没有在社团的聚会上待太久，周聿也原本想送她回宿舍，可打开手机一看，发现已经十一点多了。

这个时候，宿舍楼的门已经关了。周聿也看着喻时皱巴巴的小脸，知道她不舒服，有些无奈地叹了口气。没办法了，先把她带回他家吧。

"师傅，去安荷小区。"周聿也朝司机说完，偏过头，问座位上半睡半醒的喻时："今天晚上回我家，如何？"

喻时感觉自己快睡着了，偏偏旁边有一个人反复同她说话。

她皱着眉，不耐烦地挥了一巴掌过去，咕哝道："要回就赶紧回嘛……问什么问，啰唆！"

周聿也瞥了一眼睡得意识不清的喻时，被气笑了。

她倒先不满上了，这神志不清的，估计现在她连坐在她身边的人是谁都分不清吧。

周聿也心里头刚闪过这个念头,就听到喻时忽然嘤咛了一声:"周聿也……"

他微微一顿,勾了勾嘴角,垂下眼来,听她在低喃些什么。

喻时半缩在他的臂弯处,在他的耳边轻轻说:"你的嘴巴好软啊……"

周聿也没忍住笑了,捏了捏喻时的脸颊:"怎么,做梦还想着跟我亲嘴呢?"

喻时皱着眉头,不知道在嘟囔着什么,周聿也没有听清楚,也没有多在意。他干脆抬起手,把喻时的头扶住,然后一直保持着这个姿势,直到车停在安荷小区门口。

喻时已经睡熟了,周聿也就加钱让司机多等了一会儿,自己迅速上楼去取一件外套。回到车里后,他将宽大的外套把她的身子罩住,然后轻轻地将她从车里抱了出来。

上楼后,他把她放在卧室的床上,又俯下身子摸了一下她的额头,感觉到体温没有什么变化,才给她盖上被子,拿手机点了外卖。

他受不了自己全身的酒气,看了一眼在床上的女生,准备去冲个澡。

冲完澡出来,周聿也换上白色短袖和黑色长裤,拿毛巾擦着湿头发,走进卧室又看了一眼喻时。见她的姿势跟他洗澡前没有两样,他忍不住笑了一下。

这时门铃响了。

周聿也走到门口,把外卖取了进来。他点了解酒的葡萄糖,还有清淡的粥。

周聿也记得喻时好像也没吃什么东西,便把粥热了下,端着碗走进卧室里,伸手把她捞起来,拍了拍她的脸:"喻时,醒醒。"

他不厌其烦地叫了好几声,喻时这才慢慢睁开眼睛。她看到周聿也,蒙了一下,从床上坐起来。

看了一圈屋内，她迷迷糊糊地问："这是你家？"

周聿也嗯了一声，把葡萄糖打开，给她递过去："把这个喝了。"

她接过来，几口将它喝完了。

周聿也又把粥端了过来。

喻时看了一眼清淡的粥，撇了撇嘴巴，有些抗拒："能不能不喝？"

周聿也舀了一勺粥，将勺子送到她嘴边："不能。"

喻时只好乖乖地张嘴，一口接一口地喝粥。

碗里的粥见底，周聿也放下了手里的勺子，还不忘摸了摸她的脑袋，笑道："还挺乖。"

喻时迷迷糊糊地嗯了一声，反应慢半拍地问了句："什么？"

周聿也瞧着她呆萌的模样，憋住笑，给她拉了拉被子："夸你聪明呢。"

喻时当下轻哼一声，抱着被子开始自说自话："那当然了，我可是进过国家集训队的人。"

她拉着周聿也不让他走，非得让他听她讲她在国家集训队的生活。

因为是面向世界的数学竞赛，她争分夺秒地刷题，精神一直高度紧张。虽然她进步神速，但最后一次筛选的时候，她还是不幸落选了。

尽管每个人都告诉她，走到这里已经很好了，但喻时总感觉好像少了些什么。

或许是心中的那团火没有完全熄灭，还在支持着让她不断往前冲，她觉得，自己不应该在这里停下。

可是，事实上，她也确实止步于此了。她说完后沉默了很长一段时间。

他平静地看着她，问："既然那么难熬纠结，为什么不给我打电话？"

"嗯？给我打电话就这么难？"他掐住她的腮帮子，让她的脸都鼓了起来。

喻时耷拉着脑袋，被子下的手揪了揪床单，下意识地避开了他的目光，倔强地问："我为什么要给一个我要忘记的人打电话？"

"我一直觉得，你离开后，我可以往前走的。"她苦笑一下，摇摇头，妥协似的说，"可是，是我太想当然了。"

周聿也看着她，说："离开的五百八十天，我每一天都在想在怀城的那些日子。"

两个口口声声说着要往前走的人，最后都在原地踏步。

喻时听到周聿也精准地说出他们分开的天数，愣了一下："你怎么记得这么清楚？"

周聿也抬起手，摸了摸她的头发，眉眼间多了几分笑意。

"因为，离开的每一天，我都比之前更想你。"

去了L市，即使看见了很多别具一格的建筑，认识了性格不同的新同学。可是，他却始终记得柳南巷那斑驳参差的青石地砖，夏天爬满了半边墙的爬山虎，二楼放着小绿植的窗户，还有用胳膊撑着窗沿，笑盈盈地歪着头看着他的女孩儿。

其实萃仁中学高三学生毕业典礼那天，他回过怀城。

他是瞒着棠冉回来的，从机场一出来，他就往萃仁中学赶去。

当时，操场上的人很多，每个即将毕业的学生脸上都洋溢着开心的笑容。

周聿也几乎是一进来就看到了喻时。

她的头发长长了些，梳着简单的马尾，穿着一身校服，弯着唇站在那里，摆着剪刀手，和旁边的同学们三三两两地合照。

他站在远一些的地方，戴着帽子和口罩，目不转睛地看着喻时。

她身边的人来来去去，最后只剩下她一个人。

她走到看台上的一个位子上，捡起操场上的黑石子，在摆弄着什么。她弄完后，又盯着看了很长时间，才起身离开了。

周聿也在她走后，朝着她刚才坐的那个地方走过去。

过去后,他发现她刚才在地上画了一个棋盘,而棋盘上面摆着的,是他来到一班后和陈叙比试的那一局。

过了那么长时间,她居然还没有忘记。

周聿也盯着那个棋盘看了很长时间,最后缓缓蹲下来,把上面的内容补齐。他最后看了眼那个棋盘后,转身离开了。

很快有几个学生结伴从那里走过,有人没注意到脚底下的图案,等走过去的时候,才发现好像踩到了什么东西。

喻时打扫完卫生之后,心里还惦记着那个没解完的棋盘。

她急匆匆地来到操场,发现之前她画的那个棋盘已经花了一片,完全看不出之前的样子。她不由得叹了口气,这才提着书包回了家。

房间里很安静,只能听到彼此的呼吸声。二人对视了很长时间,突然,他们不约而同地笑了。

真的好险啊,她差一点儿就再也见不到他了。

喻时凝视着他,直起上半身,朝他慢慢张开胳膊,声音很轻:"周聿也,你抱抱我。"

周聿也没有迟疑,俯下身子,把她轻轻搂入怀中。

喻时听着他胸膛里的心跳声,摸了一下他的心口,从他的怀里抬起头来,眼睛亮晶晶的,看着他说:"你这里怎么跳得这么快?"

周聿也的目光落在她白皙的手背上:"它知道我喜欢你。"

喻时把他皱起来的衣服往下扯,说:"我不信,除非眼见为实。"

说完,她准备趁他不注意胡乱摸一把。

下一秒,她的手就被反扣住。他顺手把被子往上一拉,就把喻时包了进去。

喻时感觉自己成了个蚕宝宝,用力挣扎了几下没出来,反倒出了一身汗,干脆放弃了。她面无表情地看着眼前的男生,郁闷地说:"周聿也,你是不是练过?"

周聿也双手抱胸，端详她好半天，终于憋不住低头笑了，肩膀都跟着不停地抖动。

"周聿也！"喻时看见他幸灾乐祸，气急败坏地喊道。

不就想摸摸他吗？！至于把她包得这么严实吗，小气鬼！

喻时在脑子里想下一句该骂他什么时，见周聿也收敛了笑意，忽然弯下腰来。

他撑在枕头旁边，慢慢低下头，英俊的眉眼逐渐朝她靠近。

喻时一怔，忍不住猜：难道他是想……

顿时，喻时的身子僵硬起来。她抿了下嘴唇，浑身都燥热了起来，还是十分实诚地闭上了眼睛，粉嫩的嘴巴微微嘟起。

两人之间的距离只差两三厘米时，周聿也停了下来，瞥了一眼喻时的神情，嘴角噙着笑意，给她调整了一下枕头的位置。最后他摸了摸她的脸，在她茫然的目光中，一本正经地说："好了，睡觉吧。"

"周聿也，你去死吧！！"喻时又羞又躁地喊了一句。

周聿也靠着身后的门，听见女生气愤的声音，嘴角的笑意就没有消失过。

这是套一居室，家里只有一间卧室。

周聿也打算在沙发上将就一晚，但他人高马大的，睡得很不舒服，还一直留心着卧室的动静，根本没睡好。天快亮的时候，他才睡得沉了一些。

喻时倒是醒得比较早。她是被渴醒的。

天刚蒙蒙亮，窗帘拉得很紧，几乎透不进来什么光亮。

卧室的门缓缓打开，喻时轻手轻脚地走出来，发现周聿也仰躺在沙发上睡着了。他的小腿悬空着，身子稍稍向地上倾斜，感觉下一秒就要掉下去了，而他的薄毯已经掉在地上。

算了，看他睡得这么憋屈的分上，就原谅他昨天那么耍自己了。

喻时走到厨房的饮水机旁，接了一杯水喝。之后她走到茶几旁蹲下，静静地看着沙发上的男生。

这时，她突然看到沙发旁放了一个黑色的书包，还有一些书。她走过去，发现那些是数学方面的专业书，里面还有一些勾画的笔记，一看就是他遒劲有力的字迹。

旁边还有一些内容更为复杂的书，不过很新，应该是他最近刚买回来的。

看来是周聿也挑着有空的时候，把这学期要学的内容全都自学完了。

喻时不出意料地笑了下。她就知道，他一直都没变过。

喻时正准备起身，余光却忽然扫到什么，微微一顿。

沙发旁靠着一个黑色的书包，但吸引她注意力的，是一个挂在拉链上的兔子玩偶。

喻时眨了眨眼睛，越看越觉得眼熟。她走过去，拿在手中一看，才想起来，这是她高一暑假送给周爷爷的那个兔子玩偶，怎么到了周聿也的手上？

喻时仔细观察这个小兔子玩偶，发现它虽然有些旧了，但全身上下都很干净。它身上被缝了几针，就是针脚有些丑。

所以周聿也去了L市这么长时间，一直把这个小兔子玩偶带在身边？

想到周聿也那么清冷的男生，书包上却挂着一个与他的气质那么不相符的可爱玩偶，走路时还一摇一晃的……一想象那个滑稽的场面，喻时忽然笑出声来。

她不由得想：难道这就是传说中的反差感吗？

就在这时，男生懒洋洋的声音传来："笑什么？"

周聿也撑起身子，见她手里拿着的东西："这个啊……"

喻时向他晃了晃那个兔子玩偶，笑着问道："你是不是从周爷爷那里拿过来的?"

周聿也随意地嗯了一声,想伸手把那个兔子拿过来,却扑了个空。

他将手往兜里一放,开始装模作样地唉声叹气:"当初老爷子翻箱倒柜找了这个兔子好半天,最后才知道是被我带走了。"他拉长了语调,"老人家每次打很贵的越洋电话,都是劈头盖脸地数落我。"

喻时听他那拿腔弄调的声音,笑得肚子疼:"我看你完全就是仗着天高皇帝远,拿准了周爷爷对你没法子。"

周聿也跟着轻笑,走过来,用手碰了一下喻时的额头,发现她的体温正常,才低头问:"饿了没?"

喻时点点头。

现在将近七点,天光已经大亮。

周聿也看了一眼时间,说:"家里没东西吃,我下楼去早餐店买点儿回来。"

"行。"

现在距离上课时间还早,喻时便没有拒绝。

喻时洗了把脸,整个人都变得神清气爽。她刚坐在沙发上,看见周聿也从卫生间走出来,准备进卧室。

她忽然想起自己的手机还在里面充电,便准备跟着他一块儿进去。结果,她半只脚还没探进去,他就转过身来,拦住她,问:"干什么?"

喻时茫然地问道:"我进去取手机啊?"

周聿也瞥她一眼,说:"待会儿我拿给你。"

"为什么不让我进去?"她嘟囔道,"我昨晚也没看见里头有黄金啊?"

周聿也:"我要换衣服。"

换衣服怎么了?

喻时理直气壮地说:"你换你的,我拿我的,这有什么?!"

"有啊。"他歪头靠在门框上,目光含笑,慢悠悠地说,"毕竟我还是个清清白白的大好青年，多少要有点儿防人之心。"

周聿也朝她抬了抬下巴，促狭地说："你说是不是，女——朋——友？"

他一字一顿地强调后面三个字。

"女朋友"三个字蹦出来，好像突然有一颗炸弹在她的耳边炸开，她整个人都蒙了。周聿也趁机利落地关上了门。

喻时顿时感觉自己的心跳都加快了，脸上的温度也逐渐上升。她呼出一口气，回到客厅这一小截路都走得飘飘然的。她故作淡定地抬起手扇了扇风，好把脸上那灼人的热度降下去。

周聿也换好衣服出来，走到玄关处，看了一眼喻时。她正盘腿坐在灰色的地毯上，捧起一本书，看似聚精会神地读着。

四周安静了几秒。很快，喻时听到脚步声由远及近。她表面装得从容淡定，手上捧着的书却慢慢上移，心跳也加快了不少。

周聿也走过来，看到喻时拿书遮住脸，不知道在躲什么。他弯下腰，把手机递给她，勾了勾嘴角："你的手机。"

喻时本来死死地盯着书上的字，听到他的话，用余光确定了位置，才猛地抬起手，准备把手机拿过来。她的手刚要碰到手机壳，他却漫不经心地一抬手。

喻时愕然，把书放下来，问："你干什么？！"

周聿也欣赏了一下她快熟透的脸蛋："脸红了。"他看向她的耳垂，眼里的笑意越来越浓，"耳朵也红了。"

周聿也直起腰来："原本以为你的胆子有多大呢，结果……"他意味不明地笑了下，"连这点儿挑逗都受不住啊？"

"周聿也！"喻时瞪他一眼，干脆把书一扔，准备走到沙发旁边，不想再看见他。

他懒洋洋地拽住她的手腕，顺势把她搂进怀里，很干脆地低头认错："行，不逗你了，别生气好不好？"

喻时撇着嘴，一扭头，果断地说："不好！"

周聿也刚想说什么，喻时想到什么，转身踮起脚尖，兴奋地说："除非，我们再亲一次。"她伸出手指，在他眼前比了个"一"。

昨晚她的意识不清醒，还挤在那么狭窄的角落里，一点儿也不尽兴。

周聿也睨她一眼，颇为服气地问："你怎么满脑子想的都是这些事？"

喻时眨了眨眼睛，突然啊了一声，摸出手机，装模作样地嘀咕："我记得学长今天好像找我……"

下一刻，她的手机被人拿走，随意地丢在了旁边的茶几上。

周聿也冷淡地看她一眼，捏了捏她的下巴："激将法？"

喻时把手背在身后，坦然地应道："是啊……"她的声音忽然变得含混不清。

周聿也抬起手，捏住她的腮帮，直接把她的嘴巴挤成鱼嘴形状。

没等喻时再说话，他就低下头，朝那张小嘴吻了过去："激将法用得很成功。"

周聿也原本想亲一亲就行了，就在他准备松开的时候，喻时用力搂住了他的脖颈，两个人的唇再次紧紧地贴在一起。与此同时，她往前走了两步，几乎是挤着他朝沙发倒过去。

他顺势坐在沙发上，喻时也没有半点儿犹豫，一只手搭在他的肩膀上，另一只手则撑着身子，跪坐在他的大腿上，捧着他的脑袋，胡乱地亲着。

周聿也窝进沙发里，微微仰着头，闭着眼，接受她一下又一下地亲吻。

这会儿的气氛不像昨晚那么紧张，安静的屋子里，柔软的沙发上，只有他们两个人，连带着吻都变得轻缓了。

喻时稍微睁开眼睛，看到周聿也此刻的神情，脸上的热意又重了些。她再次闭上眼,顺着他颈部往下小口嘬着。

她吻得很轻,周聿也就没去管。

直到喻时轻轻咬了下他的脖子,他才一时没控制住,轻喘一声,揽着她腰的力道也倏地加重。

喻时感觉这个声音让她浑身一麻,刚准备低头再来一下的时候,周聿也已经睁开眼睛,坐了起来。

他搂住她的腰让她往上坐了坐,把她乱糟糟的头发绾在耳后:"属狗的?"

喻时抱住他的手,叫了他一声:"周聿也。"

他懒懒地应了一声,听到她很是严肃地说:"你刚刚叫得那声特别好听。"

她笑得眉眼弯弯,语气很软:"你能不能再叫一声?"

周聿也把她的脑袋推远:"不能。"

喻时不死心地凑过来:"那我能不能摸一下你的腹肌?"

见周聿也的态度并不像昨晚那么坚决,喻时感觉看到了希望,把脑袋在他的胸膛上蹭来蹭去,拉长语调,撒娇似的说:"周聿也,好不好嘛?"

周聿也被她蹭得心浮气躁,让她坐在沙发上,自己站了起来,咳了一声:"可以看,不能摸。"

喻时可不是个会愿意委屈自个儿的主,当下往后一躺,无精打采地说:"那算了,我还是回去收拾收拾,准备出家吧。"

"可以摸一下。"男生退了一步。

喻时见好就收,一个鲤鱼打挺,坐了起来:"可以!"

周聿也看了她好半天,这才微微抿着嘴唇,掀起衣服下摆,露出一截劲瘦的腰腹,肌肉紧实又分明,随着他的呼吸起伏着。

喻时顿时眼睛一亮,立刻把手伸过去。可她温热的手刚碰到他的皮肤,周聿也就非常迅速地把衣服放了下来。

异常柔软的触感还存留在指间,喻时嘴角的笑容顿时一僵。她不可思议地抬起头,看向周聿也:"我就碰了一下!"

周聿也:"对啊,就一下,有问题?"

喻时:"没问题。"

她嘴上这么说,脸上写满了憋屈和不满,还默默地握紧了拳头。她就知道,周聿也能这么爽快地答应就不对劲。

不过,通过刚才那短暂的接触,喻时第一次发现,原来男生的肌肉碰上去是软的。

后来,两个人又腻歪了好一会儿,早餐都没来得及买,踩点去的教室。

周聿也一坐下来,就扭过头问张励:"吃的呢?"

张励把书包里的牛奶和面包拿了出来。他摸了一下牛奶,说:"还热着。"

见周聿也把那些早餐都拿过去,张励半开玩笑道:"你不会是早上起晚了,才没来得及吃早饭?我跟你说,有时候还真是兄弟靠谱……"

他振振有词地说着,就看到周聿也低着头把吸管插进牛奶里,然后把牛奶递给喻时。

张励卡壳了一下,凑过去神秘兮兮地问:"不是,你还没追上呢?"

周聿也递给了他一个眼神,张励一时没明白。

趁着还没上课,喻时十分自然地接过周聿也递过来的牛奶,一边喝,一边解答上次老师留下来的问题,笔动得飞快。

明眼人一眼就能看出来他们相处的模式有些不对劲了,偏偏张励是个神经大条,端详了二人几秒后,露出一副恍然大悟的样子,拍着周聿也的肩膀,说:"你做得对,要想得到一个女人的心,得先抓住她的胃。我觉得你已经很有希望了。"

周聿也:"……"

上完半节课后,张励终于回过味来,问周聿也怎么知道喻时这天

401

没吃早餐。

在秋高气爽的日子,临近国庆放假的那几天,张励终于知道了周聿也和喻时在一起了。

看到周聿也和喻时成双成对,连一向清心寡欲的张励也不由得羡慕起这对神仙眷侣。可他很快就发现了不对劲。

喻时对周聿也笑得甜甜的,可一碰着他,就爱搭不理的,说不上几句话就要走。

张励纳闷了,自己也没怎么招她吧?

当时,他和周聿也在咖啡厅做小组任务。他把这件事说给周聿也听,并且绝对不会承认这是告状。

周聿也穿着黑色半袖,坐在椅子上,笔记本电脑随意地搁在腿上,电脑屏幕的光照在他棱角分明的脸上。他一边听张励说话,一边不停地敲打键盘。

直到旁边没声音了,他的目光才从密密麻麻的代码上移开。

周聿也拿起水杯喝了一口,扯下耳机,眉梢一挑,问:"你刚刚说什么?"

张励:"……"

周聿也见他的神色不对,笑了一声,把笔记本合上,手在上面敲着:"放心吧,刚听到了。喻时很重情谊,这段时间以来,她应该也把你当朋友了。"

周聿也提点他:"所以,既然她对你突然很冷淡,那不用怀疑,一定是你身上出了问题。"

周聿也了解张励,也了解喻时。他知道,这两个人都不是什么别扭的人,只要有误会,还是能解释清楚的。

周聿也点到为止,不再多说。

张励沉默着坐了一会儿,之后站起来,打了声招呼:"走了。"

张励想去找喻时说清楚，找了一圈，正好在图书馆碰见她一个人抱着书出来。他笑着对她打招呼，就见她客气地敷衍一声，转头就准备走。

"哎，喻时。"张励可不想继续就这么僵着，干脆出声叫住喻时，"我们有什么矛盾，你倒是说说呗？"

喻时看着他，只问："张励，你拿我当不当朋友？"

张励想都没想地回答："我自然拿你当朋友了，况且你还是周聿也的女朋友。"

这话一出，喻时的神情更冷淡了。她面无表情地看了他一眼，说："可是我当初认识你，不是因为你是周聿也的朋友。"

张励脑子里灵光一闪，试探性地问："你是不是介意，当初我给周聿也通风报信？"

看着喻时的表情，张励就知道自己猜到了。他叹了口气："虽然，当初的确是因为周聿也，我才特意去认识你。我也想看看，你到底有什么与众不同的，能把他迷成那个样子，最后一项检查结果还没出来，就一冲动连夜买了机票从L市跑回了北市。"

他自顾自地说着，苦笑了一下："就因为我说你身边有人追你了，他就彻底按捺不住了。"

听完张励的话，喻时精准地捕捉到他话语中不对的地方，紧紧皱起眉头，看着他问："检查？什么检查？"

难道，当初周聿也那么着急地出国，不光是受到国内舆论的影响，还有其他原因？

喻时心里着急，不停地催促张励："你快说啊，他到底做了什么检查？"

不会是身体出了什么问题吧……但这段时间她没觉得他有任何不对劲的地方啊。

喻时一下子心乱如麻。

张励也看见喻时焦急的样子，就知道她还不清楚周聿也出国做精神鉴定的事情。

张励在心底里斟酌了一下，要不要把这件事告诉喻时。

周聿也那种性子，多少还有点儿心气，自然不会对喻时说，平白让她担心。

不过，他转念一想，这件事说了，说不定还能搏点儿同情分。

思来想去，张励轻咳一声，索性全说了："当初，周教授患的是精神分裂症，经过检查，确定这种病会遗传，棠阿姨放心不下，非要带着周聿也去国外做鉴定。所以他出国的那段时间……可以说每天都在和医生打交道……"

后面的话张励说不出口了，因为他看到喻时紧紧咬住嘴唇，眼圈慢慢红了，身侧的手握成了拳。

怕喻时误会，张励又赶紧解释："哎，不过现在周聿也没事了。做了那么多检查，就是为了确保他没有精神相关疾病的问题。现在他能吃能睡，健康得很。"

喻时慢慢抬起头来，眼圈红红的，问："所以，他那一年多时间，都是这么过来的吗？"

喻时只要一想到这里，就咬紧牙关，心脏疼得几乎都抽搐了起来。

喻时眼前逐渐变得模糊，她抬起手，捂住自己的脸，重重地抽泣起来。

直到现在，她终于明白，为什么周聿也那么长时间都不给她打电话。

当初她真的以为，他是因为冷漠、狠心才完全不联系她。可其实，他是担心检查结果不好，生怕拖累她。

他那么骄傲恣意的少年，怎么能受得了这种落差。

张励见自己把人弄哭了，当下手足无措，急得抓耳挠腮，连忙翻兜，看看自己有没有带纸："不是，怎么还哭上了？哎呀，要是他知道，非得揍死我不可。那什么，你别哭了呗……"

喻时越哭越凶猛，还不忘安慰张励："你放心……我不会让他……打你的……"

"得，有你这一声保证，我也放心了。"张励找到一包纸巾，递给喻时，见她终于把泪止住，这才如卸下千斤重担一样长舒一口气："有时候啊，这女孩子的眼泪，还真不是一般人能受得住的。"

他朝她挤了挤眉眼："那咱俩的事情，是不是就算翻篇了？"

怕喻时还没放下芥蒂，他又犯愁地挠了一下额头："虽然当初我是因为周聿也才来接近你的，但相处这么长时间，我大力既不是个睁眼瞎，也不是个机器人，能看出来你是真不赖，我也愿意和你交朋友。"

乍一看，喻时最让人注意的就是她的脸。可一旦接触下来，就会发现，长得好看是她最不值一提的优点。

她很有韧劲儿，一直踏踏实实地凭借着自己的努力前进。她走上数竞这条路，从怀城这样的三线小城市保送到清大，不管是勇气还是实力，都没有办法让人小觑。

张励也设想过，要是自己走这条路，搞不好就半途而废了。

高一的时候，他想过试试数竞这条路，结果学了一段时间，差点儿没把他累死。此后，他再没有动过走这条路的念头。

所以，他深知喻时这一路走过来有多么难。

而且，喻时很重情谊，这些天相处下来，他清楚她对待朋友有多认真。

他很少佩服人，周聿也是一个，喻时也算一个。能和这样的人成为朋友，也算是他沾上光了。

他坦然地说："当然，这可不光是因为周聿也，而是你这个人，值得我张励去结交。"

这是张励的心里话。

喻时对上他的目光，想起刚才他小心翼翼地询问，忍不住弯唇：

"首先,周聿也能有你这样一个朋友,他很幸运的,其次……我能和你成为朋友,也很荣幸。"

张励微微一怔,许久,他将手插进兜里,感慨道:"我总算知道,周聿也为什么那么喜欢你了。我和他认识有些年头了,还是第一次看见他这么喜欢一个女孩儿。

"在北市的时候,和他走得近的,只有我一个人。周聿也常被人夸,什么一中的天才、校草,任何人说起他都是这些差不多的措辞,可他从来没在乎过这些。

"他父母长期不在他身边,也没人看着他,幸好他还是这么顺利地长大了。"

喻时知道张励是什么意思——不是所有人都会是周聿也。

正值躁动的年龄,面对花花绿绿的世界,很多无人管教的孩子会不小心走了歪路。

但周聿也没有,因为他有清晰的规划和目标。

他比任何人都清楚,什么年龄该做什么,而且他比大部分人都做得好。

等喻时回到周聿也家,坐在书桌旁边的椅子上时,还在想着张励对她说的那些话。

身边的椅子被人拉出,一个瘦高的男生在她旁边坐了下来。

喻时回过神,把电脑合上,接过水杯,喝了一口水后,安静地盯着正在敲键盘的周聿也。

这里安静又自在。因为要报名参加数学建模比赛,她和周聿也为了整理相关的资料,也方便讨论,直接把他家作为考前的复习地点。

周聿也忽视不了那道视线,睨她一眼:"有事?"

喻时看着他,弯了弯唇,托着下巴,说:"就是突然感觉……你还挺厉害的。"

周聿也扯唇一笑,靠向椅背,拿腔拿调地说:"现在才发现我厉害啊?"

喻时下意识地点头,回过味来,又摇了摇头。

周聿也笑了几声,把椅子拉近,揉了揉喻时蓬松的头发,毫不谦虚地自吹自擂:"往后你就会发现,你男朋友厉害的地方多着呢。"

喻时撇了撇嘴:"可是,就算是超人,也有不厉害的时候,不是吗?"

周聿也皱了下眉,很快想到应该是张励去找过她。他沉默了一会儿,低头看着她:"都知道了?"

女生带着鼻音嗯了一声,声音闷闷的:"都过去了,对不对?"

周聿也轻轻抚了一下她的背,嗯了一声。

"啊,对了,国庆的时候,你回怀城吗?"

周聿也看了一眼摆在桌子上的电脑,说:"估计得迟几天,建模比赛的队员还没找齐。"

喻时犹豫了一瞬:"要不要我留下来和你一起?"

"不用。"周聿也直起身子,带着笑意说,"你就先放心地回家,好好看看唐阿姨、我爷爷,还有功勋,他们一定都很想你。"

他回来得突然,也没和老爷子说,得让喻时先回去打个预防针。

见喻时还在眼巴巴地看着他,他轻笑一声,捏住她又白又软的脸颊,问:"怎么,舍不得你男朋友啊?"

她轻哼一声,头一扭,马尾扫到他高挺的鼻梁上:"才没有!我一个人回去,不知道有多潇洒呢!"

"行,行,行。"周聿也听着她嘴硬,环住她纤瘦的腰,脑袋顺势搁在她的颈窝上。

昨晚写了一篇论文,他的精神有些不济,此刻嘴角带笑,凑近她的颈窝说话:"不过那可怎么办呢……"他吐出的热息落在她的肌肤上,"我可是离不开我女朋友的。"

第九章
是十，也是时

十月初的怀城，碧空如洗，街道上过往的车辆川流不息。

喻时下了出租车，往柳南巷里面走，行李箱的轮子滚过地砖，发出轻快的声音。

喻时看着前方的巷路，前不久应该下过雨，地表比较湿润，还落着叶子和树枝。

这里还是老样子，一点儿也没变!

喻时明亮的眼里充满了笑意。

刚走到小区门口，她就听到前方传来一声清脆熟悉的狗叫声，然后一个小小的身影快速朝这边跑过来。

"功勋!"随之而来的，是女生惊喜的喊声。

喻时连忙松开行李箱，戴上口罩，蹲下身子摸摸它。

功勋依旧亢奋地叫个不停，在原地不停地蹦跶着。

喻时站起来，拉着行李箱往前走着，功勋依旧绕着她脚边嗅来嗅去，好像闻到了什么不同寻常的味道。很快，它变得更加激动，好几次想要趴在她的腿上。

喻时瞧见功勋的样子，顿时意识到，它该不会闻到周聿也的气味了吧。这几天他们腻在一起，她身上有他的味道也不足为奇。

到了单元楼下，旁边就是周爷爷的小卖部。

现在正是上午，阳光正好，周爷爷躺在摇椅上晒着太阳。听见动静，他睁开眼睛，拿过旁边的拐杖站了起来。看到喻时走过来，他眉眼间舒展开笑意："我就说功勋刚才怎么那么兴奋地跑出去了，原来是去找喻丫头了。"

喻时用力地哎了一声，笑着打了声招呼："周爷爷，好久不见！"她冲他调皮地眨了眨眼睛，"我可是很想念您老人家的哦。"

小姑娘一句话就把老人家哄得心花怒放，周爷爷把拐杖在地上敲了敲，爽朗地笑了起来："喻丫头，就你这活泼劲儿，要我看啊，就跟你高中时一样，哪里像个大学生，哈哈哈……"

"谢谢周爷爷夸奖！"

不知道周聿也多久能回来，喻时想了想，还是准备先给周爷爷打一剂预防针。她抬头看了眼天上的太阳，笑眯眯地回过头来，说："这几天天气这么热，周爷爷要做绿豆汤吗？"

听到喻时这样说，周广平还以为是她想喝了，点头答应了下来："没问题。"

喻时眼里的笑意变深。

直到她转身准备上楼，周爷爷忽然注意到喻时的书包上挂着个一晃一晃的玩偶，一愣。

周广平想到刚才喻时说的话，反应过来，不由得摇了摇头，失笑道："这群孩子们啊……"

喻时没告诉唐慧自己要回来，想提前给她一个惊喜。

敲了门后，门打开的那一刹那，她扬起大大的笑脸，对门里面的人喊道:"Suprise(惊喜)!唐女士,我回来啦!"

开门的是一个陌生的中年男人,长得挺和善。喻时脸上的笑意猛地僵住了。

那个男人看到喻时,脸上露出和蔼的笑容,笑呵呵地说:"喻时回来了啊,你妈在里面,我帮你提行李箱吧。"他将她的行李箱拉了过去,转身对着屋里吆喝一声:"小慧,喻时回来了。"

下一秒,唐慧身上还系着围裙,从厨房里快步走了出来。看见喻时呆呆地站在门口,她有些无奈地笑道:"愣着干什么,不认识你家了,还不进来?"

喻时这才后知后觉地应了一声,走了进来。

"把门关上。"

那个中年男人把她的行李箱拿进去之后,抬头看了她一眼,眼里的笑意不变:"这个放你房间里?"

喻时快步上前,将心底多余的情绪压下去,笑了一下,说:"我来吧,叔叔。"

唐慧插话:"菜还没做好,你先进屋把你的东西整理一下,等会儿我叫你出来吃饭。"

"知道了,妈。"

把门合上后,喻时顿时像卸下重担一样,直挺挺地朝床上倒去,茫然地盯着洁白的天花板。

她的眼前自动播放起刚才进门后看到的一切。

那个叔叔和她的母亲明显不只是朋友,两个人的关系比普通朋友更亲近一些,应该是……

喻时眨了眨眼睛,感觉自己应该没猜错。

她在床上翻了个身,把脸埋进被子里,盖住脸上的茫然和无措。

果然,吃饭时,唐慧就对喻时正式介绍起那个叔叔。她说他姓宋,是她单位的同事,住得离柳南巷不远,下班路上经常遇见,久而久之就熟了。

唐慧毕竟是一个人在家,总会遇到不方便的事,这个宋叔叔便时不时过来帮衬她。

喻时低着头,一边认真地听着,一边沉默地吃饭。不知何时,她发现唐慧没再说话了。

喻时抬起头来,才发现她的母亲和宋叔叔都在看着她,表情既尴尬又紧张。

喻时反应过来,露出一个温和的笑容,看着对面的二人,真心实意地说:"挺好的。"

见二人没反应,她放下筷子,抬起头看着唐慧:"妈,这么长时间以来,你都是一个人。我知道,之前您一直没有考虑这件事,就是怕家里多了一个人,打扰我的生活和学习。我现在也长大了,你当然有追求幸福的自由。作为你的女儿,只要看到你幸福,那就比什么都重要。"

她看向宋叔叔,眨了眨眼睛,问:"你说是吧,宋叔叔?"

听到喻时这样说,对面两个大人才如释重负地松了一口气。他们互相对视一眼,忍不住笑了起来,先前紧绷压抑的气氛荡然无存。

唐慧的脸上重新出现了笑容,她给喻时又夹了一大块肉:"行,行,行,全家这几个人啊,就数你能说会道。"

吃饱喝足,喻时回到自己的房间,躺在床上玩着手机。她这才发现,一个小时以前,周聿也发来一条消息,问她到了家没。

喻时很快回复:**到了。**

消息回过去还没几秒钟,周聿也的电话打了过来。

喻时接通,电话里响起他略有些倦怠的声音:"吃完饭了?"

喻时翻身起来,嗯了一声,走到窗边,随意拨弄着窗边的小绿植。她不在家里,这几株小绿植的长势倒是很好,应该是唐慧经常打理的缘故。

周聿也顿了一下,疑惑地问:"发生什么事了?"

他听出来，她好像有点儿闷闷不乐。

按道理，就她那活泼的性子，接起电话后就应该兴冲冲地跟他讲她妈这天给她做了多么好吃的饭菜。结果，她就说了一个"嗯"字。

喻时想了想，不知道这件事该怎么说。最后，她看着窗外的景象，慢慢开口："周聿也，我好像要有新的爸爸了。"

后来二人陆陆续续聊了几句，但喻时一直提不起来精神，周聿也便让她先好好休息，别再想了。要是觉得在家里待得不自在，可以去他那里待一会儿。

喻时都一一应下。

周聿也结束和喻时的聊天，立刻给张励拨了一个电话："喂，大力。"

张励正在吃饭，周围比较吵，换到安静的地方，他才出声："哎，怎么了？"

周聿也的语气淡淡的："你在哪儿呢？"

张励："这不是国庆放假嘛，"他笑了两声，凑在话筒边上，笑眯眯地说，"你还别说，我最近找到一个好玩的地——"

"我有更好玩的地方。"周聿也懒洋洋的声音从电话那头传过来，"来不来？"

张励有些迟疑："你不会唬人吧？"

周聿也扯唇一笑，意味深长地说："这哪能啊，我是那种人？"

张励犹豫了。

喻时回来后，问过陈望他们有没有回来。

陈叙要参加学校比赛，不准备回来了，而陈望没有买到车票，要迟一天回来，江昭出了国，应该也回不来。

原来这次放假，她是最先回来的。

喻时只觉得索然无味。在家待着没事干，她索性去帮周爷爷看店，去的时候还提上了电脑，方便去周聿也房间里学习。

还真别说，她坐在周聿也的椅子上灵感爆棚，代码敲得很快。

周聿也的房间里很整齐，书柜上还摆着他高中时用过的书。

喻时休息的时候，干脆走过来翻看那些书。看到熟悉的题目和字迹，她想到高二时，他拉着她拼命学习的事情。想着想着，她的眼里逐渐溢出笑意。

她看到旁边还放着一个本子，封面有些眼熟。

喻时回想一下，想起这好像是周聿也给她整理错题的本子。她一顿，准备把它拿起来。

在她拿起来的那一刻，一张纸从本子里轻飘飘地落了下来。

喻时低头，目光落在纸的字迹上，不由得微微一愣。

周聿也……他什么时候给她写过信啊？

喻时弯腰，将那张单薄的纸从地上捡了起来。

那是很普通的一张纸，上面是少年潇洒漂亮的字迹。

　　喻时，见字如晤。

下面这一行字前面，多了一个黑点，周聿也应该是在落笔前犹豫了。

喻时忍不住笑了。

他那样的人，平时都惜字如金，居然还会肉麻地写着文绉绉的信。

　　说实话，喻时，我这个人不怎么会表达。NMO 比赛的现场，看见你拿了奖，我总想着送些什么给你。虽然说这话有些自夸，但我知道，你喜欢我的字，所以想来想去，我还是觉得，亲手写一封信送给你比较好。肉麻的话我虽然说不出来，但还是能在纸上写出来几句的。

　　这么长时间以来，我想了很多很多。在遇见你之前，周聿也那个人啊，总觉得他自己什么都会，但剖开了看，他其实什么都没有，一直都在自以为是地往前走。他可能觉得，自己此生做的最正确的那个决定，就是在高一那个暑假，终于下定了决心，来到这个熙攘的小城，遇见了你。

　　从前你说的那些话，做的那些没谱的事，让我总觉得你就像是个没心没肺的白日梦想家，什么梦都敢做。但相处下来，我还真就看着你一步步走了过来，变成了真正的脚踏实地者。

　　所以喻时，就这样保持着这股向上的劲儿。而你的周哥哥呢，就算哪一天海浪不再翻腾了，月亮不再升起来了，星星不停坠落，世界开始颠倒，你也别害怕，因为我会违背所有自然规律一直陪在你身边。

看完最后一句，喻时的眼圈忍不住渐渐红了，脸上满是动容。
还说自己不会表达，这一句又一句的，她都快招架不住了。
喻时吸了吸鼻子，忍不住偏头看向窗外，缓缓呼出一口气。
这晚夜色很好，莹白的月亮悬挂在高空，好像也看到少年那一封炽热纯挚的信，感动得躲进了黑云里。

喻时弯了弯唇，打开了手机摄像头，对准黑蒙蒙的天空拍了一张照片。因为月亮被云挡住，她只拍到模糊的影像。

喻时不在意这些，给照片配好文字，发了一条朋友圈。

摘月亮的兔子：今天的月亮照常升起。

喻时压住上扬的嘴角，点开朋友圈显示的红点，发现是周聿也留了一条评论。

Ti：你开天眼了，月亮在哪儿呢？

喻时嘴角的笑意一下子就收回去了。她不就是拍得不凑巧了吗，意思到了不就行了？！

她气愤地回复了一条：**不关你的事！**

看到这条回复，周聿也罕见地挑了下眉，感受到喻时无厘头的生气，眼里露出茫然和疑惑。他抬手抚了下后颈，又看向屏幕里的那张照片，怎么也看不出来个所以然，干脆问起旁边坐着的张励："这上面有月亮？"

张励也跟着端详了好一会儿："没有啊，这不是一片黑漆漆的天空吗，月亮都被云挡住了。"他的语气有些嫌弃，"这人的拍照水平可真差劲……"

话刚落音，他感觉到旁边有一道凉飕飕的目光。

周聿也朝他点了点下巴，语气冷淡："哪里不好看了？"

张励："好看。"

"对了，你答应我了，把那款最新的手办给我。我可是牺牲了我的假期，陪你窝在这不见天日的屋子里搞这些。"张励点了点摆在桌子上的那些资料和书。

二人眼下皆是一片乌青，一看就是昨天熬了个大夜。

周聿也低头摆弄着手机，闻言稍微抬了下头，随意地嗯了一声："放心吧，我这边已经差不多了，你呢？"

张励整理完最后一部分，终于如释重负地把面前那堆乱七八糟的书往前一推，懒懒地打了个哈欠，舒适地躺了下去："我也差不多了，你要走的话就走吧，收尾的工作我来弄就行了。"

他有些想不通，扭过头，问："之前你也没说要回怀城啊，怎么这么突然？"

周聿也把手机装进兜里，拉上行李箱。听到这话，他微垂眼眸，压了压嗓子："喻时有点儿不开心，我想回去陪着她。"

张励还真不觉得意外，就是心里凉飕飕的，放弃挣扎，说："得，我就是那个最多余的人。你可赶紧回去吧，别来虐我这个光棍了行

415

不行？"

周聿也看着张励的样子，忍不住笑了。他走上前，抬起脚踢了踢瘫倒在地，提不起半点儿精神的男生："谢了啊，等从怀城回来，我请你吃饭。"

张励有气无力地应了一声："到时候我要吃火锅，要点十盘牛肉。"

大概早上八点多，喻时从睡梦中醒过来，脑子还有些蒙。她是被一连串高昂的狗叫声喊起来的。

功勋这天怎么这么亢奋？

喻时随手扎好丸子头，换上宽松的粉色短袖和黑色长裤，和唐慧一边往楼下走，一边聊了几句。

大概是看见喻时回来后春风满面的样子，唐慧问她是不是在大学谈对象了。

喻时一愣，看向唐慧，有些羞怯地捏了捏手指："有这么……有这么明显吗？"

唐慧轻哼一声："那是当然，我养你这么大，你眼珠子一转我就知道你在打什么鬼点子，更别说搞对象了。不过，归根结底，感情这事得你自己看准了，把好关。还有，矜持一点儿，不要人家对你好你就受不住，那个男朋友……"

二人走到一楼，喻时刚想说些什么，微微一顿，失神似的盯着唐慧身后，呢喃道："男朋友……"

"男朋友怎么了？"唐慧看见喻时突然变得这么奇怪，转身顺着她的目光看去。

下一秒，她就听见自家女儿惊喜地说："男朋友……回来了……"

穿着白 T 恤和黑色长裤的男生站在小卖部门口，手里牵着一根狗绳，功勋在他前方趴着。他的另一只手懒懒地插进兜里，身子很是放松，朝她们看来，眉眼间有着年轻人该有的风发意气。

喻时再也控制不住内心的喜悦，撒开挽着唐慧的手，眼里的笑意都要溢出来了，飞快地朝他跑去，然后猛地扑进他的怀里："周聿也！"她笑盈盈地问，"你怎么这么快就回来了？"

唐慧简直没眼看，扭过了头："哎哟……"

这孩子，刚说要矜持一点儿，就这么扑到人家身上了。

功勋看见二人抱在一起，忍不住汪了一声。它站起来围绕着二人跑了几圈，试图往二人中间挤。

周聿也垂下眼皮，见功勋还在蹭喻时的脚，毫不犹豫地拉着狗绳把它拉远了。看见它还想蹭过来，他略带警告地看了它一眼。

功勋呜咽一声，双腿往前一放，看上去委屈巴巴的。

周聿也没管它，松开环抱住喻时腰的手，摸了摸喻时的脑袋："想你了，就回来了。"

喻时的脸上顿时飞上两片绯云。她刚想再好好抱抱他的时候，忽然就听到他淡定从容的声音再度响起："唐阿姨好。"

喻时身子一僵，以迅雷不及掩耳之势收回了自己的手，乖巧地站好，一本正经地介绍："妈，这就是我的男朋友。"

唐慧看他们亲近的样子，就知道周聿也应该是回国有些时日了。她不是什么封建的人，配合地应了一声，抬头看向周聿也，发觉这小子又长高了不少。

见他态度端正，唐慧这才开了口："什么时候回来的？"

周聿也："半个月前。"

"在清大？"

"嗯。"

"之前的事情都处理好了？"

这话一出，几人安静了一下。

喻时没想到唐慧居然这么直接，刚想说话，就听到周聿也沉稳地说："都解决好了。"

唐慧和他对视了好几秒,之后挪开了目光。她低头看了一眼时间,语气如常:"就先这样吧,我有事先出门了,你和喻时的事情之后再说吧。"

喻时松了一口气,还没彻底放下心来,就听到她妈突然喊了她一声:"喻时。"

她猛地抬起头:"哎。"

唐慧被她这副大惊小怪的模样逗笑了,扫了一眼女儿和周聿也:"既然你们好不容易在一起了,那就好好谈恋爱,别给自己留下遗憾。"

喻时一愣,随后意识到什么,重重地点头,与周聿也十指相握:"妈,我会好好听你的话的!"

这可能是多年以来,她第一次这么听她妈的话。

等看不见唐慧的身影了,喻时才转过身,看着周聿也:"你和周爷爷打过招呼了?"

周聿也点点头,依旧牵着她的手:"打过了。"

喻时没忍住笑了:"他没打你?"

"差点儿就打了。不过我说,要真打了,我的女朋友会心疼死的。"他搂住她的腰,一双幽深的眸子盯着她看,笑容在脸上漾开:"是不是,女朋友?"

狭窄僻静的小巷岔路口,高耸挺拔的大树后面,周聿也的手掌紧贴着少女瘦削的脊背。粗壮深褐色的树干遮挡住他们的身影,两个人亲吻得肆无忌惮。

功勋的狗绳被随手系在不远处的路灯杆上,它有些疑惑地朝他们藏身的那个树干歪头,似乎是没搞清楚,为什么遛它遛得好好的两个人突然没了踪影。

大树背后,二人炽热滚烫的呼吸在鼻息间交换。

喻时微微仰着头,乌黑的睫毛带着些湿气。

周聿也摸了摸她红透了的耳垂,按住那一点儿软肉,轻轻亲了一下。

喻时缩了缩脖子,躲开了他落下来的吻,笑着说:"有些痒。"

周聿也抵着她的额头,嗓音很哑:"我很想你。"

喻时轻轻摸了摸他柔软纯黑的短发:"我也是。"

呼吸再次炽热起来,周聿也低头凑过来,又要去碰她柔软的嘴巴的时候,忽然感觉腿边毛茸茸的,有什么东西扫来扫去。

他没想搭理,可喻时也感受到了,推开他,往下看了一眼。

功勋不知何时挣脱开了绳结,拖着狗绳过来了,睁着一双又黑又圆的狗眼,好奇地看着他们。

虽然是条狗,但在这么直勾勾的注视下,喻时还是红了脸。她推开还在试图继续亲她的人,小声道:"功勋过来了,你别亲了。"

周聿也冷淡地瞥了一眼脚边的大狗。

功勋看见自家主人终于看它了,顿时高兴地摇起尾巴,叼着狗绳,想要递给他。

这是让他继续遛呢。

周聿也看看功勋,又看着怀中香香软软的女朋友,最后还是无奈地叹息一声,拿起狗绳:"得,先顾着你这个兄弟,行了吧?"

喻时抬脚碰了碰他的鞋:"功勋是只狗,你跟它计较什么啊?"

周聿也看着功勋又去蹭喻时的裤腿,干脆懒洋洋地双手抱胸,倚靠在树干上,装模作样地感慨:"得,这样看来,我的家庭地位最低啊……是吗?"

喻时听到某人酸溜溜的话,有些哭笑不得:"周聿也,你不是吧,连功勋的醋也要吃啊?"

功勋仿佛能听懂,朝着周聿也叫了两声。

周聿也扫了一眼功勋,扯唇一笑,暗道:这还真是实实在在的"狗仗人势"。

下午，周聿也的房间，喻时坐在沙发上，问他："你不是说还得几天才能结束吗，怎么这么快就回来了。"

"找了个帮手。"他顺势打开电脑，打开一个界面给她看。

喻时发现是数学建模的报名界面，上面显示已经报名成功。

喻时眼里闪过一丝惊喜，转头去看周聿也："人都找齐了？"

周聿也摸了一下她的头发，笑道："大力介绍了靠谱的人来。"

喻时也想了下，说："我最近也看了一些编程的书，进展还算顺利。"

这次的数学建模比赛含金量并不是很高，适合拿来练手，多积累一些经验，为明年二月份的大学生数学建模竞赛做准备。没想到，过了这么长时间，他们又可以站在一起并肩作战了。

喻时眼里的笑意几乎止不住。

周聿也从后面抱住她，将头搁在她的颈窝处，低声说："这次，不会再有遗憾了。"

喻时一顿。她知道，周聿也说的是她当初在国家集训队的遗憾。

他知道她不希望止步于此，所以又给彼此的未来点亮了一盏明灯，拉着她往前奔跑。

喻时想到什么，让他稍微等一下，然后跑到书桌前，将昨天发现的那封信拿了出来。

看见这张薄薄的纸，周聿也眉眼微扬，有些意外："这都被你发现了。"他粗粗扫过上面的字句，回想了几秒，说，"这应该是在冬令营，刚考完试那会儿写给你的。"

当时她竞赛得了奖，再加上临近过年，他想送给她一个礼物。可去店里转了好几次，他都没看到合适的。

最后，周大少爷思来想去，还是决定亲手写一封信。

实在是没人能想到，他周大少爷还有乖乖地坐在书桌前写信的一天。

想到这件事,周聿也依然想笑。

"那你当初写完,为什么不给我啊?"

周聿也松松地抱着她的腰,在她灼灼的目光下,缓缓吐出几个字:"有些羞耻。"

他闭了闭眼,欲言又止:"写完以后再看,发现有些矫情,送不出手。原本想着后来再修改一下,只不过被事情给耽搁了。"

当初他想丢进垃圾桶来着,但又想到毕竟是自己第一次写的信,还是有纪念意义的,便夹进了下面垫着的本子里。

他说这些话的时候,神色没有什么变化,但喻时却不由得一愣。她明白是被哪些事情耽搁了。

写完这封信之后,他父亲的那些事情就被曝光出来了。

没想到,这一耽搁,就耽搁了快两年。喻时抿了抿嘴唇,靠在他的身边,闷声说:"才不是。"

周聿也静静地看着她。

喻时扯了一下他短袖的衣角,又重复了一遍:"才不是你说的那样。你写的真的很好。这是我见过的,写得最好的一封信。"

周聿也的神色一下子就冷淡了下来,他有些无语地闭上了眼睛。

真没见过这么气自己男朋友的人……

他揽过她的后颈,稍稍一用力,与她对视:"你是不是故意惹我生气呢?"

喻时的目光有些飘忽,心虚地说:"这不是安慰你嘛?"

"那我还得反过来感谢你了?"

喻时撇嘴,挠了挠他温暖干燥的手心,结果手指却被他用力攥住,报复性地揉了揉。

周聿也见她一脸不服气,嘴唇一勾,问:"怎么,想让我哄你?"

他捏住她圆润的鼻尖,语调拉长:"女朋友,能不能讲点儿道理啊?"

喻时有些不管不顾地抱住他的胳膊:"女孩子的心情就像夏天的雨,蛮不讲理。你还是乖乖淋着吧。"

周聿也脸上的笑意骤然变深,他垂下头在她粉润的嘴巴上亲了亲:"行,行,行。"

他一边说,手一边挠了一下她的腰侧。

喻时笑得在沙发上扭动,也不甘示弱地去挠他。

一时间,两个人在沙发上闹成一团。最后,他们窝在他房间的单人沙发上,磨磨蹭蹭地看完一部电影。

喻时记不清电影讲的什么,嘴被周聿也亲肿了,害得她都不敢和周爷爷告别,捂着嘴巴飞快地逃走了。

晚上回到家,她盯着自己的嘴巴,顿时有些生气,重重地把镜子放了下来。

周聿也一定是故意的!

她立刻抓起旁边的手机,给他发了一条消息。

摘月亮的兔子:周聿也,你真讨厌!

周聿也听到手机振动的声音,看了一眼,几乎能想到她气急败坏的样子,顿时笑了。

他走到柜台前,悠闲地给功勋拆开一根火腿肠,搬了张椅子坐下。他低下头,看着吃得正香的功勋,拍了拍它的头,笑眯眯地说:"真乖。"

店里有人来买东西,他就坐在柜台里给人结账,没有注意到,不远处的手机振动了几分钟。

电话没人接听,手机屏幕随即亮起,显示有一个未接来电。

第二天早上,周聿也起来之后,遛完功勋往回走的时候,发现有一个熟悉的身影站在巷口。她戴着墨镜,穿着套裙,不知道在看些什么。

周聿也皱了下眉头,还未来得及仔细去看,手上牵着的功勋却忽然有了动静。它往前一扑,直接挣开了他的手,朝那个女人跑了过去。

那个女人看到有一条狗朝她扑去,差点儿叫出声。看到嚼着口香糖姗姗来迟的周聿也,她才松了一口气:"这是功勋啊?"

她弯下腰,想摸摸功勋的头,功勋却闪开了,只在她的脚边嗅来嗅去。

周聿也在她的面前站定,懒洋洋地说:"你离开得太久,功勋都不熟悉你的味道了。"

周围没什么人,棠冉摘下墨镜,重新整理一下头发,不以为意地说:"往后多熟悉熟悉不就行了。"

"你来这儿干什么?"想到刚才她好像是在找路,他挑了一下眉梢,狐疑地问,"你找不到爷爷的家?"

棠冉脸上闪过一丝不自然的神情,她把手机放回包里,转移话题:"这条巷子实在是太绕了,导致导航都不太准了。"

注意到周聿也怀疑的目光,棠冉微微一顿,随后若无其事地笑着解释:"放心吧,我不是来带你走的。"

周聿也没有作声,沉默了几秒,他才重新牵起功勋的狗绳:"既然来了,那就打声招呼吧。"

棠冉穿着高跟鞋,柳南巷铺的是青石地砖,缝隙比较大,鞋跟时不时被卡住。

"当初说让你爷爷搬去和我们住,他说他住惯了这里,去了那边反而不舒坦。他一个老人家,谁也拗不过他。你也是,一放假就回了这儿……"棠冉碎碎念着,忽然,她将近十厘米的鞋跟卡进了一个地砖缝里,怎么拔也拔不出来。

她实在没法子了,喘着气,看向周聿也:"儿子,过来帮我弄一下。"

周聿也看到她费力的动作,无奈地笑了笑。他蹲下身子,攥住她的黑色鞋跟往上拔。

棠冉的鞋跟重获自由,她从包里掏出纸,递给周聿也:"鞋跟上都是灰,你赶紧擦擦。"

周聿也垂着眼,沉默地擦着手心里的灰,倏地出声:"为什么回来?"

棠冉转头,看到周爷爷的小卖部,才开口:"这么多年没见了,也该回来看看。"

怀城,既是周广平生活的地方,也是她和周树南定情的地方。

周聿也偏头看她,问:"爸呢?"

"你爸身体不好,受不了长时间的颠簸,他现在在北市休息。"她停顿了一会儿,又继续说,"不过你爸在 L 市的治疗还得继续,待不了多长时间我们就走了。"

说话间,二人到了小卖部门口,周爷爷的声音从门缝中传来:"哎呀,阿聿,爷爷忘了嘱咐你,回来的时候,去巷口你李叔那儿——"

老爷子推开门,拄着拐杖走了出来,正好对上棠冉的目光,一顿。

棠冉站在他的面前,慢慢喊了一声:"爸。"

正午时分,阳光十分刺眼。

穿着黑色短袖的男生懒洋洋地坐在长椅上,捡起地上的小石子,有一下没一下地打着旁边老树的枝丫。次次命中,树枝被打得轻微晃动。

小卖部里头是棠冉和周广平,一个是他妈,一个是他爷爷。多年来,他们从没有正儿八经地好好见过一次面,谈过一次话。

周聿也给了他们这个机会,正好把这些年的误会一并解释清楚。

很快,门开了,出来的却只有棠冉。

因为阳光刺眼,她停在门口,微微皱了下眉:"周聿也,你过来。"

周聿也抬起腿慢悠悠地走过去,靠在门上。这里比较阴凉,关键是他很高,还能给棠冉挡点儿阳光。

棠冉观察了一下他的神色,斟酌片刻,才慢慢出声:"你是不是……有个很在意的姑娘待在怀城?"

周聿也："怎么了？"

没否认，那就是真的。棠冉的心里有了底。

当初离开怀城时，周聿也的反应那么大，她就感觉不对劲。后来他急匆匆地回国，她稍微打听了一下，才知道他在国内有个很在意的女生。

那姑娘倒是很努力，保送上了清大。这会儿，那姑娘应该是跟他一起回来了。

喻时在家里看有关编程的书，看得头疼，想放松一下，抬头发现周聿也正坐在楼下的长椅上。她把书合上，跑到楼下找他。

她走出单元楼，才发现周聿也已经不在长椅上坐着了。她又朝小卖部门口走去。

走近后，有断断续续的谈话声传过来。

"刚刚听你爷爷提起过，她就在这个小区？"

"嗯。"周聿也淡淡地应了一声。

这个声音很熟悉，是周聿也。

"她什么时候回北市？"

听到这话，喻时一顿，看到周聿也倚靠在小卖部的门口，他的面前，站着一个穿着精致的女人。

在喻时走近的那一刻，周聿也忽然拔高了语调，不耐烦地问："你到底还要怎么样？"

喻时不小心踢到一块小石子。

周聿也注意到声响，偏头看到喻时。他嘴角微抿，一言不发地转身进屋。

棠冉没有忽略周聿也的目光，转过身，看到了喻时。

喻时看清楚女人的模样后，心中的猜测得到了证实——眼前的人，就是周聿也的妈妈，也是很有名气的大明星，棠冉。

看着母子俩相似的眉眼，虽然目前的情景多少有些尴尬，喻时还是忍不住想：有时候，家族基因真的很重要。

棠冉很漂亮，虽然在电视和手机里看她就觉得已经很漂亮了，可现实里瞧着，只觉得更让人眼前一亮，摄像机真的没有办法把她的美完全展示出来。

喻时在观察棠冉，同样，棠冉也在观察着眼前的这个小姑娘。

从她儿子刚才的反应来看，这应该就是他捧在手心上的那个女生。

她的脸很小，眼睛圆溜溜的，看上去十分聪明。她穿着宽松的米黄色半袖，搭了一条黑色的短裙，在阳光的照耀下，她的皮肤显得清透白润，两条腿也匀致笔直。

发现棠冉在看自己，喻时微微一怔，下意识地喊了声："阿姨好。"

棠冉看着她，刚想说些什么，屋里的周聿也倏地出声："妈，该吃饭了。"

棠冉回头，看了一眼周聿也没什么表情的脸，不再找喻时搭话，对她点了下头，就进了门。

喻时站在原地，想起刚才周聿也朝她投过来的一眼，微微抿了抿嘴唇。

吃过饭后，周聿也给功勋撒好狗粮，坐在椅子上看着它吃。

棠冉："刚才那个女生就是喻时吧。"

周聿也没有抬头，嗯了一声。

棠冉坐在旁边的椅子上："你刚刚不想让我和喻时说话，为什么？"

周聿也："你是怎么看她的？"

棠冉皱了皱眉："还能怎么看？你们现在还很年轻，谈个恋爱而已，还能怎么看？"

她像是想到什么，打开手机，说："有女朋友和单身时还是不一样的，你以前自在惯了，别让人家女孩儿受委屈就行，要是手上没钱了，你就和我说——"

"妈。"周聿也打断了她的话,表情有些严肃,"在我这里,她不只是我的女朋友。我希望您可以像看待未来的儿媳妇一样,去看待她。"

他希望,棠冉能够给予喻时最大程度的尊重。

棠冉沉默了一会儿,缓缓开口:"周聿也,你不过才十八岁。"

周聿也明白棠冉的意思。她觉得他太年轻了,才十八岁,谈恋爱可以,但直接许下一辈子的承诺还为时过早。

"可十八岁,也是一个很好的年龄。"周聿也往后靠,目光转向屋外,语气有些温柔,"我该庆幸,我才十八岁,我和她还可以相爱很多年。"

棠冉一怔,想起了这天早上周老爷子说的话。

在那几个小时里,周老爷子给她讲了很多周聿也在怀城的事情。她那时才发现,她从未见过周老爷子说的那个恣意张扬的周聿也。

说到最后,周广平想到什么,慢慢说了句:"我们周家,尽出情种。"

看着眼前的周聿也,棠冉终于明白了周老爷子说的那句话是什么意思。

当初,周树南不顾父亲的反对娶了她。如今,周聿也不顾一切地护着他喜欢的女孩儿。

事到如今,她也该试着放手,去相信她的儿子了。

周老爷子最后说:"你和阿南的事情,我已经不想再多说什么了,毕竟做了这么多年夫妻,你们之间到底怎么样,只有你们自己知道。但我希望,你可以好好对阿聿。他现在也不小了,在很多事情上,他有自己的想法和见解。我希望,你可以好好地听听他的意见。"

棠冉回过神,看着面前的周聿也,慢慢点了点头。

虽然中午那会儿,喻时没和棠冉说上话,但下午她从外面回来的时候,还是碰见了棠冉。

毕竟是周聿也的妈妈,喻时还有些放不开,乖巧地挥了挥手,露出甜甜的笑容:"好巧啊。"

棠冉停下脚步,摘下墨镜,大大方方地看着她,说:"不巧,我就是来找你的。"

喻时愣了一下,有些没反应过来。

十五分钟后,两个人坐在街道边的咖啡厅里,气氛有些尴尬。

喻时端坐在位子上,忍不住抿了下唇,心里有些乱。

这算是见家长吗?倒有点儿像小说里男主角的母亲拿钱逼走女主角的场景。

喻时盯着自己面前的那一小杯卡布奇诺,开始疯狂地脑补待会儿这杯饮料的作用。

"喻时?"对面的女人忽然叫了她一声。

喻时啊了一声,堪堪回神,下意识地坐直了身子。

棠冉笑了一下:"看见我很紧张?"

喻时不好意思地笑了下:"还好吧。"她看着棠冉,语气有些迟疑,"就是有一种电影明星突然坐在我面前的……不真实感。"

棠冉拨弄着杯子里的小勺,忍不住轻笑:"先前只知道你的学习成绩不错,没想到,你这个小姑娘还挺有意思的。"

喻时刚想谦虚一下,冷不防听到对面的人问:"你和周聿也谈恋爱了?"

喻时也没想着这事能瞒住她,更何况也没什么可瞒的。抿了一口咖啡后,她抬起头看着棠冉,点了点头:"周聿也很好。"她的脸上出现几分犹豫,随后下定了决心,"我知道昨天周聿也为什么不愿意让我和您说话。"

他无非就是怕棠冉无意间说出什么不中听的话,担心她听到后会多想难过。他还真是,一点儿委屈都不想让她受。

喻时有些无奈地笑了:"周聿也的内心其实很强大,他可以独自面对这世界上的任何风雨,可他有时候又很脆弱,一个简单的拥抱就能把他弄哭。我知道,您并不是不爱他,只是不知道该用什么样的方式去爱他,他也是。其实,他很尊重您,也很在乎您,在他的世界里,你和周教授一样重要。"

喻时第一次去周聿也住的公寓,知道他刚搬来没多久,整个房子里冷冷清清,家具也不多。不过,她看到客厅里有一张三个人的合照。

那是周聿也小时候拍过的一张全家福。照片上的周树南和棠冉还很年轻,脸上的笑容很甜蜜,站在中间的小男孩儿也眯着眼,两只小手勾着父母的手掌。幸福感都快要从照片里溢出来了。

棠冉沉默地听着,直到喻时说完,她才叹了口气:"来到这里,说实话,我没有办法在你们任何一个人面前,说出我了解周聿也这句话。"

"喻时,其实我最该感谢的人,是你。"棠冉看着她,说,"谢谢你,给周聿也带来了这么多的爱。"

想起周聿也之前对自己说的话,棠冉看着眼前的女孩儿,欣慰地笑了。

二人聊完时,已经将近六点,整个小城沐浴着夕阳的余晖。

喻时刚出去,就看到周聿也半蹲着身子,给一只小流浪狗喂食。

小狗趴在地上吃得很香,尾巴不时摇晃几下。

周聿也的身后是一片深橙色的落日,他盯着小狗,眉眼里满是化不开的温柔。

喻时迈着轻快的步子,走到他面前,轻声呼唤:"周聿也。"

周聿也闻声抬起头来,看到喻时脸上明媚张扬的笑容。

下一秒,周聿也轻笑出声:"回家?"

喻时点了下头,朝他伸出了手:"回家。"

或许是得到了双方家长的支持,喻时此刻无比放松,甚至摇头晃脑地哼唱着小曲。虽然调已经跑得没影了，但她的眉眼都带着笑意。

晚上，她坐在书桌前，撑着脑袋看着满天繁星，心想，难得今晚夜色这么好，是个约会的好时候。

喻时踩着拖鞋跑下楼，去小卖部买了根冰棍，又绕到周聿也房间的窗户前，踮着脚尖拍了拍。

听见动静，周聿也摘下耳机，转过椅子朝窗户看过来，就看到自家的小女朋友在外头一蹦一蹦的，不时露出大半个脑袋。

见他看过来，喻时顿时兴奋起来，用力地挥着手里的冰棍："周聿也，出来啃冰棍啦？"

周聿也："……"这玩意儿有什么好吃的？

喻时蹦得太欢快，脚上的拖鞋被甩飞出去，不知道掉在哪里了。

喻时连忙用一只手撑着墙壁，另一只手捏着冰棍，低头到处寻找自己那只拖鞋。正四处张望着，她的面前突然出现了一个宽阔的胸膛。

喻时连忙抬起手，搭住他的肩膀："周聿也，快帮我看看，我的那只拖鞋飞到哪儿去了？"

周聿也挺拔地站着，任凭喻时把他当人形支架，跟变魔法一样，拿出一只粉色的拖鞋："搞什么？"

喻时朝他挥了挥手里一直攥着的冰棒："你要是再迟点儿出来，这个就化了。"

周聿也让喻时站稳，自己则蹲下身子，把拖鞋给她套了上去。他看着那白润饱满的脚趾，说："气温都降了，还不穿袜子？"

喻时让他看自己的那双拖鞋，嘴硬道："我这个是带棉的，不冷。"

最后他拗不过她，陪她一起慢吞吞地朝老槐树下的长椅走过去。

这会儿长椅边没人，他们挨着坐下。

喻时靠在周聿也的肩膀上，仰头看着夜空里的繁星，听着夏夜里的蝉鸣，安安静静地啃着冰棍。她忽然想到，自己已经很久都没有享受过如此惬意悠闲的时刻了。

好像只有回到怀城，她才会有这种松弛感。

大多数的人，每天都忙碌地奔走在上班下班的路上，就好像沿着固定轨道转动的小行星，昼夜不息，轮转不停。

想到她往后也会成为这泱泱大军中的一员，喻时放下手里的冰棍，长叹一声："周聿也，你觉不觉得人类好无聊啊？"

周聿也似乎正在出神，听到她的话，他转头对上她的眼睛，缓缓开口："是整个地球都很无聊。"

因为地球也每天围绕着太阳转动。

喻时微微一顿，弯眼笑了。她点点头，托着下巴说："那换个星球，或许就不会这么无聊了。"

周聿也嗤笑一声，看向星空："白日做梦呢？"

喻时唇边的笑容顿时消失，她也不靠着他坐了，甚至坐直了身子，轻哼一声："拜托，现在已经是晚上了。"

少年哼了一声，语气依旧漫不经心："可是你开始做梦了，这是事实。"

怎么还越说越来劲了？！一开始多么浪漫的气氛，都被他破坏了！

喻时鼓起脸颊，刚要转过头找他算账，侧脸突然有一种柔软的触感。她微微一愣。

周聿也侧过身子专注地看着她，眼里的笑意比天上的繁星还要闪耀。

没等她说话，他的声音伴着沙沙的风声，在她耳旁响起："想美梦成真吗？"

喻时看着他出众的五官，鬼使神差地点了下头。

周聿也轻笑一声，挽住她的手："好，那我们就去实现。"

一列列高铁从窗外呼啸而过，喻时靠在窗户边，懒懒地打了一个哈欠，微微合上眼皮。

431

旁边的座位一沉，是去给她接热水的周聿也回来了。他捏了捏她的脸颊："起来喝水。"

喻时这才打起些精神，喝了几口水后，闷闷地说："我一定是疯了，才二话不说就跟着你跑了出来。"

那时他前脚刚说完，后脚就拿出了两张高铁票，还正好是这天晚上的。

喻时也没耽搁，回家稍微收拾了一下，就和他一起出发了。

她看着外面飞快闪过的风景，问："我们去哪儿啊？"

周聿也低头亲了亲她饱满的额头，低声道："暂时保密。"

难得男朋友浪漫一把，喻时便没再问了。她靠在他的怀里，拿脑袋蹭了几下他的胸膛："我懂，我懂，还是得有点儿神秘感的。"

说完，她攥着小拳头，撒娇似的捶了一下周聿也宽阔的胸膛，拉长语调："男朋友，你好会哦！"

看着她做作可爱的模样，周聿也被逗笑了，捉住她的手，挠了一下她的下巴："那你说，男朋友好不好？"

喻时闭上眼睛，软绵绵地回答："那得看你给我的是什么样的惊喜。"她调皮地眨了下眼睛，"这个问题待解。"

周聿也笑了一下，随意地回了句："行啊。"

坐在他们对面的是一对母子。男孩儿大概十岁，旁边的母亲已经睡着了。他不知道什么时候醒了，正眨着眼睛看着对面的一对小情侣。

等喻时出去后，小男孩儿忽然问周聿也："大哥哥，刚才那个姐姐是你的女朋友吗？"

周聿也正靠在椅背上，听到声音，看了他一眼，嗯了一声。

小男孩儿由衷地赞美："她好漂亮啊。"

周聿也的眼里顿时多了几分笑意："谢谢夸奖。"他从兜里掏出一颗糖，扔给小男孩儿，"吃糖。"

小男孩儿惊喜地接了过来，还不忘嘴甜地说："谢谢哥哥，我长大以后,也想找像姐姐这样的女孩儿当女朋友。"

周聿也漫不经心地打量他一眼,直白地说:"那应该比较难。"

毕竟,不是谁都像他这么有福气。

听到他这样说,小男孩儿想都没想地说:"这有什么难的,等你们以后吵架分手了,我就有机会和那个姐姐在一起了。"说完,他拆开糖纸,张口就要吃。

结果下一秒,一只大手毫不犹豫地从他手里把糖夺走了。

周聿也把糖扔进自己的嘴里,然后双手抱胸,惬意地靠在椅背上,还不忘瞥了一眼那个震惊得张大嘴巴的小男孩儿。

他显然没想到,眼前这个长得很帅的大哥哥居然能做出这种不要脸的事情,把送出去的糖抢回来吃掉。

周聿也倒是毫无心理负担,耸了一下肩,冷淡地说:"小孩儿,做什么梦呢。别说分手了,我们连架都不会吵。"

小男孩儿明显不相信:"你骗人!"

周聿也跟他较上劲儿了,挺直身子:"吵架算什么,我们还经常拿嘴打架呢。"

小男孩儿很天真,一听打架就以为是什么不好的事情,吓得往妈妈的怀里躲,小声对周聿也说:"你真是个大坏人!"

周聿也得逞地勾唇一笑,正要解释,背上忽然被人拍了一下。

喻时有些无语:"你都多大了,怎么还跟小朋友计较?"

不过她很快就说服自己了,毕竟周聿也可是连狗都不放过的人。

周聿也倒是不以为意,挑了下眉,说:"他是我的情敌。"

看着对面还没她一半高的小男孩儿,喻时白了他一眼:"周聿也,你没病吧?"

那个小男孩儿看见喻时回来,说:"姐姐,你的男朋友是个大坏蛋,他说他经常拿嘴跟你打架。"

喻时:"……"

小男孩儿的声音不低,这话一出,喻时顿时感觉有人转过头看她。她连忙拿起包挡住自己的脸,瞪了一眼笑个不停的周聿也,恶狠狠地说:"周聿也,我看你真是病得不轻!"

周聿也伸出手搭在喻时的肩膀上:"这有什么的,反正我们是在光明正大地谈恋爱。"

下了高铁,喻时才注意到,周聿也带她来的是一个小城市。看他从容悠闲的样子,他应该是提前做过攻略或者之前来过几回。

国庆假期的游客很多,吃完饭后,他们连续去了几家酒店,有的房间满员,有的只剩下一间房。

"那就开一间房吧。"喻时果断出声,笑眯眯地把自己的身份证递了过去,目光有意无意地投向周聿也。她发现自己好像表现得太高兴了,轻轻咳了一声,故作惋惜地说:"唉,好像也只能这样了。"

周聿也没戳破她的小心思。

坐了一晚上的高铁,刚进房间,看着那张柔软舒适的大床,喻时就打了个哈欠。

周聿也摸了一下她的脑袋:"困了就去睡觉,晚上我带你出去。"

喻时点头,朝床边走过去。她忽然想起什么,偏过身子问他:"你呢?"

周聿也一顿。

喻时挠了一下自己的脸颊,试探地说:"你坐车也挺累的,要不我们勉强……挤一下那张床?"

为了避免周聿也多想,她还比画起床的尺寸:"这个床,挺大的。"睡两个人,绰绰有余。

她走过去,勾着他的小拇指,眼巴巴地看着他,说:"你在我身边,我会安心很多。"

周聿也重复道:"和我睡,会很安心?"

喻时用力地点头。

周聿也盯着她看了好半天，最后轻笑一声："好。"

半个小时后，喻时缩在洁白的被子下面，静静地看着靠着床头摆弄手机的男生。

她刚冲完澡，换了宽松的白色短袖和黑色短裤，乌黑的头发被她压在枕头上。

不知道为什么，她的睡意消失了，她在床上胡乱滚了几下。周聿也注意到，收起手机，躺下来，撑着身子看她，问："怎么了？"

这好像还是他们第一次躺在一张床上。

因为要睡觉，窗帘也被拉上了，房间里只开了一盏光线比较暗的灯。

突然挨得这么近，喻时有些不太习惯。她拿被子盖住脸，看着周聿也，不自在地翻了个身，闷声道："没事。"

周聿也憋着笑，把被子从她手里扯出来，拨开她脸侧的碎发，亲了亲她白里透红的脸颊，弯着眼，温柔地说："睡吧。"

喻时伸出手搂住他的腰，把脸埋进他的怀里，这才老老实实地闭上了眼睛。

夜幕降临，二人磨蹭一番，终于出门了。

毕竟是约会，喻时专门换上一条白裙子，扎着侧麻花辫，衬得她十分温婉可人。她正想出门，手腕却被人捉住。她一抬头，看到周聿也像变戏法一样，拿出一条项链。

项链的挂坠是一个很小的时钟造型，项链上的罗马数字是镂空的，风格比较复古，时针正好指向十点。

周聿也低下头，给她戴上项链，然后后退几步，认真地打量一番，最后颇为满意地点点头："嗯，这下就更完美了。"

喻时拿着那条项链看了一眼，抬头看他，惊喜地说："是十！"

他笑着接上她的话："也是时。"

喻时莞尔一笑，不着粉黛的脸上多了几片红晕。

一路上，周聿也牢牢地牵着喻时的手到达了目的地。

喻时看着周围慢慢多起来的人，问："这里是有什么景点吗？"

周聿也拿出手机看了一眼时间，觉得差不多了，拉着她走到视野开阔的地方。

喻时几乎一眼就看到，前方有一个硕大的圆球，忍不住惊呼："这么大？！"

周聿也从包里取出一台相机，调试着镜头，说："再等等。"

周聿也选的位置很好，不会受其他游客的干扰。喻时听周聿也的话，耐心地趴在栏杆上等待。

六点半一到，钟声响起，暗淡无光的球猛地亮了起来。周围的喧哗声倏地变大。

喻时睁大双眼，眼里满是惊艳，呆呆地看着那边。

在灯光的映照下，一条环绕着球体的星河逐渐亮起，最后，整颗星球都闪耀起来。夜色昏暗，球身上蓝白沟壑下仿佛有水波荡漾，如同真的在浩瀚的宇宙中不停地转动着。不仅浪漫，还让人感到十分震撼。

身后忽然传来低沉的男声："喻时。"

她下意识地回过头，周聿也拿着相机对准她，按下快门。

周聿也看了一眼照片，然后抬头看着照片中的女主角，弯唇笑了："这是仙女。"

照片中，那颗闪耀的星球前方，站着一个身着白裙的女生。她靠着栏杆，大方从容地看着镜头，眼里是明媚的笑意。

喻时有些脸红，忍不住去看照片上的自己，确实好看，感觉比之前拍的照片都好看。也可能是拍照的人用了心思，镜头才有了温度和美感。

她盯着那张照片，忽然湿了眼眶，轻轻唤他："周聿也。"

他嗯了一声，对上她的目光。

她笑着开口："我好爱你。"

怎么办啊，她这辈子，可能再也找不到像他这样好的男生了。

周聿也收起相机，走上前来抱住她："我也很爱你。"他垂下眼睛，认真地对她说了一句情话，"我的宇宙中，为你转动着无数个浪漫星球。"

可能是这天晚上实在难忘，回去的路上，喻时紧紧地攥着周聿也的手，眼里的笑意就没消失过。

回到酒店，打开房门，喻时先走进去，周聿也转身关门的时候，腰上忽然环上来一双手。

喻时突然勾住他的腰，把他抱了个满怀。

周聿也转过身，将她拥进怀里："就这么开心？"

喻时仰起头，不假思索地点头。

周聿也难得情绪有些外放，低下头，亲了亲她柔软的唇瓣："喜欢你。"

喻时闭上眼睛，踮起脚尖迎合着他的吻，含混不清地说："这句话你已经说过很多次了。"

周聿也轻轻笑着把她抱起来，放在旁边的台面上，抬高她的下巴加深了这个吻。

亲完，他摸了摸她细腻柔软的脸："怎么，听腻了？"

喻时果断地摇头，拉着他的手晃悠着，拉长语调："怎么可能？我听一万遍都听不腻的。"

周聿也弯了弯唇，拍了拍她的脑袋，嘱咐她："时间不早了，洗漱完就睡觉吧。"

他准备去外面待一会儿，等喻时洗漱完再进来。

只不过，喻时拉着他的手，一直没有撒开。

周聿也挑眉看她。

喻时紧张地抿了下唇,攥住他的手指,在他的手心画圈圈。她低垂着脑袋,很小声地说:"我觉得……还早啊。我们还可以做很多事……"

周聿也顿了一下,感觉手心有些痒,他合拢手掌,把她的手攥在手心,慢慢靠近她。他凸起的喉结缓缓滚动了一下,嗓音有点儿哑:"真想?"

喻时知道周聿也在问什么。对视良久,她红着脸,咬了一下唇,微微点头,抬起胳膊搂住他的脖颈,直白地说:"周聿也,我们做吧。"

周聿也没有答应,也没有拒绝,只维持着这个姿势好几分钟。最后,他轻轻松松地将她抱了起来。

喻时闭上眼睛,等待自己落到床上。可是男生抱着她走了两步,她竟然听到花洒出水的声音。

她呆呆地睁开眼睛,看见周聿也把她放了下来。他捏了捏她的脸颊,看着她说:"如果你洗完澡后还是这个想法,那我们就继续。"

喻时眨了眨眼,慢慢点头:"好。"

等她洗完澡,穿着睡衣乖巧地躺在床上时,还在想着这件事。

所以,这到底算不算拒绝啊?还是他想让她冷静冷静再做决定?

喻时的小脸上满是纠结的神情,被角被她揉得不像样子。

还没等她想清楚,浴室里的水声就停了。她骤然慌乱起来,立刻拉上被子闭上眼睛,开始装睡。

周聿也揉着湿漉漉的头发出来,就看到喻时闭着眼睛,好像已经睡熟了。他一顿,放轻了脚步,走过去准备把灯关了。

他刚弯腰摸到开关,从被窝中突然伸出一只白皙的小手,拽住了他的衣角。

他停下动作,看向床中间的人。

喻时拉下盖在自己脸上的被子,露出红扑扑的脸,在暖黄色的灯光下显得格外动人。她殷切地看着他,像猫儿撒娇似的哼唧:"你刚才说的……还算数吗?"

周聿也拉住她的手,下一秒被喻时反手握住。

他额前的头发还有些湿,黑眸干净又明亮,带了点儿笑意,目不转睛地盯着她。

他弯唇一笑,声音低沉:"当然作数。"

喻时呼出一口气,跪坐起来,搂住他的脖颈,一口一口地亲着他。她吻过他饱满的额头,吻过他高挺的鼻梁,最后停留在他的嘴角。亲了好一会儿后,她才抵着他的额头,红着耳垂,很小声地说:"宝宝,我不会了。"

男生温热的手扣住她的脖颈,深吻着她红润的唇,含混不清地说:"那我来。"

二人的身子逐渐往床中央移动,周聿也弓着腰,身下是被亲得迷迷糊糊的喻时。他将腿屈在她的身体两侧,在亲吻间隙,他直接把身上的那件白色T恤脱了下来。

没等喻时睁眼,周聿也的手往旁边一伸,拉过被子盖住二人。

一下子,周遭视野变暗,喻时深吸一口气,慢慢睁开眼睛,对上周聿也依旧明亮的笑眼。

很快,被子下的呼吸声不断加重,心跳声渐渐加速,吻也变得湿热又缠绵。

喻时被亲得有些喘不上气来,只能偏头小口小口地呼吸着。周聿也吻向别处,她的脸更红了,也不好意思去抱他了。

周聿也低声笑了一下,揉着她的腰,轻声道:"躲什么。"

喻时的呼吸一下子加快了。

他埋在她的颈窝里,抚着她瘦削的脊背,安抚似的说:"宝宝,要不要背一下《桃花源记》?"

喻时抬起手捂住自己的眼睛:"我才不背呢。"

虽然脑子里乱糟糟的,她竟然真的分神去想《桃花源记》的内容。

周聿也低下头，又一次吻住她的唇瓣。等结束这个湿热黏腻的吻，他凑在她的耳边，哑着声音说："背完了吗？"

喻时用力拧了他一下，周聿也闷声笑了。

十几分钟后。

喻时眼眶湿润，看起来像只无措的小鹿。她咬紧牙关，拿手捶他，小声说："周聿也，你个王八蛋！平时没少看着学习吧。"

周聿也抖动着肩膀笑了一下，懒洋洋地说："你别冤枉我，我可是清清白白的。"

喻时深吸一口气，从被子里钻了出来，刚准备离他远一点儿，却被他攥住脚拉了回来。

喻时撑起胳膊扭头看他，发现周聿也刚才还半湿的短发现在已经完全干了。

周聿也随意地揉了一把头发，悠闲地坐在她的身后，眼里带着浅浅的笑意。

国庆的假期不长，他们这次没有在这儿待多长时间。临走时，二人打算出去吃顿好的，结果却出了点儿小状况。

当时周聿也正翻着手机，问喻时想吃什么。

喻时托着下巴想了一会儿，说："小龙虾？"

"行。"男生应下。

等到了店里，小龙虾上桌以后，喻时眉眼一弯，腰也不酸了，腿也不疼了，当即把小龙虾往周聿也那边推。她托着下巴，眼巴巴地看着他，语气放软："男朋友——"

感情在这儿等着他呢。周聿也听到她撒娇，扯唇一笑，带上手套："等着。"

他从盘子里选出一只小龙虾，慢条斯理地剥着虾壳，随后将弹滑的虾肉放在她的盘子里。

他的手指骨节分明，动作还挺赏心悦目的。

喻时托着脑袋认真地观赏着，满意地点了点头。

吃得心满意足后，她才摸了摸自己圆滚滚的肚子："周聿也，你真好。"

她噘着嘴，准备好好地奖励一下自己能干的男朋友。

周聿也正准备扭头去碰她的唇时，目光一顿，看见她油光透亮的嘴巴。他笑了一下，脱掉手套，按住她的头顶，没有再让她靠过来，有些敷衍地说："等会儿再亲。"

喻时顿时一脸失望："周聿也，你嫌弃我？"

周聿也的神情没有丝毫变化："没有。"

"终究是感情淡了。"喻时拿纸用力地擦着自己的嘴巴，然后装模作样地耷拉着脑袋，做出一副怅然若失的样子，"果然，得到女朋友之后，男人就变了。"

她质问他："周聿也，我们的热恋期是不是过了？"

见周聿也不吭声，她又一脸委屈地指责他："你说是不是啊？！"

周聿也低头看自己手里剥了一半的虾，又看向面前堆成小山的虾壳，眉梢一扬："那这些，是吃进狗肚子里去了？"

吃人嘴软，拿人手短，喻时嚣张的气焰顿时萎靡了。她心虚地挪开视线，挠了挠自己的脸颊，小声狡辩："你怎么莫名其妙地骂功勋啊？"

周聿也听到这句厚脸皮的话，笑了。他扳过她的脑袋，贴着额头连着亲了几口，才垂下眼眸，问："亲你亲得爽了没？"

喻时诚实地点头："爽了。"

周聿也眼中含笑，看到店门口走进来的一男一女，顿了一下。

这时正是用餐高峰期，店里的客人很多，那两个人进来后扫了一圈，发现没有空座了，看有一桌这桌人少，慢慢走了过来。

"你好，请问能拼——"其中一个人礼貌地出声询问。

他的话还未说完，另一个惊诧的声音响起："周聿也？"

441

当事人还没抬头,喻时先抬起了头,疑惑地看向说话的人。看清他们是谁后,她也惊讶地出声:"是你们?"

站在他们面前的,是一起参加过冬令营的张崇和何霏。

没想到,全国那么多城市,居然在这里遇见他们了。

想到当初的不愉快的经历,喻时兴趣缺缺地收回了目光。

周聿也掀起眼帘,面无表情地看了他们一眼,微微一抬下巴,就算打过招呼了。

何霏惊喜地说:"真的好巧,居然能在这里遇见你们。"她指了指他们对面的座位,问,"我们能坐在这里吗?这家小龙虾还挺好吃的。"

周聿也没有出声,看向喻时,征求女朋友的意见。

喻时咽下一只小龙虾,点头:"可以,你们坐吧。"反正他们也快吃完了。

坐下去后,四个人面面相觑。

张崇的反应倒是正常,他沉默了很久,最后实在憋不住,开口问:"你什么时候回来的?现在在清大?"

周聿也随意地应了两声。

张崇看了他一眼,明显欲言又止。

何霏则有意无意地打量着对面坐着的周聿也和喻时。

一对异性一起来到陌生的城市,他们的关系动动手指头也能想明白。

何霏看着喻时,倏然一笑:"没想到你们还是走到一起了。"

喻时拿纸擦自己的手指,看了她和张崇一眼,最后认真地说:"我也没想到,你们能走到一起。"

喻时没有兴趣探究何霏和张崇是怎么走到一起的,在她看来,这次见面只不过是两条直线在无限延伸的过程中,偶然且短暂地交会了一下,往后他们依旧会朝着各自的方向前行。

虽然这几天在外面玩得挺好的,但金窝银窝还是比不上自己的狗窝。喻时回到家,给周聿也发了一条消息后,就倒在床上蒙头睡了一觉。她再次醒来,是被狗叫声吵醒的。

外面天光大亮,窗帘都遮不住刺眼的阳光。喻时懒懒地打着哈欠,揉了揉惺忪的眼睛,摸出手机,惊讶地发现,居然快十点了。

窗外的狗叫声越来越近,她还隐约听到有什么东西撞击窗户的声音。

喻时随手把蓬松的头发扎成低马尾,走到窗边,拉开窗帘。她被眼前的景象逗乐了,之前的睡意一扫而空。

老槐树前方站着一个身形挺拔的男生,也不知道他从哪里弄来一根长棍,顶端还挂着东西。他正高举着胳膊,撑着长棍晃晃悠悠地朝她的窗边递过来。

功勋还以为他在逗它玩,绕着长棍跑来跑去。

最后,长棍的顶端顺利地抵达喻时的窗前。

窗台上的绿植还在蓬勃生长,旁边却多了一个简陋的工艺品。不过,从外形上看,足以看出那人做得很用心。

工艺品是个圆球,上面一小圈一小圈紫蓝色的线缠在一起,乍一看像个小星球。它被支架撑着,顶端还夹着一张字条。

喻时展开一看,上面是周聿也张扬漂亮的字迹:白日梦想家,星球在这里。

他还真用行动告诉她,浪漫是可以永存的。

她抬起手轻轻拨动那颗小星球,不自觉地轻笑出声。

她转身回去拿了支笔,很快,字条上多了一串女生娟秀的字体。

她把字条叠成纸飞机,然后瞄准周聿也飞了出去。

周聿也轻松接住,打开看了一眼,上面写着:周大艺术家,这是你和我的浪漫星球吗?

周聿也清俊的眉眼一弯,终于发出一声轻笑。

国庆过后,大学生活也算是步入了正轨。

因为要和周牵也准备数学建模比赛的事情,喻时几乎一有时间就泡在图书馆。

某天在食堂,她正好遇见了陈叙。

陈叙率先走过来,跟喻时打招呼,然后才看向她旁边的周牵也。

国庆期间,陈叙已经知道周牵也回了清大。但阴差阳错之下,他们还没有正式见面。

穿着黑色卫衣的周牵也朝他抬了抬下巴,罕见地主动开口:"陈叙,好久不见。"

陈叙笑了下:"难得见你主动跟人打招呼。"

周牵也勾起唇,看了一眼旁边正踮着脚尖挑选菜的女生,漫不经心地回了句:"可能是家训比较严吧。"

陈叙一噎,很快想到什么,扶了扶眼镜,说:"听说你们报名了大学生数学建模竞赛,我们小组也报名了。"

周牵也挑了下眉:"看来,这次我们又要当对手了。"

喻时听到他们说的话,跑过来看着陈叙,眼睛亮晶晶的,说:"我们可是非常强劲的对手,你们可要做好准备了。"

陈叙看着她,笑道:"放心吧,我们不会输的。"

"输的人请对方吃饭。"

"没问题。"

陈叙和他们打过招呼就走了,一边走,一边和身旁的人讨论问题。喻时看着他们,突然叹了一口气,看着周牵也说:"虽然时间过去了很久,感觉我们都变了,但实际上……"

周牵也看着她,二人异口同声地说:"我们,还是一如当年。"

喻时眼中的笑意加深。

陈望听说周牵也回来了,直接在电话中号叫起来:"什么?!周牵也什么时候回来的?回来快半年了,你们居然都不告诉我?!我要和你们决裂!!!"

喻时坐在椅子上,把手机拿远些。等对面人的心情稍微平复一下,她才重新把手机放在耳边,慢悠悠地说:"哎呀,这段时间咱们都比较忙嘛……"

正说着,周聿也递给她一个削好的苹果。

他们数学建模的小组刚开完一个会议,折腾了很久,精力有些不济了。

这会儿,两个人难得歇息片刻。

喻时接过那个苹果就开始啃。苹果的汁水顺着指缝流下来,抽纸盒离她有些远,她连忙出声:"周聿也,纸……"

周聿也抽出两张纸,轻轻擦着她纤细白皙的手指。

陈望听到喻时的话,有些震惊,看了眼时间,难以置信地问:"喻时,现在都十一点多了,你怎么还和周聿也在一起呢?"

喻时正在指挥周聿也擦哪里,没怎么听陈望的话,茫然地问:"什么在一起?"

周聿也神色不变,把喻时手里的电话抽出来放在桌子上,淡定地说:"对,我们是在一起了。"

电话那边的陈望:"……"我问的又不是这个!

不过,陈望对此也不意外,他还等着喝他们的喜酒呢。

不知怎么,他们突然聊起了江昭的近况。陈望顿了一下,说:"昭昭留学应该快回来了。"他不由得感慨,"好久没见她了。"

听说她和沈逾青闹掰了。高考完,一个考了离怀城很远的大学,大一时当了交换生远走他国;一个在高三的时候出国留学,没了踪影。

自从江奶奶去世,江昭整个人都变了。但要说具体哪里变了,陈望一时半会儿又说不出来。

反正,他就是想他们了。

想起往事，隔着电话的二人都沉默了。喻时垂下头，捏着周聿也的手指，吸了口气，轻声说："我也想他们了。"

"那不如……"两个人不约而同地说。

喻时抢先一步把陈望想说的话说了出来："等我们明年顺利比完赛，再聚聚？"

下一秒，她的手被周聿也宽大的手掌握住，温热的指腹轻轻点着她的手背。

喻时一抖，顿时感觉自己身上好像起了一层鸡皮疙瘩。她看向周聿也，发现他正眼中含笑，看着自己。

电话那边的陈望兴奋地喊："说好了！暑假的时候，一言为定！！"

挂了电话，喻时把苹果核扔进垃圾桶，转身坐到周聿也的腿上，勾住他的脖颈，目光盈盈："你觉得呢？"

周聿也垂下眼眸："什么？"

"就刚才我说的那个。"

他托着她的腰让她往上坐了坐，头搁在她的颈窝旁，嗯了一声，神情很放松："行啊，想去哪儿？"

喻时想了一会儿，说："去海边？好久都没聚过了，正好把他们都叫过来，好好地玩一场。"

周聿也闻着喻时身上淡淡的香味，微微闭了闭眼："听你的。不过在那之前……你得先跟我去见个人。"

喻时正想问见谁，周聿也拍了拍她的脑袋："时间不早了，明天再说，你先去睡吧。"

喻时的好奇心都被他勾起来了，自然不肯就这么罢休，心痒难耐地跟着他进了卧室，缠着他问到底要去见谁。

周聿也的脚步一停，她差点儿撞到他的背上。他转过身："跟着我进来干什么？"

喻时盯着他那双幽深的眼睛，咽了咽口水，意识到哪里不对，拔腿就想跑。她还没跨出一步,就被身后的人打横抱了起来。

周聿也轻轻松松将她扔在床上,俯下身来,说:"跟我跟得这么紧,看来今晚是想跟我一起睡了?"

喻时气急了:"你耍诈!"他刚刚一定是故意吊着她的。

她瞪了他一眼,抬脚准备踹他,结果被他轻松地压制住了。

喻时深吸一口气,扯过旁边的被子盖在脸上,闷声闷气地说:"那你……快点儿。"

周聿也懒懒地笑了一声,扯开被子亲了亲她的嘴角,又亲了亲她红润小巧的耳垂。他拉长语调,慢悠悠地说:"宝宝,这事……可快不了。"

一阵胡闹后,喻时拨开额前被汗浸湿的头发,掀开被子,缓缓长出一口气。

周聿也捏了捏她的脸,跟大狗一样,黏黏糊糊地凑到她跟前,笑道:"我抱你去洗洗?"

"不,不,我自己洗。"喻时几乎是落荒而逃,躲进了浴室里。

周聿也瞧她那副模样,枕着胳膊惬意地躺在床上,笑了一声。

第二天,周聿也牵着喻时的手,站在完全陌生的房子前。喻时眨了眨眼睛,偏头看他。

周聿也摸了摸她的脑袋:"走吧,进去再说。"

进去后,喻时才发现房间里的东西很少,里面的人应该是刚入住。

很快,楼梯上有脚步声传来。喻时疑惑地抬头,才发现从楼上走下来的居然是棠冉。

棠冉看到他们过来,并不意外,只是笑着说让他们先坐一会儿,又吩咐人给他们倒茶。

喻时自觉周聿也带她来不是看棠冉的,难道是……她的睫毛一颤。

果然,棠冉走过来,对他们说:"你爸醒了,带喻时上去吧。"

喻时深吸一口气，握紧周聿也的手。

周聿也抬起另一只手，拍了拍她软软的手背，牵着她上了楼，边走边解释："这两天我爸正好回来，所以带你来看看他。"他看着她严肃的小脸，问，"怎么，紧张了？"

当初见他妈的时候，也没看见她这么拘谨啊。

喻时摸了摸鼻子："也不是。"她停顿了一下，说，"更多的是感到期待和茫然。"

毕竟，上一次，也是第一次见周教授，她才七八岁。

虽然他们只相处了半个小时，但他的话却影响了她以后的人生。所以，一时之间，她的情绪有些复杂也是正常的。

屋内，书桌后的男人听到开门的声音，摘下眼镜，看向进门的二人。

看清来人后，周树南脸上露出意外的笑容："阿聿。"

周聿也应声，喊他："老周。"又向他介绍跟自己紧紧拉着手的女生，"这是我的女朋友，喻时。"

喻时眨了眨眼睛，看着眼前的中年男人，十几年前的记忆片段涌入脑海，让她原本紧绷的精神一下子放松了。她弯着唇，甜甜地喊了声："周叔叔好。"

虽然周叔叔现在可能已经不记得她了，但是没关系，她记得就好，她会记得周叔叔对她说的每一句话。

周树南挥着手让他们赶快坐下，目光在他俩之间来回扫动，最后笑着点头："好啊，好啊，你们很般配。"

他看向周聿也："你小子还真是好福气，怎么讨来这么好的媳妇。"

经过治疗，老周的精气神现在已经好了很多。

周聿也瞥了喻时一眼，笑了一声，话语间带着年轻人该有的傲气："当然是凭本事讨来的。"他看向喻时，故意问："是不是，女朋友？"

喻时被他的目光搞得有些害羞，胡乱地点了下头。

他也真是的,怎么在他爸面前也不收敛些。

喻时是半点儿没记起来,当初周聿也回来后,她在自己妈妈面前是怎么表现的。

后来老周听说喻时的数学很好,非要拉着她做几道题切磋一下,喻时没拒绝。

最后老周拍着她的肩膀毫不吝啬地夸赞道:"小姑娘还真不赖,这水平估计快和阿聿不相上下了。"

喻时:"嘿嘿,周叔叔,我们正准备参加建模比赛呢。"

老周想到什么,朝她眨了眨眼:"这是准备双剑合璧,一绝天下吗?"

喻时被老周风趣的话给逗乐了,对他竖了一个大拇指:"周叔叔,您说得对!"

从周聿也家里出来后,喻时一直眉开眼笑的。

周聿也见她这样,哑然失笑:"瞧见我爸就这么开心?"

喻时不假思索地点头:"周叔叔十年前很好,十年后还是一样好。"

周聿也喷了一声。

喻时果断转移话题:"当然,正因为周叔叔这么好,才能教出我这么优秀的男朋友啊!"

她牢牢地抱住了周聿也的腰:"啊,对了,临走前周叔叔跟你说什么了?"

周聿也的胸腔震动几下,他摸着她的脑袋,笑着说:"老周问我平时都在干什么,怎么把女朋友养得这么瘦。"

他伸出手,随意地摸了一下她的腰:"这也挺有肉的嘛?"

喻时毫不留情地打掉了他的手:"你少乱碰!"

周聿也揽着她的肩膀朝前走:"行,行,行,先别回学校了,男朋友带你去吃顿好的。"

这年北市的冬天不算太冷。

经过紧锣密鼓的准备,他们终于迎来了二月份的大学生数学建模竞赛。

他们看完题后,经过讨论,选择了 A 题。选这道题的小组还是比较少的,因为这道题偏难一些。

比赛时间总共是四天。虽然时间看上去还算充裕,但真实操练起来,他们还是感到一种无形的压迫感。

题的第一、第二问不算太难。喻时作为建模手,沟通能力很强,能十分精准地说出相关的想法和思路。

旁边的周聿也拿着电脑专心致志地写着程序,不时和他们沟通几句建模的思路。

第三、第四问还是比较难的。几个人沉着冷静,同步进行着手上的任务,花了整整三天时间来解决这第三、第四小问的题。

比赛结束前一个小时,他们三个人将做好的幻灯片顺利上传,大家都松了一口气,互相对视一眼,然后笑着击掌:"大家都辛苦了!"

从图书馆出来后,张励过来和他们会合。他知道他们结束后肯定会去聚餐,果断选择来蹭饭。

张励用肩膀靠了靠周聿也:"怎么样?你不会嫌弃哥们儿吧?"

周聿也盯着他好半天,最后朝他身后抬了抬下巴:"哥们儿,你挡住我女朋友了。"

喻时一开始紧挨着自家男朋友,拿他当暖宝宝。结果张励一来,就把她挤走了。此刻她正使劲往他们中间挤,憋红了一张脸,也没把张励这货挤走。

张励一顿,立刻把这个小祖宗送回另一个大祖宗跟前:"我真是欠你们的。"

大学生数学建模竞赛五月底出成绩。

出成绩那天，喻时就跟回到 NMO 决赛那天一样，紧张得不得了。不过，无论是之前，还是现在，周聿也都待在她的身边，这一点让她安心不少。

准备查成绩时，喻时的手刚摸到键盘，下一秒却收了回来。她像只小鸵鸟，把脑袋埋进周聿也的怀里："算了，还是你查吧。不管结果是什么，告诉我就成了。"

周聿也一只手环过她的腰，另一只手把电脑拉近，手指搭在键盘上："那我查了？"

喻时不吭声，抱着他腰的手收紧了一些。

周聿也耐心地输入队伍编号，随后，敲了下回车键。

十秒钟后，喻时攥着周聿也的领口，紧张地问："结果是什么啊？"

"你自己看。"周聿也依旧平静从容。

听这语气应该是差不到哪里去，喻时深吸一口气，睁开了眼睛，小心翼翼地凑过去看。

她不敢相信似的又仔仔细细地把成绩看了一遍，最后无比激动地喊道："周聿也，O 奖哎，O 奖！"她捧住他的脑袋，用力亲了他几下，眼里亮晶晶的，"我们第一次参赛就拿了 O 奖哎！"O 奖也就是特等奖，这也意味着在最后一轮评审中，他们小组被确定为最佳团队。

周聿也任凭喻时胡乱亲他。看她那么高兴，他眯起眼睛，摸了摸她软软的脸蛋，也跟着笑："不然怎么说，付出总会有回报呢。"

结果公布以后，这场赛事也终于落下帷幕。

他们当初商量好，等他们顺利比完赛就一起出去玩几天。

喻时最先提出去海边露营，其他人都没有异议。

去的那天天气不错，万里无云，碧空如洗。

喻时从车上下来，看到一个熟悉的身影，眼圈忽然就红了，连身后的男朋友也不管了，朝那个身影跑了过去。

"昭昭！"

江昭被喻时抱了个满怀，也张开胳膊迎接好姐妹的拥抱。

喻时用力抱住她："你也真是的，说走就走，知不知道我们都很想你啊？！"

江昭眼中含笑，拉住她的手，温和道："所以我这不是回来了吗？"

喻时看着许久未见的江昭，撇了撇嘴，再次把自己的好姐妹牢牢地抱紧。

江昭比之前瘦了些，还剪了利索的短发。

两个女生叙旧，周聿也自然不会上去打搅。他拉着功勋下车，准备去后备厢取东西。这时候，他背后传来一道惊喜的声音："周聿也？！"

周聿也一顿，转过身去，就看见一个男生站在不远处，他瞪大眼睛看着自己。

陈望激动地走过去，拍了拍周聿也的肩膀："真的是你！这么长时间没见，你还是这么帅！"

周聿也目光扫过他额前的一簇黄毛，又眯着眼睛看了看他身上穿着的花衬衫，点了点头，笑道："这倒是，不过没你帅。"

陈望捂住自己没染好的头发哀号："不是吧，这么久没见，刚见面就讽刺我啊？"

"你这发型究竟是怎么回事？还挺别致。"

陈望吞吞吐吐地说道："这不是好不容易上了大学，还加入了音乐社团。搞音乐的人，总要有点儿自己的风格嘛。"

喻时挽着江昭走了过来。她戴着墨镜，一开始还没认出陈望，摘下墨镜后，看着陈望那像是营养不良的黄毛，嘴角抽搐了两下，捂着肚子大笑："陈望，哈哈哈，几个月没见，你怎么变成这个样子了？你见过公鸡尾巴没？那一簇就和你现在一模一样……"

陈望顿时黑一脸："喻时，我都没好意思扯你当初打太极像大鹅的事情，更何况，这叫时髦，你懂不懂？！"

他和喻时拌完嘴,一转眼看见江昭,顿时眼睛一亮。他绕着江昭走了好几圈,摸着下巴啧了两声:"昭昭还真是女大十八变……现在这么漂亮,学校里一定有很多人在追你吧?昭昭,要是你还没有男朋友,我也不是不可以……"

喻时直接揪起陈望的耳朵,恶狠狠地说:"问这些干什么,兔子还不吃窝边草呢!我告诉你,陈望,你想都别想……"

陈望当下双手合十,求饶道:"哎呀,我就是随口说的,姑奶奶,你至于发这么大脾气吗?"

趁着喻时手一松,陈望从她手底下钻出来,朝她做了个大大的鬼脸:"你这么凶,也就周聿也肯要你!"

"陈望!"喻时朝陈望逃跑的背影喊道,"你有本事别跑!"

沙滩的沙子很软,跑快了容易摔倒。江昭边笑边跟在他们后面追着,像高一那会儿一样。

功勋看到喻时正在追陈望,解开绳子后,兴奋地朝陈望追了上去。

喻时越跑越慢,到最后几乎气喘吁吁的,扶着膝盖跑不动了。

陈望回头看她这样,一边嘚瑟,一边嘲笑她。

喻时看到功勋跑了过来,顿时眼睛一亮,指着陈望的方向,大声喊道:"功勋,快去追他!"

功勋得到女主人的吩咐,跟打了兴奋剂一样,嗖的一下朝着陈望的方向飞扑过去。

"对,咬他的屁股,哈哈哈!"

陈望惨叫一声,几次躲避,狼狈不已地被功勋扑倒在海浪里。他气急败坏地回头喊:"喻时,你……你不讲武德!"

喻时看到这一幕,笑得肚子都痛了。

看到江昭过来,喻时直接拉住她的手:"昭昭,我们也去海里玩去吧。"

"好啊。"

453

她们立刻甩掉洞洞鞋，牵着手扑进了海里。

他们一群人在那儿玩得不亦乐乎，总得有人收拾东西。

周聿也把车上的折叠椅、烧烤架还有其他零零碎碎的东西全都取下来。很快，他的身边多了一个人。

穿着白T恤的年轻男生提住架子的另一侧，笑着问："需要帮忙吗？"

周聿也看他一眼，漫不经心地说："我还以为，你觉得输给我们不好意思，不打算来了。"

陈叙摊手："我可没这么说。"他的脸上露出真诚的笑容，"不过还是得对你们说一声恭喜，这次取得大学生数学建模竞赛的O奖。"

周聿也坦荡地接受了他的祝贺，还不忘礼尚往来："你也是。我和喻时的事，这次不说恭喜也没关系，反正往后说恭喜的地方还挺多，不差这一回。"

周聿也扭过头，一双黑眸里溢出笑意，朝他扬了扬下巴："比如，恭喜我和喻时新婚快乐。"

陈叙顿时无奈地笑了，从箱子里取出一瓶水扔给周聿也："有时候我还真想不通，我是怎么输给你这种幼稚自负的人的。"

周聿也打开盖，喝了一口水，看向在海中玩耍的喻时。她的头发已经被海水打湿，脸上的笑容无比灿烂。他不自觉弯唇一笑，没骨头似的躺在椅子上，惬意地说："可能是我的女朋友太爱我了吧。"

那边玩得热闹，这边两个男生躺在椅子上，有一句没一句地聊着天。

这时，不远处忽然传来陈望的声音："喻时呢？喻时去哪儿了？！"

周聿也立刻扭头去看，却只看到海边站着江昭和陈望。他的脸色一沉，大步跑到海边，准备跳进海里去找喻时。刚下水，下一秒，喻时猛地从他面前的海水里站起来，仿佛美人鱼出水。

她迎着夕阳仰起头，被水浸过后的脸颊光泽柔嫩，湿透的头发随

454

意地扎在一起。她看向周聿也:"噔噔噔,我在这里!惊不惊喜,意不意外?!"

周聿也深吸一口气,把那股心悸感压下去,冷冷地看她一眼,一字一句地说:"还真是好大的惊喜!"他着重咬重了"好大"两个字的发音。

喻时察觉到自己好像玩得有些过火,讨好地去勾男朋友的脖颈,亲了亲他的嘴角,小声安抚:"别生气,我就是想让你过来玩嘛。"她甚至开始祸水东引,转过身,气势汹汹地指着陈望说,"都是陈望出的馊主意!"

陈望:"……"

他忽然捞起前面的水,朝他们泼来,幸灾乐祸地说:"先下手为强不知道啊。"

他泼完就跑,别人连个人影都摸不着。

这下,周聿也从头到脚都湿透了。他把额前的湿发往后捋,露出光洁饱满的额头,然后偏过头看向自己的女朋友,笑道:"想学游泳吗?"

"想!"

另一边,陈叙被陈望拉下了海。

游泳的间隙,喻时瞥了一眼和陈望笑着说话的江昭,想到什么,戳了戳周聿也的腰。后者直接捏住她的手,转头问:"怎么了?"

喻时犹豫地问:"那个……沈逾青呢?"

周聿也知道喻时在想什么,也没瞒着她:"我通知他了,但来不来是他的事。"

喻时想了想,说:"他不来也挺好的。"

要是来了,昭昭看见他肯定不开心。看见昭昭不开心,她也会不高兴。

算了,算了,还是别来了。

一番折腾后,太阳都快落山了,沙滩被阳光染成了橘黄色。五个人没了力气,一起躺在沙滩上,看太阳越落越低。

陈望猛地站起来,朝大海伸出胳膊,闭着眼,手放在嘴边高喊:"这才是青春!这才是我的青春!去他的考试!去他的工作!我要自由!"

喻时也跟着站了起来,深吸一口气,铆足了劲儿喊着:"陈望说得对!我们不做白日梦想家,只做脚踏实地者!"

旁边的少男少女们接二连三地喊了起来。

"这才是我们的青春!"

"时光不老,我们不散!"

"我们都是好样的!"

那些为竞赛拼搏所流下的泪水和汗水,那些为梦想而努力的坚持和执着,终将支持着我们脚踏实地地往前走。

还真是无比庆幸,我们此刻正年少。

撑起烧烤架后,烤肉的香味弥漫开来,他们的欢声笑语未曾停歇。

陈望说起高中时发生的趣事,根本停不下来。

喻时笑完,不知道想到了什么,放下手上的烤串,转过头眼巴巴地看着周聿也,问:"你说,我当初要是没去那个草丛,没撬你的自行车锁,我们是不是就不会像现在这样了?"

听到她的话,他皱起眉头,认真地思索了一会儿,才慢悠悠地说:"就算你没有去那个草丛,你依然会在柳南巷遇见我;就算你没撬我的自行车锁,我也会不小心喝你没喝完的绿豆汤。"

"就算这些都没有发生,我们也会在数竞比赛中遇见。"他每说一句话,目光中的笑意便多一分。

他抱住她:"因为,我们早就选好了该走的路。"

她热爱数学,所以势必会走数竞这条路。而他因为老周的事,一定会来到怀城，也必然会坚持数竞这条路。自始至终，他和她都是同一个方向的赶路人。

喻时一愣，眼眶微微湿润，忍不住轻笑出声。她对上他的目光，重重地点了下头。

傍晚，有乐队在沙滩上表演。他们搭出一个舞台，绚烂的灯光亮起来，台下很快就聚起一群人，喻时他们也过去凑热闹。

或许是他们出众的外貌实在不容易被人忽视，在挑选观众上台演唱的时候，灯光一闪，镜头一转，大屏幕中就出现了他们茫然的脸。

陈望磕磕巴巴地说："这是选中……选中我们了？"

周聿也倒是挺淡定的，双手抱胸，看他一眼："你不是加入音乐社团了吗，上去唱一个？"

陈望不好意思地挠了挠头，略显羞涩地解释："其实……我刚加入没两天。"

旁边的人："……"

喻时摸了摸周聿也的腰，目光亮亮的，小声说："我知道，你唱歌很好听的。"

周聿也摸了摸她的脑袋，含笑问道："想听？"

喻时重重地点头。

台上的人催促着他们，陈望求助似的看向周聿也。

周聿也抬起长腿，穿过人群朝台上走去。

这么一个又高又帅的年轻小伙子上台，台下顿时热闹起来。

陈望手疾眼快地问旁边的人借了几根荧光棒，分给喻时他们，然后对着台上已经拿起话筒的周聿也吼："周聿也太棒啦！全场最佳！！！"

喻时被陈望激昂的情绪带动，使劲朝台上的人挥着荧光棒，甜滋滋地喊："周聿也，周聿也！"

周聿也和乐队的人说了几句话，走回台上，手掌握住话筒，沉静地看向台下。他左手微微往上一抬，做了一个安静的手势。

台下顿时安静起来。众人不约而同仰头看着台上那个穿着灰色T恤的男生。

下一秒，充满节奏感的鼓点声响起。

周聿也的手摁在话筒上，脚跟着音乐打着节拍。聚光灯打在他的身后，他漫不经心地微笑，朝台下懒懒地扫了一眼。

前奏结束，歌声在伴奏声中响起："时光如水点点滴滴，多温柔的年纪……曾一路狂奔，手舞足蹈，轻扬着嘴角……"

这是首很有青春气息的歌曲，《闪耀》。

几乎是在他开口的那一刻，全场沸腾起来了，尖叫声和欢呼声震耳欲聋，荧光棒的光芒令人眼花缭乱。

鼓点声逐渐加快，周聿也的声音逐渐变得高亢。他往前走了几步，抬起胳膊挥舞几下，身子跟着节拍律动着，直接调动了全场观众的情绪："我无比庆幸此刻年少，梦想正燃烧，哪怕这明天一路飘摇，也挥舞着骄傲……"

台上万众瞩目，集所有光芒于一身的年轻人，眉眼间满是意气风发。

喻时挥舞着手中的荧光棒，看着台上越来越放得开的周聿也，眼眶有些酸，唇边的笑意越来越深。

不知何时，台上的周聿也放下了话筒，从台上下来，穿过人群走向她。

喻时眨了眨湿润的眼睛，看向大步走过来的周聿也。

周聿也低下头，用指腹轻轻抹去她眼角的湿润："哭什么？我唱得不好吗？"

喻时吸了吸鼻子，飞快摇头："不是，是唱得太好了。"

旁边的陈望忽然煞风景地说："她是听着听着，把自己给感动哭了。"

喻时窝进周聿也怀里,还不忘转过头狠狠地瞪了他一眼:"陈望,你不说话没人把你当哑巴!"

周聿也捏了一下喻时脖颈后面的软肉:"这样啊……"他低下头,眉眼带笑,"以后,每天睡前我都给你唱一首?"

男朋友的便宜不占白不占!喻时果断地伸出胳膊,用力抱住周聿也的腰,点了点头,软软地说道:"那就说好了,你每天都要给我唱。"

"女朋友,便宜要占,但别忘了……"他看着她的眼睛,笑意加深,意味深长地拉长语调,"报酬也是要给的。"

喻时眨了眨眼睛,懵懂地问:"什么报酬?"

下一刻,男生温热的指腹擦过她柔软的唇瓣。

喻时一愣,还没来得及反应,周聿也就低下头来,含住她粉润小巧的唇瓣。

那一瞬间,四周喧嚣不已,好像还伴有陈望的几声怪叫,但喻时全都顾不上了。

海边的微风拂过来,她的耳边是少年有力的心跳,鼻间是独属于他的清冽气息。

回想当年,她十六岁时,被风惊起,抬头发现蹲在草丛后面的男生。那一刻,四目相对。

至此,属于彼此的浪漫星球开始转动。

(全文完)

番外一
求婚

这天,喻时和周聿也自驾回怀城。

他们研究生毕业前,不少公司直接开出各种高薪条件招人。还没毕业,两个人就收到了十几份 offer(录取通知书)。

经过慎重考虑,周聿也选择了科研机构,而喻时则进了国企,主要负责金融项目。工作后,他们忙得不行,总是抽不出时间一起回怀城好好过个年。

今年不同,唐女士专门打电话来催他们回家。他们调休了几天,好好收拾一番,决定回怀城过年。

总之,两个人目前的事业很稳定。

喻时看了一眼专注开车的周聿也,嘴角微抿,在手机上打出一句话发了过去:所以,我觉得我们现在是时候考虑结婚了。

手机很快振动起来,江昭回复:我觉得,说不定周聿也和你想的一样,他可能会向你求婚。

喻时想了想,慢慢打字:可是……这次我想先向他求婚。江昭,你来帮帮我吧。

江昭回：好。

看到这条消息，喻时忍不住笑了。周聿也瞥见她盯着手机傻乐，弯了下唇，随口问："笑什么呢？"

喻时摸摸鼻头，把手机放下来："没什么。"

她偏过头，盯着周聿也轮廓分明的侧脸，心跳不自觉地加快。

到达怀城后，周聿也帮喻时往家里拿行李的时候，兜里的手机振动起来。他拿出来一看，是陈望发来的消息：都多少年的兄弟了，我们办事你还不放心？

周聿也点开陈望发来的照片，随后又抬起头看向喻时。她正站在门口，絮絮叨叨地对母亲诉说着思念。他忍不住弯唇一笑，低下头，迅速回了句：行，那就拜托你们了。

那是一个温暖的冬夜，没有凛冽的寒风，柳南巷偶尔响起喜气的鞭炮声，还有孩子的嬉闹声。暖黄色的路灯光芒洒落下来，照亮了树下的雪堆，发出莹莹的亮光。

喻时穿着白色羽绒服，戴着毛茸茸的帽子，被周聿也牵着手，一起放进他温暖的口袋，二人朝着周爷爷的小卖部走去。

喻时以为像前几天一样，进他家看几部电影，权当约会。

进门前，周聿也忽然停下脚步，看向她，喉结滚动了几下："喻时。"

她一愣，抬起头，对上他的眼睛，意识到什么，攥紧他的手。几秒后，她朝他笑了笑："我们快进去吧。"

周聿也回握住她的手，点了点头。

一进去，屋内很黑。周聿也不知何时松开了她的手。

她慢慢往屋里面走，直到一声轻微的咔嚓声响起，屋内逐渐有了微弱的光芒。渐渐地，屋内越来越亮。

喻时抬头，才发现屋顶上挂着许多球体，正慢慢散发着各色光亮，有蓝色的，粉色的……它们在空中徐徐转动，好像一个个小星球，让她置身宇宙之中。

意识到，他给了自己一片小星空后，喻时突然感觉眼眶很涩。她伸出手，触碰一个蓝色的小星球。仔细一看，那球只要稍微一拧，就能打开。她摘下来，发现里面放了一张照片，似乎是她高中参加数竞时拍摄的。

因为熬夜刷题，她披着校服，趴在桌子上补觉。从拍照的角度看，很明显是周聿也拍的。

喻时翻过照片，背面是熟悉的字迹：又累得睡着了，跟拼命三郎似的。2014.10.11

还有数竞决赛那天晚上的照片。她仰头站在雪地里，开心地伸手接雪。照片背后的话是：也不怕冰，回去得给她买个热水袋。2014.11.02

这几张照片纸面泛黄，显然放的时间很久了。

喻时一边往屋里走，一边耐心地打开一个个小星球，认真地看每一张照片。星球里面的照片都是关于她的，从高中，到大学，甚至一直到工作。

照片上是生活中各个方面的她，也是——周聿也眼中的她。

喻时看着手中越来越厚的照片，鼻间的酸意越来越重。

他总是这样，平时冷冷淡淡的，却总能流露出让她抵挡不住的潮水般的爱意。

喻时拧开最后一颗星球，看到了里面放着一枚钻戒。

这时，周聿也从门后走来。看着她发红的眼圈，他弯了下嘴角，拿起那枚钻戒，罕见地有些紧张："二〇二三年二月五日，周聿也向喻时求婚，我想让她做我的妻子。"

他的眼圈也红了，郑重地问："喻时，你愿意吗？"

那一刻，喻时的泪水夺眶而出，她握紧他的手，反复点头："周聿也，我愿意的，我一直愿意。"

周聿也心疼地抹去喻时脸上的泪珠，为她戴上钻戒，无奈地笑着哄她："别哭了，这么高兴的时候，哭成泪人可不好看。"

喻时破涕而笑，瞪他一眼，又踮起脚，将他眼角的泪轻轻拂去："有本事你也别哭啊。"

四目相对，二人都弯唇笑了出来。

这时候，屋子里的其他人终于全都走了出来。

喻时扫了一圈，看到了江昭、陈望、陈叙、她妈妈和周爷爷。这些人，都是她重要的朋友和亲人。

陈望看见喻时感动的模样，如释重负地松了口气，笑道："第一次干这事，还真有些不熟练。"

"不过，"他看向喻时和周聿也，心满意足地说，"能看到你们百年好合，让我干十次我都心甘情愿。"

看到这一幕，唐慧终于忍不住，背过身，哭得肩膀一抽一抽的。江昭眼圈通红，在她旁边低声安慰着。

喻时知道周聿也的想法。他选择了她熟悉的地点和他生日这天，让她的家人和朋友来见证这一刻。

等情绪不再剧烈起伏后，喻时深吸一口气，后退一步，坚定地喊了一声："周聿也。"

周聿也笔直地站在原地，低头看她。

她刚刚被泪水洗过的一双黑眸干净又澄澈，几秒后，她展颜一笑，从兜里掏出一个丝绒盒打开，露出里面银色的戒指。

周聿也顿了一下，随后反应过来，有些惊喜，又有些动容。

"刚才是你向我求的婚，这次换我来。"她眼角湿润，但忍不住嘴角上扬，"周聿也，你愿意娶我吗？用你的一生一世。"

几乎是在她说完的那一刻,周聿也就毫不犹豫地回答:"荣幸之至,等候已久。"

然后他上前将喻时揽入怀中,低头轻轻吻上了她的唇。

喻时闭上眼睛,任凭泪水滑过眼角,伸手搂住周聿也的脖子,加深了这个吻。

二〇二三年寒冷的冬天快要结束了,而喻时和周聿也的热恋却周而复始,矢志不渝。

番外二
岁岁有昭

"昭昭?昭昭?"恍惚间,江昭好像听到有人在叫她。

趴在床边的江昭醒过来,缓缓睁开眼睛,映入眼帘的是江奶奶满是担忧的脸。

江昭揉了揉眼睛,朝江奶奶弯唇一笑,拉过她的手,问:"奶奶,怎么了?"

江奶奶看着她眼下的乌青,长叹一口气,抚了抚她的眉眼:"今天放学后还没吃饭就来医院了吧?"

江昭这才意识到,天已经黑了。

这段时间,江奶奶刚做完手术,身边正缺人照顾,她经常上完课就匆匆赶来。

不希望奶奶担心,江昭刚想说自己已经吃了,门口忽然传来了敲门声。她抬头看去,发现来人是沈逾青。

他穿着黑色的卫衣,下面搭了一条深蓝色的牛仔裤。他提着一个保温桶,目光扫过床边的江昭,对江奶奶说:"没打扰到你们吧?"

江奶奶笑了笑:"是小沈啊,这怎么算打扰呢,快进来。"

江昭给他搬了一把椅子过来。她刚要转身离开,他忽然挡住她的路。

江昭一惊,下意识就要越过他。

沈逾青微微俯下身子,在她的耳边轻声说:"待会儿出去有话和你说。"

江昭身子一僵,下一秒,面前的人挪开脚步。

沈逾青将保温桶搁在床边的柜子上,笑着和江奶奶说:"这两天事情多,所以没来看您,今天特意煲了汤来看望您。"

江奶奶眉目舒展,笑着应和:"那我可得好好尝尝了。"

等吃完饭,江昭原本想收拾,沈逾青却先她一步,一边收拾着桌子上的残羹,一边和江奶奶笑着聊天。

等江奶奶睡着后,江昭收拾好东西,跟在沈逾青后面出了病房。

江昭低声喊道:"沈逾青。"

沈逾青转过身来,见她一直低着头不看他,嗤笑一声,问:"怎么,现在不躲着我了?之前跟我玩猫捉老鼠呢?"

自他帮江昭交了江奶奶的手术费之后,这段时间他连她的身影也看不着,这天总算在医院抓住她了。

江昭一顿,忽然抬起头,一本正经地对着他说:"我才不是老鼠。"

话音落下,沈逾青没憋住,低头笑起来,肩膀抖个不停。

"你不是老鼠,你是猫,行了吧?"他弯下腰来靠近她,抬起手刮了一下她的鼻尖,一双黑眸专注地看着她,眼里带着明显的笑意,"江小猫,跟我去吃饭好吗?"

江昭愣住了,无措地攥住了校服的袖口,呆呆地仰头看着他。

她这样子,乍一看还真有点儿像猫。沈逾青眼里的笑意更深了。

二人去了附近的小餐馆。

现在正是晚秋,一阵风刮过来,树上的叶子能刮下来一大半。

江昭把目光从窗外收回来，盯着桌上热气腾腾的面，突然说："我这段时间不是在躲你。"她伸出手，拆开一次性筷子，"我只是还没想清楚，这么大的人情，我该怎么还你。"

沈逾青原本懒散地倚靠在椅子上玩游戏，听到江昭的声音，眼皮都没抬一下，淡淡地说："这么着急还干什么？"

沈逾青觉得心烦，干脆退出了游戏。

江昭停顿片刻，再次开口："因为，我不想欠你太多。"

沈逾青直起身子，把手机扣在桌子上："怕和我扯上关系？"没等她回答，他看着她，继续说，"是我主动帮你的，江昭，你不需要有任何压力，懂了没？"

其实沈逾青明白，为什么这段时间江昭会躲着他。

如果不是被逼到了绝境，她不会主动开口向别人求助。更何况，这个别人还是他。换成谁，估计都不想和他有过多牵扯。

江昭张了张嘴，明显还想再说些什么，沈逾青点了点桌子，示意她手边的那碗面："再不吃，这面可要坨了。"

江昭将到了嘴边的话咽下去，拿起了筷子。

看到江昭眼下的青黑，沈逾青觉得不能长期让她陪护江奶奶。他摸出手机，准备给江奶奶安排一个能随身照顾的护工。他的眼光高，一般的护工他还看不上，选的是比较高级的护工，结款的时候眼睛都没眨一下。

这段时间，他把家里的那些玩意儿几乎全卖了，把钱都拿来给江奶奶凑手术费。

沈逾青让江昭先回去，自己照顾了江奶奶一夜。天快亮的时候，他才离开。

回到家，他准备换身衣服，刚推开门，才发现他爸正准备出门上班。

沈宗穿着板正的西装，看到沈逾青一脸疲惫地从外面回来，眉头立刻皱起来，质问道："你昨天晚上又去哪儿了？现在连家都不回了，是吧？！"

沈逾青困得要命，根本没精力和他扯皮，讥讽道："之前也没见你这么关心我去哪儿啊，这儿又没别人，你装什么？"

"沈逾青！"沈宗想到什么，冷冷地问，"上次不是让你和刘总的女儿搞好关系吗？为什么回去之后，人家跟刘总说你不是个东西？！沈逾青，你到底能不能做成一件事？！"

沈逾青淡淡地说："我现在这样，不都是拜你所赐吗？"

说完，他准备往楼上走。下一秒，身后的父亲略带讽刺的声音响起："你在卡上划了几十万出去，给谁了？"

沈逾青身形未动，身后的男人继续出声："沈逾青，你别忘了，你就算再有能耐，现在花出去的每一分钱，都是我给你的。没了我这个老子，你什么都不是！"

脊背早已僵直的少年终于忍无可忍，转过身朝他大步迈过来，恶狠狠地攥住他的衣领："你调查我？"

沈宗用力将衣领从沈逾青手里拽出来，整理好，冷笑几声，缓缓道："你是我的儿子，这段时间在干什么，和什么人接触，我都清楚得很。"他拍了拍沈逾青的肩，仿佛胜券在握，"刘总的女儿今天生日，刘总可说了，你只要过去给他女儿赔个不是，之前的事情就一笔勾销。往后，我们两家的合作也能长期保持……"

沈逾青想都没想，吐出两个字："不去。"

"你要是不去，那我就不能保证，你那个同学的奶奶还能不能继续待在那家医院了。"

沈逾青握紧拳头，脸色阴沉："你威胁我？"

沈宗从容地一笑，吩咐助理给沈逾青拿来一套合身的西装，似乎是认定他不会拒绝："这不是威胁，是交换。"

沈逾青咬紧牙关，死死地盯着眼前的男人。直至眼眶泛红，他才从助理手上把西装接了过来，转身上楼。

这天是周末，他换好衣服后，沉默地跟着沈宗上了车。

上车后，他忽然听见手机振动了一下。他刚准备拿起来，手机却忽然被旁边的人抽走。他伸手去拿，却被沈宗挡下。

沈宗看了他一眼，淡淡地道："你今天按照我说的做，过后，我再把手机还给你。"

沈逾青死死地盯着他："你不要欺人太甚！"

沈宗嗤笑一声，看着他的眼睛说："别忘了，我手上的筹码比你多。"

沈逾青心头一紧。是啊，他可以不管不顾，可江昭不行。

江昭去了医院才发现，沈逾青给江奶奶叫了护工。

她想起昨晚，沈逾青谈起还钱时淡漠的神情，拿出手机，犹豫了一会儿，还是给他发了一条消息：今天有事吗？没事的话，我帮你继续补习功课吧。

消息发出去后，江昭很长时间都没有收到回复。她只好收拾东西，先去了图书馆。

沈逾青下车，进了会馆，沈宗的助理看了一眼手机，偏头问老板："沈总，这条消息……"

沈宗随意地瞥了一眼："这是最近和沈逾青走得很近的那个小姑娘发的？"

助理回了一声："是的。"

沈宗冷漠地回道："想个办法，把她打发了。"

助理点头："好。"

下午五点，江昭抬头，才发现外面竟然下起了雨。雨不算大，但街道上的行人寥寥无几。她出门前没拿伞，不知道回去的时候雨能不能停。

正想着，江昭看了一眼手机，才发现沈逾青刚刚回了一条消息：没事。

她拿起手机，又发过去一条消息：你要不要来图书馆，我有东西给你。

发出去后，江昭浅浅地呼出一口气。

这段时间沈逾青为她做了很多事情，她也该为他做些什么。她暂时还不上钱，但她可以尽全力帮他提高学习成绩。

她来图书馆，不仅是为了自己复习，也根据他前几次考试的试卷整理出许多有针对性的错题。这样，他复习的时候，应该会轻松一些。

江昭轻轻摸着错题本，眼里显出几分轻快之色来。

沈逾青很快回复：我现在有事忙，有东西给我的话，你送过来吧。

江昭微微一顿，觉得有几分怪异，但也没多想。

沈逾青很快发过来一个位置。

江昭点开那个位置，看到那是一个高档会馆，离这里挺远的。她又看了看外面的天，阴沉沉的，雨也下大了。

江昭看着她精心整理好题目的本子，沉默了一会儿，然后点开对话框，回了个"好"字，便收拾起东西。

沈逾青推开包间门，里面的人下意识地扭头看向门口的少年。

包间里都是些年轻人，看到沈逾青，有人朝他吹了一声口哨，走过来搭他的肩："哟，今天什么风把您给吹来了？"

沈逾青不耐烦地推开他的手："关你什么事？"

刘馨跷着二郎腿坐在沙发上，看到沈逾青那副模样，她嗤笑一声："没想到你还真来了。当初看你那样，还以为你多有本事呢，看来，最有能耐的还是你爸。"

沈逾青从容不迫地走过去，居高临下地看着她，声音里带着几分冷意："说吧，怎么样才算翻篇？"

他说完，慢慢扫了一圈周围神色各异的人。

旁边的人不约而同地低下了头，并在刘馨的示意下空出了一个位子。她仰头看他，勾了勾唇："来都来了，就不能坐下来好好谈？"

沈逾青看看手腕上的表，越发不耐烦："赶时间。"

刘馨也不生气，慢慢走近沈逾青，说："我听说，这段时间，沈大少爷和一个文科班的女生走得很近，还去照顾她的家人。她这样一个人都能得到你的青睐，不如也考虑考虑和我交个朋友？"

沈逾青冷冷地开口："我没兴趣，况且……"

江昭从出租车上下来的时候，雨已经下得很大了。她举着书包，冒雨跑到会馆门口，裤腿上沾上了泥水。她无奈地简单收拾一番，准备抬腿进去。

她一进入会馆，才发现自己和这里格格不入，周围一直有怪异的目光落到她身上。

江昭强迫自己毫不在意那些目光，朝着沈逾青现在所在的包间走过去。现在她只有一个念头——把错题本给他。

"三十。"她仰头看向包间号，缓缓念出那个数字，抬手敲了敲门。

或许是里面声音太大，她敲了好几次门，都没人回应。

江昭犹豫了一下，试着拧开门把手，发现门没上锁。与此同时，包间里的对话也落入她的耳中。

"况且，你真以为她对我有那么不同？我在路上看到快饿死的流浪狗，都会去喂点儿吃的，偶尔善心大发，同情她而已，亏你们一个个的，还真把她当回事……"

熟悉却冷漠的声音传来，明明每个字她都认识，可合在一起，这些字就好像生出了刺,把她的耳膜、心脏扎出大洞,鲜血淋漓。

江昭的脸色一下子变得苍白,随即,她痛苦地闭上了眼睛。

有人发现了门口的江昭:"你是谁呀?怎么在这里?"

沈逾青看到门口的女生,大步走过来,压着满身的戾气,蹙起眉头,问:"谁让你来的?"

她是怎么知道他在这儿的?难道……

沈逾青忽然想到被沈宗拿走的手机,眸子一暗。

面对他的靠近,江昭往后退了一步。

沈逾青一愣。

明明此刻灯光昏暗,可在她抬起头的那一刻,沈逾青还是清楚地看见,她的眼圈红了。

她平静地从书包里拿出一个打湿的本子,递给他,缓缓开口:"这……这是我整理好的一些错题,你可以拿回去看看,对你会有帮助的。"

她的声音有些颤抖,但她还是执拗地继续说了下去:"你给奶奶花的那些钱,等我考上大学,我会全部还给你。此外,我们没有一点儿关系了,沈逾青。"

沈逾青的心头忽然压上了一块巨石,压得他喘不上气。他知道,刚才说的那些话,她全都听到了。

江昭把那个本子胡乱塞到沈逾青手上,转过身跑出了会馆,一头栽进那朦胧的雨幕之中。在此期间,她没有回过一次头,所以也没有看到,在她出来的下一秒,沈逾青就匆忙地跟了出来。

他出来后四处寻找江昭的身影,一转头看到在路边等车的江昭后,他停下脚步,没有上前,只是隔着十几米沉默着站在她身后。

直到看到她拦了一辆出租车,沈逾青才终于放下心,脱力般地坐在满是雨水的台阶上。过了许久,他无声地笑了一下。

没想到,他沈逾青还有这么狼狈的时候。

晚上十点，门嘭的一声被打开。沈宗正坐在沙发上看报纸，听到这个动静，转过头去看。

沈逾青浑身湿透，紧抿着嘴角，大步走了过来。

沈宗看到他那副模样，忍不住皱眉，放下报纸，斥责道："你这像什么样子！赶紧上楼把衣服换了！"

沈逾青压抑着情绪，慢慢走到他面前，低头看着这个名义上的父亲，声音沙哑地开口："是你干的吧？"

沈宗从容地喝茶，根本不理睬他的话。

沈逾青刚从沈宗的助理那儿拿到的手机，上面是"他"和江昭的聊天记录。

沈宗甚至都没有把聊天记录删掉，就是故意想让他看到。

他这样的人，为达目的不择手段，有什么资格做父亲和丈夫？

沈逾青现在越来越觉得，他的母亲当初选择离开，是一个非常正确的决定。

场面一度陷入僵持。

晾了他一会儿，沈宗才随意地开口："是我做的又如何？"他抬起头，对上沈逾青的目光，不屑地笑了，"正好借这个机会，把一些没必要的麻烦省去，不是很好吗？"

沈逾青似乎是听到什么荒唐的笑话，死死地盯着他，一字一句地重复："没必要的麻烦？对你来说，我和我妈，是不是都是累赘？"

沈宗冷哼一声："提那个女人干什么？你妈不识好歹，你也跟着不识好歹？别忘了，要没有我，你早就饿死了！"

"那就饿死好了！"少年终于忍耐不下去，一脚踹开茶几，他紧攥着拳头，愤怒地吼道，"早知道像傀儡一样活着，我就应该和我妈一样，离开这个家！"

沈宗怒不可遏地抬起手狠狠地打了他一巴掌："逆子！"

沈逾青原本可以躲开这一巴掌，可他却还是站在原地，实打实地受了这一巴掌。

沈宗愤怒地用手指着他，说："我供你吃，供你喝，你有什么资格指责我？更何况，离了我，你有什么？！啊？！"

比他高了半个头的少年听到这话，讽刺地扯了扯唇。牵扯到脸上的痛处，他皱了下眉，弯腰将搭在沙发上的外套拿了起来，平静地说："那我就离开吧。"

沈宗有些没反应过来："你……你说什么？"

沈逾青单手攥住外套，抬起头来，面无表情地看着他，说："我说，那我走。"

反正这个家，他早就受够了。

"那就看看，离了你，我到底还能不能活。"他说完就转身往外走。

"沈逾青！"沈宗有些难以置信，威胁道，"你今天要是出了这个门，我告诉你，沈家的一切，以后都和你没有任何关系。"

"随便。"他毫不犹豫地推开门，大步走了出去。

沈宗气得胸口不断起伏，他撑着沙发的扶手坐下来。看着眼前的一片狼藉，他想起沈逾青说的话，拿出手机给助理打电话："把沈逾青的所有卡都停掉，听到没？！"

他就不信，沈逾青身上没有一分钱能活得下去？！最后还不是得乖乖回来接受他的摆布？！

外面的雨快停了，此刻的街道上已经没有几个人了。

沈逾青从屋子里出来，先是摸出手机看了一眼时间，很快注意到手机所剩的电量不多了。他出门太着急，充电器也没拿，身上只有一两百块钱。

这会儿，沈宗应该已经把他平时刷的卡都停了。

沈逾青闭着眼睛揉了一下自己的眉心，心想，沈宗有一句话说对了，没了他，沈逾青还真的什么都不是。

不过，这不代表着他就甘愿向沈宗认输。

趁着手机还有电，沈逾青边揉着眉心，边给之前关系还不错的朋友打电话，问这几天能不能去他那边挤一挤。

原本应该直接去朋友家的，可沈逾青走着走着，不知不觉就走到一条小巷里。再抬头，他正好看到了江昭家的窗户。

现在十一点多，她家还亮着灯。

这段时间，江奶奶在医院，家里只有江昭一个人。这会儿，她应该还在学习。

沈逾青站在楼底下，想到今晚发生的事，也不知道她现在怎么样……

沈逾青自嘲地想：她听到他说的那些话，应该会很讨厌他吧。

不过这样也好，江奶奶的手术做完，他直接付了护工一年的工资。现在，她和他之间，除了债务，也没剩下什么了。

她那么好的人，和他走得太近，原本就不是一件好事……早就该这样了，真的。

意识到这点后，沈逾青垂下眼睛，心里总感觉空荡荡的，好像哪里缺了一块。

之前，他浑浑噩噩地活着，过一天算一天。身边的人很是捧着他，却没几个把他当真朋友的。这个时候，江昭闯入了他的世界。

沈逾青靠在树干上，看着那扇窗户暗了下去——她睡觉了。他摁开手机看时间，正好一点了。

回想起之前的点点滴滴，他勾起了嘴角。

他刚开始注意到她，还是周聿也请他那个小邻居吃烧烤的时候。

那次偶遇，他第一次注意到了这个经常在学校表彰大会上听到名字的女生。

不知怎的，他第一眼看到她，就感觉她有些眼熟，但他仔细思索，并未在记忆里找到她这号人物。她仿佛有一种能力，明明没见几次面，却让他对她的印象一次比一次深刻。

兜里的手机振动起来,他接通后,朋友问他这天晚上还来不来。

沈逾青举着手机,看着那扇安静的窗户,说:"再等等。"

这一等,他就等到了天亮。他看到江昭穿着校服走下来,拿着一个速记本不停地背着。

沈逾青往旁边一闪,一晚上没睡觉的他,眼里充满了红血丝,神情也憔悴不已。他看着那个身影慢慢消失在视线中。

接下来的一周,江昭没见过沈逾青。

身为沈逾青的同桌,陈望在食堂吃饭的时候,不止一次提起沈逾青请假的事情。他又转过头问江昭最近有没有给沈逾青补习功课。

江昭低头专心地吃饭,回了句:"没有。"

"真是奇怪了,这么长时间,他能去哪儿啊?"陈叙自言自语。

江昭一顿,捏紧了筷子,目光垂落下来。

想到那天晚上男生冷漠的话,江昭不自觉地攥紧了手掌,指甲几乎嵌入手心里。

晚上,江昭去看江奶奶。

这几天,江奶奶的精神很好。见她进来,江奶奶下意识地往她后面看了一眼,确定没人后,才收回了目光。

江昭打开饭盒的时候,江奶奶还是没忍住,问:"昭昭,小沈去哪儿了啊?这几天都没看见这孩子了。"

江昭沉默了几秒,朝江奶奶笑道:"奶奶,他最近在忙着复习呢。"她强压着心中翻涌上来的情绪,说,"等他没那么忙了,应该就会来看您了。"

江昭从医院里出来,深吸了一口气,思考了很长时间,最后摸出手机,翻出那个熟悉的号码,拨出了电话。

江昭看向远处,忽然想起和沈逾青的初见。

初三中考完的那个假期,对江昭来说,是一个很难挨的夏天。

中考成绩公布后,她还没来得及享受成绩带来的喜悦,江奶奶就病倒了。

十五岁的小姑娘第一次面临着生老病死的恐惧。在那个炎热的夏天,她每天在医院里奔波。

家里的积蓄不多,她不能坐以待毙。正好,亲戚家的奶茶店需要人帮忙,她就去了。她很多事情都是第一次上手,难免做不好,总是被老板骂笨手笨脚的。

这些江昭全都忍下来了。

那天,天气很热,奶茶店里的顾客很多。

顾客挤在门口,店里没有空调,江昭的额头上不停地出汗,她都来不及擦。听着顾客催促的声音,她急忙把做好的奶茶递给他们。

或许是太着急的缘故,杯子的口没封好,她往外递的时候,奶茶直接洒了。更关键的是,洒到了那个女客人的手上。

那个女生当即生气地喊道:"你们是怎么做的?怎么连杯子的口都封不好?!天气这么热,等了好半天,结果等来了这个,真是烦死了,我要给你们差评!!!"

她的声音不低,这么一喊,周围人的目光全都被吸引了过来。

江昭连忙道歉:"对不起,我再免费给你做一杯吧。"

那个女生显然是动气了,说她不需要赔偿,但一定要给差评。

要是让老板知道,自己一定会挨骂的。

一想到这里,江昭有些焦急,反复说:"对不起!真的对不起!只要不给差评,您想怎么解决都可以的……"情急之下,她拽住了那个女生的手。

或许是因为她的手上还沾着水,那个女生顿时嫌弃地甩开了她的手。

老板听到吵闹声,走出来看到这个情景,脸色顿时沉了下来。

他把江昭叫到一旁:"我是看在你是我亲戚的分上才来让你帮忙的,结果,你说说,这是你一个月内犯的第几回错误了……"

江昭拽住老板的衣服,说话间带着哭腔:"对不起……你再给我一次机会吧……"

老板把自己的衣服从江昭手里面抽了出来。可他的力气太大,江昭几乎是被他直接甩了出去。

眼看她的背就要撞上旁边的桌子角,下一刻,她被人扶住了。

少年穿着黑T恤、长裤,另一只手插在裤兜里,目光不善,质问老板:"一个大男人,就知道欺负一个小女生?"

江昭怔怔地看着他,意识到自己对这个男生有点儿印象。

他刚才一直窝在角落的椅子上打游戏,好像在等人。没想到,这种时候,他会站出来帮她。

老板看见是这么一个毛头小子,皱起眉毛:"臭小子,你管什么闲事?!"

沈逾青瞥他一眼:"没什么,就是看不惯。"他看向引起争端的那杯奶茶,叹了口气,"不就是杯奶茶,至于吗?"

江昭还没来得及说什么,就看见沈逾青走到那个生气的女生旁边:"说个数。"

那个女生啊了一声,没反应过来。

"今天店里的奶茶,我全包了,随便你要几杯。"他又偏过身子,扬着眉毛,对老板说:"怎么样,够不够抵她那份?"他下巴微抬,示意江昭。

老板显然没想到还能遇见这么一个冤大头,当下眼睛一眯,乐呵呵地说:"够,够。"

江昭彻底愣住了。她没想到一个素未谋面的人，居然能这样为她解围。

他的确有钱，可是有钱也不能这么花啊！

江昭有些局促地走上前，想问问这份人情该怎么还。

但她还没开口，他的几个朋友就进来了，嘻嘻哈哈地拍着他的肩膀，开起了玩笑："不是吧，这么大手笔啊。"

沈逾青坐在他们中间拿手机打游戏，显然没当回事，语气懒懒的："反正花的是我老子的钱。"

见他和朋友们聊得开心，江昭没有上前打扰，而是时不时地分神，听他们聊天。

其中有一个人似乎想起什么，开口问他："哎，沈逾青，你高中准备去哪个学校？"

沈逾青的语气有些敷衍："高中？萃仁吧，跑不了太远，沈宗肯定会把我放在他的眼皮底下看着。"

江昭垂下眼皮，嘴角微抿。萃仁……她也准备上这个高中，那是不是代表……她以后能在学校里看见他。

江昭终于鼓足勇气，将目光落到那个少年身上。他的眉眼出众又俊朗，两腿敞开，大刺刺地坐在沙发上玩着游戏。

似乎是感受到什么，他忽然抬起头。

四目相对的那一刻，江昭脸一热，匆忙挪开了目光。

沈逾青注意到她不自然的反应，有些好笑地弯了弯嘴角，摇摇头，收回了目光。他的注意力很快被旁边大喊大叫的队友吸引走，他无语地开口："输就输了，说那么多干什么。"

江昭长舒一口气，在心里缓缓咀嚼着两个字——萃仁。

这是他和她即将要去的学校，也是他和她未来唯一的交会点。

那个燥热的夏天进入尾声的时候，江奶奶的病情好转，顺利出院了。她回到家里,偶尔咳嗽几声,身体倒没什么大碍。

开学那一天,新生分班的名单都在教学楼下的公示牌上贴着。

江昭没有去找自己的名字,而是先去找他的名字。她只听他的朋友叫过他的名字,但具体是哪两个字,她并不是很清楚。

直到看到名单上写着"沈逾青"三个字,她一怔,随后小心翼翼地碰了一下那个名字。原来他在这个班。

就在这时,身后传来了男生调笑的声音。

江昭抬起头,看到几个男生朝这边走过来。走在中间的那个男生看上去像是刚睡醒,头发乱糟糟的,穿着一件白色短袖。

几人朝这边走过来,有人问:"你在哪个班呢?一会儿放学了,去打篮球吧。"

江昭看到男生熟悉的脸,瞳孔一缩,往旁边一站,把身后的公示牌露了出来。

刺眼的阳光下,少年慢慢走近了。他没注意到旁边的江昭,无精打采地看了一眼名单。

江昭浑身紧绷,她也不知道,为什么他离她这么近,她会这么紧张。

旁边的男生开口:"沈逾青,快上课了,你找到你的班级没?"

"还没呢。"少年有些不耐烦,他将书包往后一甩,眯起眼睛凑过去看名单,"名字印得这么小,谁能看清楚啊?"

他注意到旁边还站了一个人,礼貌地开口:"同学,帮个忙呗。"他转过头,黑眸中露出浅浅笑意,"帮我找找,'沈逾青'这个名字在哪个班。"

"沈逾青?"女生眨了眨眼,下意识地重复了一遍。

少年眼里的笑意加深,点了下头:"对,沈逾青。"

江昭看着眼前离自己很近的男生,故作镇定地点头:"好。"

江昭看得出来,他应该不记得她了。也对,毕竟那件事已经过去一个多月了，他们也只有一面之缘，他记不住也很正常。但幸运的是，她在开学的第一天就看到了他。

她按捺住雀跃的心情，假装淡定地扫了几张纸，伸手指向一张纸，说："同学，你的名字在这里。"

沈逾青凑过去看，知道自己在五班后，随口说了声"谢了"，然后提着书包对撅着屁股看自己在哪个班的朋友踢过去一脚，说："我先去报到，下了第一节课在篮球场集合。"

"好嘞，风里雨里，球场等你。"

江昭轻轻舒了口气，松开手中的书包带子，抬头看着少年离开的背影，弯了弯嘴角。

自那之后，她总是不由自主地去寻找他的身影。

她在三班，他在五班。一个在二楼，一个在三楼。

她争取担任语文课代表，因为语文老师的教研办公室就在三楼。这样，她就有了多次往返三楼的机会，有时候也能经过五班的教室窗户，可以多看他几眼。

她以为他们会一直没有交集，可未来总是出乎意料。她没有想到，在陪喻时去烧烤摊的那个晚上，竟然在一班那个新来的转学生旁边看见了沈逾青。

那一刻，当她向他真正介绍自己的时候，她看着他，忽然有一种很想哭的感觉。

耳旁传来电话的嘟嘟声，拉回了江昭的思绪。她吸了吸鼻子，攥紧手机，心情十分复杂。她也不知道，要是这一通电话没有被接通，她还有没有勇气打第二次。

就在快要被挂断的前一秒，电话接通了。男生沙哑的声音响起："江昭。"他咳嗽一声，问，"是不是我只剩一口气的时候，你才愿意来见我最后一面？"

481

江昭平静地仰起头看着天上的那轮明月，顺着他的话问：“那你现在是只剩下一口气吗？”

电话两端的二人沉默了好一会儿，沈逾青才有些无奈地说：“江昭，我有时候真的很怀疑，你是不是专门出现来治我的。”

他给了江昭地址，但没有让她立刻过来，而是让她在那里等一会儿。

不多时，江昭的面前停下一辆车。驾驶座上的男人扶着方向盘，语气随意地问：“你就是沈逾青那个朋友？”见江昭点头，他爽快地点头，"行，上车吧，这小子连让你多走几步路，多花几块钱打车都舍不得。"

江昭的目光掠过他胳膊上的那一大块刺青，平静地上了车。

那个男人看见江昭这么淡定，笑了一下，故意问：“小姑娘还挺镇定的，不怕我是个浑蛋？”

"沈逾青已经够浑了。"

那个男人听明白了，爽朗地笑道："你这小姑娘，还挺有意思。"

沈逾青的这个朋友很健谈，一路上，把沈逾青没地方可去的事情全都交代了。

他说沈逾青和家里闹翻了，身上就两百块钱，从大少爷变成了穷光蛋，这几天一直死皮赖脸地在他那里窝着。

再加上沈逾青淋了雨，去了他那里就发起了高烧，两天都没退下去，让去医院也不去。他怕这人烧坏了，去药店给沈逾青买了点儿药。毕竟，就沈逾青身上那两百块钱，连一半的药费都付不起。

瞧着沈逾青没地方去，病还没完全好，他干脆收留了沈逾青几天。但沈逾青毕竟是个大小伙子，一直窝在他那里也不是办法。

江昭听着男人的唠叨，神色如常，搭在腿上的手却慢慢攥了起来。

到了他家店门口，他刚把车停好，江昭就下了车，走进店里。他在后面跟着，感慨道：“哎，这姑娘，猴急猴急的。”

店里的光线很暗，气味也很难闻。

这种地方，怎么可能把病养好？江昭想着，下意识地皱了皱眉。

"那小子在里头呢。"那个朋友随意地指着一扇门，想了下，说，"这会儿他应该在睡觉吧。"

江昭朝他刚才指的那扇门走了过去。

门打开，江昭走进去，看见沈逾青正躺在沙发上睡觉，黑色卫衣的帽子罩在他的头上，只露出一点儿侧脸。他的嘴角紧绷着，明显睡得并不好。

江昭放轻脚步，慢慢朝他走过去，蹲下身子，认真地盯着他。她伸出一根手指，放在了他的鼻子底下，感受到均匀的呼吸后，才收回了手。

"干什么？"沈逾青拉开帽子，眯着眼睛，借着门外倾斜着照射进来的光线，看着蹲在面前的女生。

她穿着一件灰色的外套，平静地说："看你死了没。"

沈逾青笑了，无赖似的说："那我还得庆幸我的命挺大，至少撑到你来了。"

江昭叹了口气，摸摸他的额头。他的额头除了热，还有些湿润，应该是睡梦中出汗了。

江昭站起来，语气很淡："走吧。"

走？走哪里去？沈逾青没反应过来，抬起头看江昭。

江昭见他不动，叹了口气："不是无处可去吗？我总不能让我的恩人流落街头吧。"

沈逾青一愣，慢慢眨了下眼睛。

房间内沉默了几秒，随后，传来少年的一声低笑。

沈逾青撑起身子坐起来："算你还有点儿良心。"

深夜，破旧的居民楼道里。

江昭拿出钥匙开门，还是没忍住长吸一口气，转过身，借着楼道里忽明忽暗的灯光看向沈逾青，强调道："这只是借住。"

沈逾青见她那么磨蹭，知道她在顾忌什么："放心吧，我不会乱跑的。"

要是被周围的邻居注意到他这么一个大男生住在她的家里，影响肯定不好。

"我不是这个意思……"

那盏灯闪烁几下，终于不再垂死挣扎，彻底暗掉了。

"我的意思是，你生病的这段时间可以住在这里，等你的病好了，你还是要去上课。"江昭停顿了一下，接着说，"如果你想要继续住在我家，不能只躺平不干活。沈逾青，你知道了吗？"

沈逾青懒懒地看向她，点了点头："行啊。"

不就是家务活嘛，他一个大男人，有什么做不了的。

当下，他就撸了撸袖子，指着楼道里那盏坏掉的灯："这个灯泡坏了是吧，我来换。"

他的个子高，稍微踮起脚就可以够到那个灯罩。他原以为换个灯泡就可以了，结果弄了半天那盏灯也没亮。

江昭有些无奈地叹了口气，走进屋里搬了一张凳子，然后拍了一下他的肩，说："我来吧。"

沈逾青往后退一步，看到才到他胸膛高的江昭走过去，熟练地拿着钳子拧开灯罩，接好线，从他的手上拿走新灯泡装好，然后拍了拍手，从椅子上跳了下来。

"这个小区很老了，有时候物业管不到这些小事，灯又经常坏，所以我也修了不止一两次。"看到沈逾青意外的表情，江昭简单地解释了两句。

江奶奶的年纪大了，一到晚上视力就不太好，所以楼道里必须得有灯，江昭才放心。一开始她也不会修，但维修师傅来的次数多了，她站在旁边边看边问，久而久之就学会了。

她把椅子搬进屋里，说："进来吧。"

沈逾青嗯了一声，慢慢走进了面前的屋子。

江昭的家不是很大，很简单的两室一厅。脱了皮的墙角证明这个屋子已经有了一些年头，家电看上去也很旧，却布置得很温馨。墙上挂着江昭和江奶奶的合照，有一个柜子上更是放满了她的奖状和证书，甚至还有她小时候的照片。

沈逾青刚打算弓腰去看，下一秒，小跑过来的江昭捂住照片："这……这些没什么好看的。"

似乎是害怕他继续看那几张照片，她干脆把他推向房间，飞快地说："奶奶的房间现在没人住，我已经收拾好了，铺上了新的床单和被罩，这段时间，你就先住她的房间吧。"

沈奶奶的房间东西很少，沈逾青刚进去，就看到床头摆了一张合照。他仔细辨认，应该是江奶奶和小时候的江昭。

照片上的江昭应该在参加比赛，穿着红艳艳的演出服，头发扎成了小鬏鬏，脸颊上红扑扑的。她被奶奶牵着手，对镜头比剪刀手。

沈逾青越看越觉得可爱。

他弯着眼睛，戳着照片上女生可爱、活泼的笑脸，还有脸上那两团红。

这么长时间以来，他好像没见她笑得这么开心过。

江昭想起沈逾青还没吃药，过去敲门。没听到动静，她慢慢拧动门把手，走了进去，才发现他已经睡着了。

大概是还在发烧，他睡着了也紧皱眉头，躺在床上，没盖被子，修长的手臂随意地搁在枕头旁边。

江昭轻轻把水放下，绕到床的另一边，准备给他盖上被子。她没注意到自己腿下压着被子，一用力，被子被抽了出来，她也失去了平衡，不受控制地往前扑去，正好倒在男生身侧，卫衣的衣摆都已经扫到了他的身上。

见他没有醒的迹象，江昭这才长舒一口气，准备把手收回来。结果她刚小心翼翼地抬起手，耳边就传来懒洋洋的轻笑声："挨得这么近，怎么，晚上想挨着我睡？"

江昭转头，看见沈逾青睁开眼睛，幽深的眼中溢出明晃晃的笑意。她急忙收回手，从床上下去，紧张地解释："我没有……刚才是你没有好好盖被子，我准备帮你拉一拉而已。"

沈逾青顺着她的目光看了一眼搭在自己腰上的被子，这才露出恍然大悟的神情，拉长了语调："这样啊……"

江昭抬起头，瞪了他一眼："当然是这样，不然还能是哪样？"

江昭丢下一句"水在那里，赶紧把药吃了"，就快步走出了房间。这一晚上，二人先后关灯，却一夜无眠。

接下来的这段时间，沈逾青如同当初说好的那样，乖乖地待在她家养病。养好病后，他听话地去萃仁上课。之前落下的功课，江昭和陈望特地给他开小灶，帮他补起来。

那段时间，江昭对他说过的最多的一句话就是："沈逾青，只有你不放弃你自己，这个世界才不会放弃你。"

这段日子里，沈逾青不止一次觉得，有时候江昭几乎不像个女生。

别的女生可能会想，校服里套什么内搭好看，江昭从不关注这些，从衣柜里拿出一件合身的就穿上，然后一边刷牙一边拿着单词本背单词。她的生活看上去很简单，却忙碌、充实得很。

老小区的各方面条件都不太好，有时候倒个水，下水道都会堵住。沈逾青还没搞清楚怎么解决的时候，江昭已经轻车熟路地把下水道给通了。

用了十来年的洗衣机时好时坏，不转的时候，沈逾青刚想拧开洗衣机看看到底哪里出问题了，江昭拉住他，用力踢了几下洗衣机，洗衣机立刻嗡嗡作响，转个不停。

沈逾青惊讶地看向江昭，看到她还在洗头发，不由得弯唇一笑。

"它要是不动，你就踢它几下，自然就好了。"她木着脸解释完，脚下一转，看似继续去洗头发，实则有种落荒而逃的意味。她的头发还湿着，这一转，直接甩了沈逾青一身水。

沈逾青没有生气，反倒放肆地笑了。他跟着她往前走，笑着说："昭昭，你别躲啊，我觉得你现在这样也挺好看的……"

相处久了，沈逾青在江昭面前越来越放松。

不过他毕竟之前是个衣来伸手、饭来张口的大少爷，干起家务活来，还是有些为难他了。但沈大少爷虚心请教，一边接受着江昭的吐槽，一边认真地听她说话，连她脸上一点小表情都不放过，眼里还带了点儿浅浅的笑意。

江昭看他这样，有些不解："我骂你，你怎么还在笑？"

沈逾青抱着胳膊，目不转睛地看着她："我高兴。"

江昭想，他该不会是上次发烧烧坏脑子了吧？

那段时间，正好听说喻时家的小区里面出了一个虐待猫咪的人，要他们过去帮忙，江昭也没拒绝，只不过她没想到，沈逾青也跟着来了。

那天给徐大爷过完生日，沈逾青看着生日蛋糕上亮着的蜡烛，忽然偏过头问了一句。

"昭昭，你有什么愿望？"

江昭微微一愣，旁边陈望还在充满陶醉地唱着生日歌，她沉默了好几秒，最后看着蛋糕上被火焰慢慢吞噬的蜡烛，轻轻出声："我希望，我能够做一个幸运的人。"

如果我幸运的话，那是不是代表着，我所希望的都有可能会实现。

那样，奶奶就不会生病了。

那样，她会不会，比现在更幸福一些。

她只说了这么一句话，可沈逾青却看了她很久，目光很深，最后轻轻说了句："江昭，都会实现的。"

转眼间，高二上学期已经进入尾声，期末考试即将来临。

这段时间，沈逾青被江昭督促着学习，进步显著。他白天规规矩矩地上课，晚上则安安静静地和江昭一起学习。

这么一段时间下来，沈逾青甚至觉得，就这样一直过下去，好像也不错。

江昭喜静，回家的路上不怎么说话，沈逾青却很能聊。有时候，他说着段子，还能逗得江昭眉眼弯弯："沈逾青，你真的好幼稚。"

沈逾青看到她笑，也跟着笑。他脚下的步伐不快不慢，一直跟着她的频率。

尽管日子过得简单，但沈逾青已经很久没有这么放松过了，甚至还很享受。

然而，安稳的日子总是不长久。

那天，因为老师要把试卷讲完，所以沈逾青他们班级拖堂拖了很久。沈逾青给江昭发消息，让她先回去。

江昭没有等他，准备自己先回家。刚出校门，一辆黑色宾利停在她的面前。

那天是阴天，风很大。

江昭微微眯眼，看到车门缓缓打开。

车上，穿着西装的中年男人转过头来，淡淡地看了她一眼："你就是江昭吧？"

江昭沉默片刻，问："有事吗？"

沈宗笑道："没什么大事，就是想看看，沈逾青这段时间在和什么人相处。"他饶有兴趣地打量了一下她，"没想到，最后收留他的人，居然是你。小姑娘，你的胆子很大啊。"

江昭握紧书包带子。

"放心，我只是想和你聊聊，毕竟，沈逾青这孩子，实在是太不让人省心了。"沈宗看出江昭的抗拒，从容地一笑，"在此之前，我还去医院看了一眼你奶奶，她恢复得不错。"

江昭的脸色十分难看："你别去找我奶奶，她什么都不知道，有什么事冲我来。"

沈宗盯着她，嘴角一勾，笑道："行啊，那得看你愿不愿意配合我了。"

最后江昭攥紧手掌，坐上了车。

沈逾青回家后，看见江昭失了神一样，呆呆地坐在桌边，不知道在想什么。

沈逾青走过去，弹了一下她的额头，笑着问："想什么呢？"

江昭这才回神，匆忙看了他一眼，慢吞吞地说："我刚刚在想题。"

沈逾青笑了下，习惯性地搬来凳子坐在她旁边，开始刷题。不过，他这天带来一个好消息："江老师，多亏你这段时间的辅导，今天出成绩了，你的学生这段时间进步了三百名。"

他拿出月考的成绩单，递给江昭看。虽然各科成绩不是很高，但比起之前好了很多。

江昭看完成绩单，脸上露出笑意。沈逾青伸手进书包里摸索半天，最后掏出一大包果冻，放在桌子上。

"这算是……"他脸上的笑意变深，"感谢江老师的一点点薄礼？"

"哪里来的？"江昭放下笔，着实有些意外。

她的确喜欢吃果冻，尤其是在做题的时候，冰冰凉凉的果冻还可以提神。没想到，沈逾青居然注意到了这点。

江昭的心倏地柔软起来，但她面上不显，只是看向他，有些犹豫地说："你身上没钱……"

沈逾青懒洋洋地靠在椅背上,道:"放心吧,我既没偷,也没抢。"他轻咳一声,坐在椅子上换了个姿势,说话的声音低了些,"就是有些小学生,游戏通不了关,我去帮他们打了几关最难的,他们为了感谢我,送了这些果冻给我……"

江昭有些不可思议,没忍住笑出声。

沈逾青踢了踢她的凳子,语气有些无可奈何:"哎,笑两声够意思了啊……"

别说江昭了,沈逾青也觉得够离谱的。

不过,其实也没关系……

沈逾青看着江昭,心道,能让她多笑笑,再丢脸也值了。

期末考试前一天,课间的时候,江昭忽然来到沈逾青的教室,把他叫了出来。二人走到拐角处,她抬起头,看向他:"我带你去个地方吧。"

沈逾青毫不犹豫地点头。

一路上,二人都没有说话。直到在一棵老树前面停下,沈逾青才意外地挑眉,问:"这是?"

江昭蹲下身子,随手捡起树枝挖土。沈逾青蹲下来帮她,听她慢慢说道:"这是我和喻时、陈望的秘密基地。"

她抬起头,长出一口气,眼睛亮晶晶的:"我们经常在这里许愿,挺灵的。"

沈逾青忍不住笑了:"那你带我来这里,他们不会生气吧。"

江昭沉默了几秒,慢慢说了句:"不会的。"

沈逾青意识到什么,喉咙一紧,刚想说什么,就听到她惊喜地喊:"挖到了。"

江昭挖出一个铁盒子,打开之后,里面是被折成星星的彩纸。她很快拿起一颗,眉眼弯弯地说:"这是去年我在考试前许的愿望。"

她展开以后，星星纸上露出一句话：*希望奶奶身体健康。*

这么多次许愿，她没有为自己祈求过一次，总是为江奶奶祈祷。

江昭轻轻舒了一口气，一边拿出新的星星纸，一边慢慢说道："这段时间，喻时忙着准备数竞决赛，陈望估计被他妈盯着，天天关在家里学习，出不来。你要是有想许的愿望，可以写在纸上。"

沈逾青终于知道，江昭这天带他出来，是让他缓解考试压力的。

沈逾青有些无奈地笑了，坦然道："我不会叠这个。"

江昭迅速说道："没关系，我来叠就可以了。"

之前，沈逾青也见过女生做手工，但他从来不感兴趣，甚至很费解，为什么这些女生愿意花时间和精力在一堆废纸上。

现在看江昭做这些，他却一点儿也不觉得枯燥乏味。她的手白皙纤长，叠纸的动作匀缓，看上去赏心悦目。而且，她叠出来的星星形状很可爱，圆鼓鼓的。

"在这里放星星许愿，真的会实现吗？"

江昭思索了一会儿，慢悠悠地说："我觉得，放在树底下愿望盒里的星星，会通过大树的根脉、枝干，然后抵达最顶端。"她仰头看这棵老槐树，"这是学校里最高的树，说不定，我们写在纸上的愿望可以通过它碰到真正的星星。"

江昭像是想到什么，笑了一下。

看到江昭的笑容，沈逾青愣住了。这好像是他第一次看到江昭一本正经地说着自己的美好想象。不过，与其说是想象，不如说是对未来的期冀和憧憬——她真的在努力过好每一天。

他看着她的眼睛，倏然说："你怎么不问，我许了什么愿望？"

江昭一愣，下意识地朝他看过来。

一时间，四目相对，掠过的风好像停了下来。

江昭有些不自然地挪开视线，站起来，靠在树干上，伸出手去够垂下来的枝叶。

"如果我问,你就会说吗?"

沈逾青扔掉无聊时捡起的树枝,跟着她站了起来,顺势靠在她旁边的树干上:"会的。"

江昭朝他看过来。

沈逾青突然说起别的话题:"那天你在那家会馆里听到的——"

没等他说完,江昭就出声打断:"你不用解释。我们现在这样,就好像长途旅行的人,因为方向相同而短暂地走到一起。目的地不同,无论一起走了多远,早晚有一天会分开的,不是吗?"

沈逾青用那双深沉的眼睛盯着她,眼里却没有一丝笑意。他深吸一口气,克制地问:"所以在你眼里,你从未想过我和你会真正成为朋友。这么多天的相处,我以为你早就——"

江昭轻轻地打断了他的话:"沈逾青,将近两个月时间的相处,似乎让你我都充分了解了彼此。但你和我应该都清楚……"她的心中十分难过,但还是倔强地说下去,"你总会回去的,回到那个本该属于你的世界。你和我,本来就不是一个世界的人。"

落难的王子总有一天会回到他的城堡。

"所以呢,你也要赶我走了,是吗?"

江昭缓缓别过脸,沉默了很长时间,才慢慢说:"等这次考完试,你应该回去的。"

沈逾青看着她不停抖动的睫毛,忽然冷静下来,死死地盯着她的眼睛,问:"江昭,你告诉我,是不是沈宗来找过你?"

江昭大大方方地抬起头来,承认了:"是的,他来找过我。"她看着沈逾青的眼睛,将刺耳的话一句一句说出来,"可那又怎么样?你不知道吧,你爸说,只要我能让你乖乖地回去,之前的债务可以全部免掉,还会负责我从高中到大学的所有学费,还有奶奶的医药费,他都会……"

"江昭——"少年忽然怒吼着,一拳打在树干上。

霎时间,树叶铺天盖地地落下。

沈逾青不顾手上的疼痛,双目赤红,话里带着几分失望:"你为什么从来都不相信我,他说的那些根本就是——"

"可是沈逾青,这里面的任何一条,你都做不到。"

事已至此,再也没什么好说的了,二人都沉默起来。

江昭弯下腰,把星星全都放在铁盒里,重新埋回地下。埋好之后,她感觉鼻子一酸,头也不回地往教学楼跑去。

跑到一半,江昭终于忍不住蹲下来低声哭泣。她害怕,自己多待一秒就会改变好不容易做出的选择。

沈逾青带着浑身戾气走进包间,沈宗眯着眼睛打量他,看似关心地说:"这么长时间没见,好像瘦了点儿。"

沈逾青把书包扔向一侧,搬开椅子坐了下来,冷冷地看向对面的男人:"为什么要去找江昭?"

沈宗有些不满意地哼了一声,继续维持"父慈子孝"的模样:"知道你来,我吩咐后厨做了好多你爱吃的,你先来尝尝这道菜。"

沈逾青看着眼前的菜,讽刺地开口:"沈宗,你不知道吧?"他拿起筷子,慢慢夹起一块放进嘴里,一边嚼,一边笑着说,"我对鱼肉过敏。"

沈宗脸上的笑意一收,脸色沉了下来。他看了沈逾青一眼:"没想到你出去这么久,还是这么倔。"

他把手搭在桌子上,直接说起了江昭的事情:"我的确找过江昭,让她想办法把你劝回来,乖乖地听我的安排。当然,这件事也不是白干的,我会给她丰厚的报酬,换谁都会心动吧。"他摊手一笑,胸有成竹地说,"沈逾青,真要反抗我,你应该先想清楚,你有没有那个资本。"

沈逾青的脸色越来越沉,可他竟说不出任何话来反驳沈宗。

看着沈逾青面色凝重,沈宗满意地笑道:"我没有强迫她接受,选择权依旧在她手中。"

沈逾青知道,他无非是想挑拨离间,看自己和江昭彻底闹掰,最后不得已回到这个家。

沈逾青缓缓闭上眼睛,释然地笑了。

"不管她最后选择什么,我都没有意见。但是,我的选择一直都是她。"

说完,他没再看沈宗一眼,一脚踢开凳子,提起书包大步流星地往外面走去。

晚上,沈逾青回到江昭家。二人之间的气氛依旧怪异,没人说话,屋里安静到了极点。

沈逾青似乎是忍受不住一般,脱掉外套,一会儿挠挠脖颈,一会儿挠挠手臂。

他的动作太频繁,江昭看到他的脖颈后面起了很多小红点,一愣,下意识地问:"沈逾青,那是什么?"没等他回答,她一脸慌张地走过去,扒开他的衣领看,"你身上怎么这么多红点啊?是不是过敏了?还有哪儿痒……"

沈逾青的呼吸有些急促,安抚她:"我……我没事。"

没承想,江昭看到他整张脸都变红了,拉着他就往门外走,着急地说:"什么没事?你的脸都红成这个样子了,我们去医院。"

"没事的,真没事。"沈逾青从兜里掏出一瓶药,拿给她看,"药在这里。我就是中午吃了点儿东西才过敏的,买了药还没吃呢。"

沈逾青原本以为,吃一口鱼肉,过敏应该严重不到哪里去,要是让江昭看见,说不定还能博一点儿同情分。结果还没过多久,他就快受不住了。

"你是不是傻啊?"江昭快步走到厨房倒了一杯温水,亲眼看着他把药吃完,才松了口气。她还是放心不下:"要不还是去医院看看吧?"

沈逾青连忙拉住她，忽然笑了："江昭，你就承认吧，你明明关心我关心得要死。"

江昭被他气笑了，盯了他看了好半天，最后撂下一句"你以后再这样，就赶紧离开这个屋子"，然后走进了自己的房间。

嘭的一声，江昭用力关上了门。沈逾青装可怜不成，还吃了个闭门羹。

沈逾青有些无奈地叹了口气。他怎么忘了，因为江奶奶生病，江昭对这方面格外敏感。

他走到江昭屋外敲门，闷声闷气地说："那什么，刚刚是我做得过分了……"他一开始说话很小声，但见里头没动静，他把面子放下，提高了音调，"我就是想让你多关心关心我……"

他的话还没说完，面前紧闭的门忽然打开了。

沈逾青一愣，看见江昭已经穿好了外套，一副随时准备出门的样子。他踌躇再三，最后还是没忍住，幽幽地说："生气归生气，你别离家出走啊？"

他冷不防冒出的这句话，让江昭沉默下来。她轻咳一声，嘟囔着解释："我没有要走，就是有些不放心，准备和你去医院看看。"

沈逾青听着她的话，倏地笑道："行啊。"

这段时间，沈宗没有来找江昭。正像他说的那样，给了她充分考虑的时间。

沈逾青心里明白，虽然他和江昭再也没提过那件事，但江昭应该早就做出了选择。

沈逾青深知，不管她最后做出什么选择，他都不想放弃如今待在她身边的每一分每一秒。

在护工的照顾下，江奶奶恢复得很好，有时候还可以下地走两步。

495

转眼间，就到了岁末。街道两边的树光秃秃的，风也渐渐变得刺骨起来，行人们总是裹紧身上的风衣，快步往前走着。

直到某一天，天空中忽然飘起轻柔的小白点。

萃仁中学的校园里原本鸦雀无声，忽然有人惊喜喊了一声："下初雪了！"

楼道里一下子变得热闹起来，学生们从教室走出来，趴在栏杆上，欣喜地望着飞舞的雪花。

江昭失神地看向窗外，没过多久，她走出教室，伸出手，接住一片雪花。

没等她细细查看，手心一凉，那朵雪花就融化在她的手心，只留下一滴水珠。

江昭看着手掌，张张嘴，眼里闪过一丝茫然和无措。

周围人都在因为下了初雪而欢笑、打闹，只有江昭紧抿着嘴唇，似乎是在忍耐着什么。

就在这时，她的手机忽然振动了一下。她拿出手机，看到短信后眼眶一热。

江昭连忙把手机塞回兜里。再抬头，她就看到沈逾青眉眼含笑，快步朝她走过来："不看雪，看什么呢？"

楼道里挤着一群同学，他们见沈逾青直接走向江昭，纷纷起哄。

"现在你们这么熟？"

"哎，你们理科班在另一边，你到这边来是找谁呢？"

"别吵，别吵，小心一会儿把教导主任吵过来！"

…………

一瞬间，楼道里很是喧闹，处在话题中心的二人倒是镇定。

沈逾青靠在栏杆上，扫了一眼起哄的那帮人："来找你的，行不行？"

那人立刻拿腔捏调地说："不行啊，我不长我们班第一那样啊。"

江昭是文科班的第一,这早是不争的事实。

之前有人听说,这段时间,理科五班的沈逾青和文科三班的江昭走得很近,很多人都不相信。毕竟这两个人八竿子都打不着,现在他们总算亲眼见到了。

沈逾青盯着江昭白皙的侧脸,忽然低声说:"江昭,这段时间我总是在想,遇见你,是不是我这辈子最大的幸运。"

江昭的睫毛一抖,没有吭声。

谁都没有说话,二人之间,安静得只能听到少年的呼吸,还有女生的叹息声。

沈逾青心头一紧,还没来得及说什么,就看到江昭抬起头,说出的话让他浑身凉透:"沈逾青,你回去吧。我收留了你这么久,厌了也烦了,你也不能一直赖在我家里。"

她一句句说着刺人的话。她知道,沈逾青最受不了她这样,更何况她还三番两次地说。

果然,她还没说两句,他就冷冷地看了她一眼:"你别说了。"他转过身,背对着她,声音低沉地道,"如你所愿,我会回去的。"

看着少年挺拔的身影消失在视野里,江昭肩膀一松,浑身无力地靠在墙上。她面色苍白,疲惫地闭上眼睛,几分钟后才从兜里拿出手机,发出一条消息:*他会回去的。*

上一条消息是对方半个小时前发过来的:*按当初说好的,下了初雪,到你履行承诺的时候了。*

晚上放学,江昭刚走出校门,就看到一辆熟悉的宾利驶到学校门口。穿着校服的沈逾青打开车门,弯腰坐了进去。

车辆驶远,江昭下意识地跟着车快走了两步,很快就停下了。

那时候雪还没停,她却忽然感觉脸上一热。她抬起手去碰,摸到了还没散去温度的泪水。

回到家，里面已经空无一人。

江昭像什么都没有发生一样，拉开椅子坐下，伏在桌子上写作业。

可没过五分钟，她就绷不住地捂住脸，小声哭泣起来。

她真的一次又一次推开了他，他再也不会回来了吧。

在那之后的很长时间，江昭和沈逾青都没有交集。那天晚上他们的见面，让很多人以为是自己出现了幻觉。

高二上学期结束，放了寒假。

江昭有更多的时间陪江奶奶，而沈逾青则报了假期的辅导班，想趁机把基础知识再补补。两个人好像都开始了新的生活，在同一个屋檐下的记忆终于成了过去。

不过，江昭有时候会想：其实这样也挺好的，至少，他们都在变得更好。这就是最好的结果了。

新年的前一天，喻时突然发消息说想和朋友们一起在天桥看烟花。

当时江昭还守在江奶奶的床边，江奶奶知道她在犹豫，笑着问道："是喻时发来的消息吧？"

江昭点了下头。

江奶奶拍拍她的手背，劝道："这段时间，你一直在医院陪着奶奶，趁新年出去放松放松吧。"

江昭："可是奶奶你这边……"

"我可不孤单。"江奶奶拉住她的手，扭过头对病房的其他老人笑眯眯地说道，"我也有一起跨年的老伙计呢。"

这段时间，江奶奶早就和其他病友混熟了，要做些什么，相互之间也能搭把手。

江昭想到这里，脸色缓和了一些。她又看了一眼消息，弯了弯唇，握着江奶奶的手，轻声说："奶奶，我和他们跨完年，就回来陪你。"

"快去吧。"

江昭回家换了身衣服，就往天桥走。

这天是除夕，街边满是对联和红灯笼，不时有鞭炮声响起，一派熙熙攘攘，喜乐祥和的景象。

江昭被这种气氛感染，弯起嘴角。看到喻时后，她挥了挥手，喊："喻时。"

喻时眼前一亮，和周聿也说了句什么，就快步走过来了。

江昭顺着她的身影看过去，才注意到周聿也身边还站了一个男生。他正偏着头对周聿也说话，没有注意到她。

上次见他，好像还是一个月前。

后来，和喻时聊天的时候，江昭刻意不去看沈逾青。

沈逾青看到江昭加入跨年队伍后，微微一顿，随后又若无其事地挪开了视线。

时间慢慢来到十二点，因为这晚有烟花，所以天桥上的人多了起来。

走在拥挤的人群里，沈逾青一直用自己的大半个身子挡住前侧方，好让江昭走得顺利一些，浑然不顾自己新买的鞋让人踩得不像样子。

江昭看着平静的沈逾青，明显想说些什么，可最后，还是沉默地转过了头。

这时候，身边越发吵闹，江昭的耳边忽然传来熟悉的男生嗓音。他说得很快，她并没有听清楚，下意识地朝他看过去。

就在这时，钟声敲响，零点到了。刹那间，原本漆黑的夜空被点亮，无数烟花飞上天空，在天空中绚烂地绽放。

江昭收回目光，似乎感受到什么，稍微侧过头去看旁边的男生。

见她看向自己，沈逾青欣然一笑，低头看着她，说："新年快乐！"

江昭安静地看了他几秒后，然后挪开了视线。

沈逾青的脸色一下子变得难看了起来。

烟花放完,江昭看了一眼手机,奶奶并没有发消息给她。但她还是有些不放心,准备打个电话给奶奶。她还没走出去几步,手上的手机就被人抽走。

沈逾青捏着她的手机,在手心转了一个圈,然后趁喻时他们还没注意到这边,拉着她大步往前走。

江昭依稀听见喻时叫她的名字,甩了几下他拽着自己的胳膊:"沈逾青,你是不是疯了,把手机还给我!"

走到相对安静的角落,沈逾青才放开她:"是,我是疯了。"

他握着的手机嗡嗡振动,他点开看了一眼,是喻时发消息问江昭去哪儿了。见发消息没回应,她又改为打电话。

沈逾青觉得烦,直接把江昭的手机关了机。

江昭看到他的举动,急忙伸手去够手机:"你不要碰我的手机!"

沈逾青攥住她的手,把手机塞进兜里:"今天我们必须把事情说清楚。"

他的语气忽然变得温柔起来:"我听你的话了,昭昭。

"我听你的话,好好学习,好好生活,我会让自己变得更好!你不要装不认识我,不要不理我,不要一句话也不和我说⋯⋯"

他每说一句话,声音就放低一些。到了最后,他的姿态几乎是放到了最低,连眼眶也隐隐发红。

看到他这副模样,江昭不由得一怔,鼻子酸涩起来。她攥紧手,轻轻地说:"沈逾青,你不能这样。对一个人好,不代表要因此迷失自己。"

"昭昭,我知道你的意思了。高考,我会努力和你考到一个大学的。"

"现在可以把手机还给我了吧。"

沈逾青把手机还给她,低下头,看着江昭开机的动作,轻声说:"我送你回医院吧。"

江昭看着亮起的手机屏幕，只关机了一小会儿，就有几通未接来电的提示。

江昭看到联系人是谁时，呼吸忽然加快，无端产生了一种不好的预感。

她没有分神听沈逾青说了什么，而是回拨电话。接通后，她轻轻地出声："喂……"

她的话音还没落下，电话那头就传来了焦急的声音："江昭，你的手机怎么关机了？你奶奶昏倒了！刚被推进手术室抢救。你赶快过来，医生让家属签病危通知书！"

江昭的脸色煞白，全身都颤抖起来。她的眼睛睁大，不敢相信地问："你……你说什么？"

沈逾青注意到江昭的神情不太对劲，皱起眉问她怎么了。

江昭语无伦次，带着哭腔说："医院……奶奶……快去医院……"

沈逾青连忙走到路边拦了一辆出租车。

"江昭，别担心，奶奶一定会没事的。"一路上，沈逾青不停地安慰着江昭。

到了医院门口，车还没有停稳，江昭就迅速推开车门跳了下来，甚至还跟跄了一下。

沈逾青气喘吁吁地跑过去，才发现江昭蜷缩着腿坐在手术室门前，眼角全是泪。

她刚刚签完江奶奶的病危通知书，这说明里面的情况很不好。

沈逾青慢慢走过去，听到她小声说："二十分钟前，奶奶给我打过一个电话。"

可是那个电话，她没接到。当时，她的手机处于关机状态。

听到这句话，沈逾青顿时失了神，呆呆地站在原地。他的腿上仿佛灌了千斤的重量，怎么也没办法再往前走一步。

手术室的门被缓缓推开，穿着无菌服的医生走出来，叹了口气，

501

看着江昭,沉重地说:"我们已经尽力了。节哀。"

江奶奶是突发脑溢血,再加上她本身就有疾病,上了手术台,竟再也没有出来的机会。可在此之前,她的病情明明已经开始好转。

明明前不久奶奶还笑着叮嘱她,让她和同学们玩得开心些。

江昭终于承受不住,撕心裂肺地哭喊:"奶奶——"

如果二十分钟前,她能接到奶奶的那通电话,是不是意味着,她能赶回来见奶奶最后一面……

再然后,就是一阵兵荒马乱,江昭几乎无法记住任何事情。

那天,沈逾青听到江昭说的最完整的一句话是:"沈逾青,我不想再看见你!"

江昭面临至亲的去世已经很崩溃了,处理事情更是力不从心。大多数时候,是隔壁的邻居阿姨在帮忙处理江奶奶的后事。

江昭本来就瘦,那段时间更是瘦成了皮包骨。因为经常流泪,她的眼中布满血丝,喉咙也哑得说不出话。她的状态很差,甚至在开学后的考试中,差一点儿掉出班级前五名。

处理完江奶奶的后事,她很快就投入了学习,甚至想让无休止的学习麻痹自己的神经,不想再想起失去奶奶的伤痛。她知道,只有好好地生活,像之前那样,奶奶才会走得安心。

可是,她再也没有办法像以前那样和沈逾青相处了。一看到他,她就会想起那天晚上,她没接到的那个电话。这种痛苦,几乎能让她心疼得没有办法呼吸。

现在,她实在过不了那道坎。

或许是因为即将迈入高三,高二下半个学期过得很快。

看到高二最后一次期末考试的成绩后,江昭慢慢松了一口气。她现在年级第二,只差几分,就可以拿到年级第一。

在此之前,江昭一直避开沈逾青,所以二人已经很久都没有见面了。

那天，沈逾青应该是拿定了主意，堵住了江昭的去路，不让她走。

江昭低着头，没有看他，声音沙哑地说道："你让开。"

沈逾青叹息一声，饱含愧疚地说："对不起，江昭。"

江昭神情冷漠，抬起脚就准备离开，却被他再次挡住去路。

江昭抬起头，眼圈早已经红了。她平静地开口，声音却带着哽咽："沈逾青，我没有办法原谅你，也没有办法原谅自己。从今往后……我希望……我们不要再联系了。"

说完，她快步往前走，却被少年挡在身前。沈逾青咬着牙关，问："江昭，你也很在意我，对不对？"

"你不要再说了！"江昭高喊一声，捂住耳朵后退。她抬起头看着他，眼睛湿润，带着几分绝望地喊，"对，我是在意你，可那又怎么样？沈逾青，你告诉我，现在还能改变什么？！"

那天，江昭几乎把一直以来积攒的怨气、愤怒、不甘和伤心全都发泄到沈逾青的身上，他没有出声反驳过一句。最后，江昭终于忍不住，哭着对他说："沈逾青，我现在只想通过高考开始新的生活。"

沈逾青的眼眶一热，一滴眼泪掉落下来。

他知道她是什么意思。她想通过高考开始崭新的生活，可看见他，那些悲伤的、难过的、痛苦的记忆就会随之而来，那她就永远都走不出来。

不知过了多久，沈逾青朝她走近了一些，再开口，声音却沙哑到了极致："昭昭，新的生活里，你一定要过得开心。"

江昭忽然哽咽了，眼前模糊一片。江奶奶也跟他说过一样的话，无论什么时候，他们都希望她过得开心。

下一刻，沈逾青转身离开。

不久后，江昭听说沈逾青接受家里的安排，出国留学了。自那之后，他们再也没有见过。

后来，江昭总是在想，当时，自己是真的不想看到沈逾青，还是不想看到他瞳孔中那个颓废不堪一击的自己呢？

她想了很久，没有得出答案。她只知道，自己在以他们期望的样子生活着，开心快乐地生活着。

高考完的那个暑假，天气炎热，蝉鸣不止。

江昭是在兼职的超市里查到了自己的高考分数——六百五十三分。

很快，萃仁中学给她发来喜报——她是本年度文科状元。

看到消息的那一刻，她窝在柜台里哭得昏天黑地。

奶奶，你看，我做到了，你的昭昭做到了！她真的走到了所有人的面前，站在了最高点。

在报志愿的时候，江昭报了离怀城很远的学校。因为那所学校有她喜欢的翻译专业，而且师资力量强大。

在大一的时候，她就主动申请出国当交换生。那一年，她去异国，接触到不一样的人和事，整个人变得开朗起来，交到了很多朋友。

那段时间，她优异的成绩和出色的表现吸引了很多机构。他们主动邀请她，希望她毕业后能直接留下来工作。

但在国外待了一段时间后，她还是选择了回国。因为无论如何，她都希望将自己所学的知识，回馈给祖国。

回国那天，天气很好。

江昭上了飞机，整理好行李，刚坐下，就听到机长的播报声响起。机长说的是标准的中国话，声音很有磁性："女士们、先生们，你们好，欢迎乘坐……"

江昭觉得这个声音有些耳熟，但没有多想。她昨晚连夜完成了一篇翻译，几乎一上飞机就睡着了，飞机落地后还没醒过来。

空姐轻声呼唤："这位女士？"

江昭勉强睁开眼睛,看到空姐担心地看着她,连忙坐起身,摆了摆手:"没事,我就是有点儿累。"说完,她连忙起身把自己的行李搬下来,匆匆往外走去。

她没注意到,对面也走过来一个人,竟直接撞了上去。她清楚地听到,那人发出了闷哼声。

被撞的那人身上穿着制服,应该也是飞机上的工作人员。

江昭慌了,连忙低头道歉:"对不起,对不起,刚刚是我没看清楚……"

"没事。"一个沉稳的男声响起。

这个声音……江昭猛地睁大眼睛,抬起头看向这个男人。

他已经褪去高中时期的青涩,整个人变得沉稳又从容,连面部轮廓都变得更加分明了。他看过来的时候,一双黑眸好像能给人无形的压力,那套黑色制服将他衬托得挺拔清俊。

刚刚那个空姐看到江昭和他相撞,连忙走上前来,对她说道:"女士您好,这是本次飞行的机长——"

"沈逾青。"反倒是江昭轻轻说出这个久违的名字。

听她说出这个名字,站在她面前的男人并不意外,只是笑着看了她一眼。一眼万年。

沈逾青的声音带着笑意,还带了点儿叹息:"这一趟还真没白飞。"

江昭对上他的眼睛,恍惚了一下。

此刻,她终于想起,那年跨年夜,他在她耳边说的听起来模糊的话是什么了。

当时,他在她旁边许的愿望是:"希望我接下来,岁岁有昭。"

505

番外三
年年余青

回国那天,从机场出来后,接下来的一段时间,江昭都没再见过沈逾青。仿佛那次匆匆的一面,只是她幻想出来的,不过是一场回忆与现实交错的黄粱一梦。

其实,回国之前,江昭就接到了北市一家公司的 offer。等顺利办完入职手续后,她选了一个周末,买了一束花,打了辆出租车去郊外。

下了车,江昭看着眼前安静肃穆的墓园,轻轻叹了口气。她抱着花束,穿过大大小小的墓碑,在其中一座墓碑前停下了脚步。

看着黑白照片上奶奶熟悉的笑容,江昭渐渐红了眼睛。她轻抚那张冰凉的照片,低喃:"奶奶,昭昭来看你了。"

她弯下腰,把怀中的花束轻轻放在墓碑前面的小台子上。仿佛注意到什么,她微微一怔。

不同于其他墓碑上满是尘土,江奶奶的墓碑很干净,一看就是经常有人来打扫。

可是,是谁呢?江昭忍不住皱眉。

她没多想,深吸一口气,调整好情绪,对着墓碑上的奶奶说:"奶奶,好久不见啊,你在那边过得还好吗?我去国外待了几年,现在正在一家公司任职,薪资很高,所以奶奶你放心,我现在过得很好很好……"

安静的墓园里,不时响起江昭温柔的声音。

正如当初江奶奶对江昭说的那样——无论如何,她只想让江昭过得开心。

这些年,江昭一直把这句话记在心里,努力过好每一天,让自己变得更优秀。现在的她,也终于不负奶奶的期望。

太阳快要下山的时候,江昭才起身打算离开。

这时候,身后响起一阵脚步声,江昭下意识地给他让路,余光却注意到一个身姿挺拔的男人拿着一束花,在江奶奶的墓碑前面停了下来。

江昭猛地转过头,睁大眼睛:"你……"

听到声音,男人也跟着偏头,看向江昭。他眼中的笑意渐深,朝她点了点头:"又见面了,江昭。"

江昭看看墓碑上的江奶奶,又看向沈逾青,像是想通了什么,有些意外地说:"是你一直来看奶奶吗?"

沈逾青挑了挑眉:"对啊,好歹我也真心实意地陪伴过江奶奶一段时间。你出了国,奶奶这边也需要人不时来看看,不如让我来。"

听到这些话,江昭的神情变得复杂。她动了动唇,诚恳地说了一声:"谢谢。"

她低下头,认真地想了想:"作为回报,如果你需要我为你做什么——"

话还未说完,对面的男人就笑了一声,语气多了几分无奈:"江昭啊,你还真是一点儿都没变。"

江昭一顿。

沈逾青低头看一眼时间："这里不是聊天的地方。到饭点了，一起吃个饭？"

江昭犹豫了一下，点了点头。

沈逾青是开车来的，他带着她到了山下，一路往市中心开。一直到进了餐厅，二人都没有说几句话。点餐的时候，沈逾青问了一下江昭的忌口。上了菜后，江昭才发现，桌子上摆的都是她爱吃的菜。

这么多年过去了，他怎么还记得……

江昭抿了抿唇，局促地收回放在桌上的手，似乎是要掩盖此刻浮躁的心。

"不是说要报答吗？就拿今天这顿饭抵了吧。"沈逾青似乎没有注意到江昭的反常，随口道。

江昭一愣，后知后觉地应声："好。"

吃饭时，她盯着对面大快朵颐的男人，微微出神。

沈逾青见她呆呆地看着自己，顿了一下，随后挑了下眉："怎么，被我吓到了？"

江昭立刻摇了摇头。

沈逾青眼里含笑道："其实我平时吃饭不这样的，这几天连着飞了好几趟，没吃上一口热乎饭，你别介意啊。"

江昭垂下眼睛，嘴唇微张，到底没有把心底里的话问出来。

现在面对面相坐的二人，早已远离了年少轻狂的青葱岁月，就只是像多年未见的老同学一样，生疏又平静地聊着天。渐渐地，江昭也放松下来了，说起在国外的趣事。

吃饭中途，江昭的手机响了一下。她拿起来看了一眼，开始回复消息。对面的男人扫了一眼，似乎是无意地问："男朋友来查岗了？"

江昭摇头否认："不是，是工作上的事。"说完，她抬起头，正好对上他那双幽深的眸子，鬼使神差地说，"我没有男朋友。"

听到这话，沈逾青原本紧绷的神经放松了。他勾唇笑了一下，懒洋洋地靠在椅背上，悠悠地说："好巧，我也是。"

四目相对，江昭率先移开视线，低下头说："时间不早了，我先回去了。"

"我送你。"

江昭沉默了几秒，点了点头。

回家的路上，沈逾青没有和江昭说什么，也没再提起那些陈年往事。到她家楼下后，他也只是礼貌地说了一声"晚安"，然后就离开了。

沈逾青的近况江昭一无所知，还是后来从喻时嘴里听到的。

"他早就和他爸闹掰了，一直自力更生呢。之前听说，他有段时间过得还挺惨，不过现在混得不错，都当上机长了……"

听着喻时的唠叨，江昭的目光微微一颤。

过得还挺惨……是有多惨，人都瘦了一大圈。

在餐厅吃饭的时候，他将往事说得云淡风轻，可她又不眼瞎，何尝看不出来。

江昭恍惚地想，现在的他，真的和之前太不一样了。

不知道是不是错觉，自从那天和沈逾青见过面之后，江昭时不时就能见到他。有时候她刚走出小区，就正好碰上他。他会笑着顺路载她去上班，而他的车上总是放着合她口味的早餐。

有时候她出差，也能在机场见到沈逾青。她隔着玻璃，看他沉稳地和工作人员交代事务的模样。他抬眼看到她时，眼睛会一下子变得明亮。然后他笑着快步走过来，问她乘坐几点的航班。

等江昭上了飞机，她就发现座位上摆着一束花。乘务人员说是机场举办的活动，抽取幸运乘客送花。可经历好几次后，她难免会想，她次次都是幸运乘客？

久而久之，江昭就算再迟钝，也多少发现有些不对劲了。

那天，两个人吃完饭在江边散步。

江昭沉默了很长时间，最后停下脚步，抬起头，开诚布公地问："沈逾青，你是在追我吗？"

没有她想象中的局促不安和扭捏犹豫，沈逾青大大方方地点头应了："是啊。"

他低头笑着看她，坦然道："不过我也不敢追得太紧，怕你又像之前那样跑了。所以江昭，给追吗？"

他的目光直白又坦荡，眼里的亮光让江昭耳根一热。她下意识地移开视线，吞吞吐吐地说："问我干什么，你想干什么，随便你啊。"

沈逾青观察她几秒，嘴角微勾。江昭被他盯得脸越来越热，最后干脆转身往前走。他站在原地闷笑几声，快步追上来，牵着她的手腕："知道了，知道了，我会好好追你的。"

江昭推开他的手，有些羞愤地说："我才不是那个意思！"

"是，是，是。"男人附和着，眼里带着笑，很快又牵起她的手。

江昭见他不松手，有些纳闷地看他，追人是这么追的？

沈逾青牵着她不撒手，理所当然地说："提前行使一下自己的权利。"

江昭想要对他说什么，可看着他的眼睛，还是没忍住笑了，眼眶微微发热。

真是个大笨蛋，明明等了她这么久。

江昭也是前不久才知道，那天她在飞机上遇见沈逾青，不是偶然。

他无数次起落她所在的那个城市，只是为了哪一天能再见到她。

这么多年过去，他们谁也没放下谁。

后来，二人终于在一起了。恋爱三年后，走进婚姻殿堂的那天，不同于其他新人在婚礼上的完美笑容，当着众好友的面，看到穿着婚纱的江昭出现时，沈逾青忽然控制不住情绪，落下了大颗泪水。他穿着白色西装，器宇轩昂地站在舞台上，拿着话筒的手却一直在颤抖。

谁都无法真正体会到，他把浓烈的爱意藏在心底，等了那么多年，终于把最爱的人娶回家究竟是什么感受。

看到沈逾青的反应，江昭的眼眶也湿润了。在灯光的照耀下，她提着婚纱慢慢走上前，踮起脚，轻轻在他的唇上贴了一下。与此同时，他滚烫的泪珠滴落在她白皙细腻的颈窝里。

她努力笑着，可眼底的泪光却不停地闪烁着。她伸手抱着他，轻轻地在他耳边说："沈逾青，从此我的生命中，年年余青。"

图书在版编目（CIP）数据

闪耀：全2册 / 酒尔著. -- 南京：江苏凤凰文艺出版社, 2025.6. -- ISBN 978-7-5594-9239-5

I. I247.5

中国国家版本本馆CIP数据核字第2025YS1312号

闪耀：全2册

酒尔 著

责任编辑	白 涵
特约策划	救火的酒　周　周
封面设计	安柒然
责任印制	杨 丹
出版发行	江苏凤凰文艺出版社
	南京市中央路165号，邮编：210009
网　　址	http://www.jswenyi.com
印　　刷	三河市九洲财鑫印刷有限公司
开　　本	880毫米×1230毫米　1/32
印　　张	16.25
字　　数	441千字
版　　次	2025年6月第1版
印　　次	2025年6月第1次印刷
标准书号	ISBN 978-7-5594-9239-5
定　　价	69.80元（全2册）

江苏凤凰文艺版图书凡印刷、装订错误，可向出版社调换，联系电话025-83280257